EL BORDE CORTANTE

colección andanzas

Obras de Ginés Sánchez
en Tusquets Editores

Lobisón

Los gatos pardos
IX Premio Tusquets Editores de novela

Entre los vivos

Dos mil noventa y seis

Mujeres en la oscuridad

Las Alegres

De tigres y gacelas

El borde cortante

GINÉS SÁNCHEZ
EL BORDE CORTANTE

1.ª edición: enero de 2025

Diseño de la colección: Guillemot-Navares
Reservados todos los derechos de esta edición para
Tusquets Editores, S.A. – Av. Diagonal, 662-664 – 08034 Barcelona
www.tusquetseditores.com
ISBN: 978-84-1107-556-5
Depósito legal: B. 221-2025
Fotocomposición: Realización Tusquets Editores
Impresión y encuadernación: CPI Black Print
Impreso en España

A Cristina, acordándome del padre de Carrie

Andaba. Me encontraba con otros peatones. Todos andaban en el mismo sentido. Eran muy ligeros, como si no tuvieran peso. Sus pies sin raíces no se herían nunca. Era el camino de aquellos que han abandonado su casa, que han abandonado su país. El camino no llevaba a ninguna parte. Era un camino recto y ancho que no tenía fin. Atravesaba montañas y ciudades, jardines y torres, sin dejar rastro alguno. Cuando uno se volvía, había desaparecido. Solo había camino delante. A ambos lados se extendían inmensos campos fangosos.

AGOTA KRISTOF, *Ayer*

Vida —
soy de tus dos direcciones
De algún modo permaneciendo colgada hacia abajo
casi siempre
pero fuerte como una telaraña al
viento — existo más con la escarcha fría resplandeciente.
Pero mis rayos con abalorios son del color
que he visto en un cuadro — ah vida
te han engañado

NORMA JEANE MORTENSON

«Una de cuatro», por Mari Cruz Goebbels y las Inventoras del Autogiro. (Letra: Mari Cruz Goebbels, Litolbely Spears, Carrie King).

Una de cuatro, una de cuatro.
Yo solo me trago una de cuatro.

Y cómo lo haces.
Yo se lo ordeno
a mi cerebro vago.

«Esa que no pase. Esa que se quede.»
Y luego en el baño
me la encuentro en la mano.

Se viene de arriba
pero yo ahí la paro.
Luego la empujo.
Me la encuentro en la mano.

Y cómo lo haces.
Me enseñó la Puri.
Primero te concentras.
Lo tienes todo respirado.

Y te muerdes la lengua.
Te muerdes la lengua.
Te muerdes la lengua.

El haloperidol
se queda pillado.
La clozapina
me pone culazo.

Y no me duermo.
No me quedo atontado.
Porque me trago
na más que una de cuatro.

Y na se me confunde.
Lo veo todo claro.
Porque me trago
una de cuatro.

Una de cuatro. Una de cuatro.
Solo me trago
una de cuatro.

Cuántas te metes.
Na más que una de cuatro.
Porque no son pollas
ni son carbohidratos.

1
Las dos mujeres

Mucho después de aquel fin de semana

Dos mujeres en una habitación, en penumbra. La persiana está bajada, hay un flexo sobre una mesa. Una de ellas fuma. La brasa del cigarro recorta perfiles.

—¿Todo tiene que ver con cosas que pasaron en la infancia?

—No lo sé. Tal vez. ¿No marcan esas cosas?

—Dicen, pero ¿usted qué piensa?

—No lo sé, ya le digo. No me interesa tanto andar buscando la causa inicial de cada cosa. Me interesa más el presente.

—No tiene interés en cambiarse a sí misma.

—No. Ya mejor dejarlo.

—Se refiere a que ha habido intentos previos.

—Digamos que mi vida ha sido una infinita sesión de terapia, sí.

—Se la ve bien.

—Ya, gracias. Pero mejor dejarlo. ¿Por qué me pregunta eso de la infancia?

—Andaba pensando en lo que me dijo de su vida amorosa.

—Ah, eso. Es confusa, ¿sí?

—¿Se lo parece a usted?

—Bueno, a lo mejor desde fuera no da esa impresión, pero, desde aquí, pues sí. La verdad es que, si pienso en ella, me da la impresión de que es algo como sacado de un sueño. ¿Sabe que yo, en aquella época, pensaba que nunca llegaría a tener una relación sentimental? ¿Que moriría, literalmente, virgen?

—Imagino que será una ideación frecuente.

—Sí, ja.

—¿Puedo preguntarle cuántas parejas ha tenido hasta ahora? ¿O es personal?

—Parejas, lo que se pudiera llamar parejas, tres. Dos chicas y un chico. Izan, Leyla y Samantha. Luego, también, muchos rollos pasajeros. Tampoco al nivel de otras, no se piense. Digamos que lo que yo hice fue, más que nada, experimentar, ¿entiende? En plan «ah, o sea que esto es esto y eso otro lo otro». Nada más. Interesante y archivado. Y con muy poca emoción, si le cuento la verdad.

—Suena a espectadora.

—Suena a marciana que vino a estudiar ritos de apareamiento, lo sé.

—Ahora está sola.

—Sí, un poco incel. No sé, digamos que estoy a la espera.

—¿A la espera de qué?

—No lo sé. A la espera. Digamos que ya he pasado esa época, ya sabe. Eso de probar y experimentar que le decía. Lo de la catalogación de insectos y tal. Así que ahora estoy concentrada en el presente. Alerta, pero como escondida.

—¿Estable?

—Jodida y sorprendentemente estable.

—¿Cree que esta conversación sobre el pasado puede afectarla?

—No lo sé. No lo creo. Pero, si se enciende alguna alarma, le aviso.

—¿Qué piensa ahora de aquello, después de tanto tiempo?

—¿Se refiere a qué pienso de lo que pasó aquel fin de semana o a lo que pienso de mí?

—Decida usted.

—Respecto a mí sí hay una cosa que de pronto tengo clara, ¿sabe cuál?

—No.

—Pues que yo tenía razón, que siempre tuve razón. Se lo dije mil veces a mil médicos.

—¿A qué se refiere?

—A que yo era normal. Y lo dije. Esas mil veces que le he dicho.

—¿Qué les dijo?

—«No me pasa nada, no me pasa nada. Es solo que hay, ahí, algo.»

—¿Algo como qué?

—No lo sé. No siempre era igual. Por explicarlo, suponga que hay un camino, un camino estrecho...

—Sí.

—Y que en medio del camino alguien ha puesto una piedra inmensa que impide el paso. Como..., ¿se acuerda de aquello del Correcaminos?

—Claro.

—Pues una de esas piedras redondas.

—Ya.

—Y, entonces, bueno, una va por el sendero y al final siempre se encuentra la piedra. Más aún, a veces la piedra se mueve y va detrás de una, siguiéndola. ¿No pasa a veces eso en los desiertos? ¿Eso de piedras que se han movido, que las ha movido el viento?

—No sé. Puede ser. Sí.

—Pues algo así. Solo que yo sabía que el camino estaba bien, que solo con que se pudiera quitar la piedra entonces todo sería diferente.

—Y lo que me dice es que esa piedra es su madre.

—«Madre», ¿ve? Ni se puede pronunciar la palabra. Los pelos de punta, fíjese.

—Ya veo. ¿Puedo preguntarle qué siente ahora respecto a ella?

—Sentir es una palabra demasiado abstracta, creo.

—¿Cree que la odia?

—No. No sé. No creo que la haya odiado nunca. No es tan sencillo. No es todo tan blanco o tan negro. Son más bien matices.

—Si no es odio, ¿qué es?

—Son preguntas, sobre todo. Cosas que se quedaron a medias. Ese vacío que se va quedando por los rincones. Y temor, ¿entiende? Un temor terrible al daño. O al dolor.

—Pero ya no la teme.

—Ya no tanto. Aunque, a veces...

—¿Qué?

—A veces aún miro atrás. Porque me da la impresión de que va a estar ahí cuando mire. También, a veces, por la noche, si estoy sola, de pronto estoy supernerviosa y creo que va a haber algo en cada ventana. ¿Sabe cómo me calmo?

—¿Cómo se calma?

—Pues consigo calmarme, al final, cuando armo todos mis parapetos.

—¿Su «fuerte»?

—Eso es.

—Deduzco que tiene problemas para estar sola.

—Depende de las condiciones. Pero, en general, sí. Es decir, puedo estar sola un rato. También puedo estar sola cuando sé que hay gente. Gente cerca, en la habitación de al lado y cosas así. Cuando el entorno está más o menos controlado. Pero, cuando no controlo eso..., entonces, problemas.

—Ya veo. ¿Le parece que pasemos a otra cosa?

—Usted dirá.

—Los nombres, por ejemplo.

—¿Qué pasa con eso?

—Litolbely.

—Sí.

—Litolbely Spears.

—Sí.

—¿De dónde sale eso?

—Bueno, eso fue para el grupo de música. Buscamos nombres chocantes para cada una. Nos pareció que..., bueno, ya sabe. Éramos niñas.

—Pero ¿de dónde sale?

—Bueno, durante un tiempo Mari Cruz y yo compartimos habitación. Y sale de la primera vez que ella me vio en ropa interior.

—Ya.

—Verá, yo antes era aún más flaca que ahora. Nada más que huesos y pellejo. Pero tenía, siempre, ahí donde se clavaba la gomilla de las braguitas, plap, mi bombita, o como quiera llamarla.

—Una barriga.

—Sí. Algo así muy pequeño, suave. Pero abombado. Y Mari Cruz me llamaba así «Barriguita».

—Ya.

—Pero luego, para el grupo, pues no quedaba bien. «Barriguita», imagínese. Así que tradujimos. Litolbely.

—¿Y lo de Spears es por Britney?

—Sí. Sonaba bien. O eso nos pareció.

—Y con Carrie pasó igual.

—Sí.

—Carrie King.

—Sí. Eso fue porque Carrie nos recordaba un poco a la

de la peli. No porque pudiera destruir cosas con la mente, no. Sino porque era una arrastrapiés. Ya sabe, de esas que van siempre con la cabeza para abajo y limpiando la moqueta con las zapatillas. Una pringada, vamos.

—Y le pusieron Carrie.

—Sí. Y, claro, Carrie, al final, es hija de quien es hija. La Carrie del libro, al menos.

—¿Y Mari Cruz por qué se puso de apellido Goebbels?

—Ah, esa es la buena.

—¿Por qué es la buena?

—Porque Mari Cruz sí que era especial.

2
Mari Cruz y Litolbely

Viernes

—Victoria Federica estaba mejor antes. Cuando era menos perfecta.

—Sí. Ahora es muy Miércoles.

—¿Tú crees que su tito se la tiraba?

—¿Te refieres a que se la tiró en el pasado o a que se la tiraría?

—Tiraría, obvio.

—Sí.

—Ahí en plan «mala, mala, Victoria Federica, que estás arruinando a la familia».

—En cambio, la Tamara no me pone nada. Demasiado almidón en las bragas.

—A esa le van las bolas chinas.

—¿Sí o no?

—Pero no en el toto.

—Erre te.

Marita cruza la sala. Las dos chicas guardan silencio y vigilan. Marita lleva su uniforme de enfermera y es oscura de piel. Mira un momento hacia ellas y les sonríe. Tiene algo de tímido en la mirada y de delicioso en los labios gruesos. Trencitas rubias en el pelo. Los ojos de las chicas son grajas al acecho. La sala es amplia y está decorada con colores pastel. Hay dos sofás grandes y varios sillones. Una mesa de café y otra mesa con varias sillas. Sobre la mesa de café es donde está la caja con las viejas revistas. Mari Cruz y Litolbely van dejando una y tomando otra. A ratos se muestran lo que sea y asienten o niegan. Hay otras dos personas en la sala. También chicas jóvenes. Olga y Raquel. Raquel es muy alta y muy flaca y está sentada, muy recta y muy quieta, en una de las sillas. Sus manos son garras de venas azules. Olga es lo contrario. Una especie de piel descomprimida que alguien medio olvidó sobre el otro sofá. De pronto ha empezado a bisbisear algo y a mover las manos. Eso hace que Mari Cruz la mire un segundo y que Litolbely se quede muy quieta. Luego las dos se concentran, abajo, y vigilan.

—Olga —dice Marita desde su puesto en la esquina—, ¿estás bien?

Olga parpadea y mira a Marita. Es como si acabara de regresar de algún otro sitio.

—Sí, muy bien —balbucea.

—¿Quieres pasarte un rato a la sala? —La voz de Marita es dulce.

Los ojos de Olga van de Marita a la puerta que da a las habitaciones.

—No, Marita, gracias. Estoy bien.

—Bueno. Estate tranquila, ¿vale?

—Vale, claro.

Los ojos de Olga y los ojos de las otras dos se encuentran durante un momento. Hay un relámpago que atraviesa la habitación.

Mari Cruz tiene unos quince años y es la perfecta imagen de la lozanía. Es redonda sin ser gruesa y todo su cuerpo desprende tensión. Lleva el pelo en una media melena rubia sujeta en una cola de la que escapan algunos rizos. Los rizos le acarician el óvalo de la cara y, en ocasiones, la comisura de la boca. Tal vez, cuando esté pensativa o nerviosa, se muerda ese mechón rebelde. La boca es sensual y los ojos, levemente ambarinos, son un poco demasiado pequeños y tienen demasiada tendencia a quedarse fijos en la persona a la que presta atención. Si sonríe, se le marcan los hoyuelos de la comisura de los labios.

Litolbely es un poco más joven que Mari Cruz. También es más pequeña físicamente. Es morena y tiene el pelo rizado. La boca demasiado grande, desproporcionada con el resto de la cara. Aparte es poco más que huesos y piel y esa piel es demasiado blanca. Como si la hubieran borrado o como si lindara con los zombis o como si tuviera permanentemente fiebre o como si se hubiera bañado en ceniza. Ahora se ha quitado la zapatilla y el calcetín y mueve los dedos de los pies arriba y abajo. De pronto mira hacia donde está Marita, en el rincón.

—Marita, ¿qué hora es?

Marita la mira y Mari Cruz da un respingo y agacha la cabeza hacia la revista.

—¿Otra vez?

—Otra vez ¿qué?

—Es la tercera vez que me lo preguntas hoy.

—¿En serio?

—Sí. En serio. ¿Pasa algo?

—No, ¿qué va a pasar?

Marita las mira. Litolbely espera.

—Las doce.

Litolbely sonríe entonces. Su cara compone un rictus

de inmenso placer. Porque la sonrisa es inmensa. Entorna los ojos como diciendo «si yo ya lo sabía».

—Tres veces, vaya.

Y Mari Cruz se ríe y Litolbely se ríe y Marita las mira y parece preguntarse algo.

—Te veo, te veo, te veo. No creas que no te veo.

—¿Qué, qué, qué?

—«Marita, qué hora es. Marita, qué hora es.» Te veo.

—*Chill, chill.*

—No, *chill*, no.

Las dos van por el pasillo. Toca terapia con Sara. Cosas de pintar o quién sabe si cerámica. El pasillo es estrecho, asalmonado, calmo. Los ojos de Mari Cruz van fijos en Litolbely. Son como un tractor desencadenado.

—Si te vas a rajar, dilo. Y así no tengo que estar pendiente.

—Que no.

—Ya. Veremos.

—*Chill*, mami.

—Ni *chill* ni mierdas. Aclárate.

—Que sí.

3
Carrie

Lo primero que hace Carrie al llegar a casa es abrir de par en par las ventanas del salón. Lo siguiente es entrar en la habitación de la madre y robar las llaves de la casa de la playa. Luego va a su habitación y mete las llaves en el bolsillo de la mochila y saca todos los libros y los estuches y los coloca cuidadosamente sobre la mesa. Luego va a la despensa y la examina. Hay latas de comida preparada. Sobres de pasta instantánea. Va seleccionando. Hace un paquete y lo mete en la mochila. Aprovecha para abrir la ventana de la habitación y por ella entra un chorro de aire fresco y también el estruendo que hacen unos obreros en la calle. Es octubre y el calor ha remitido un poco. Carrie se queda sentada en la cama.

Es alta y tiene alrededor de dieciséis años. Lleva el pelo teñido de rubio y muy corto, con un medio flequillo que se inclina hacia el ojo izquierdo. Lleva las uñas muy largas, pintadas de blanco con lunares negros. Es demasiado ancha de caderas para su gusto y demasiado estrecha de hombros. Y corpulenta. Aparte está esa tendencia tan odiosa de llevar la cabeza agachada, como si el mundo le pesara sobre los hombros. Mira arriba, mira arriba, le han dicho siempre las psicólogas. Hay todo un mundo ahí. Que os jodan a vosotras y a vuestro jodido mundo, ha pensado ella siempre. Solo que de qué sirve verbalizar esas cosas.

Que os jodan a todos.

La casa es amplia y el comedor da directamente a la plaza. Por allí se desparraman las terrazas y los plátanos y los patinetes de los *riders*. También ladran perros. Se presiente el rumor de la ciudad a lo lejos. Sin embargo, lo que lo domina todo es el sonido de lavadora centrifugando de los obreros de la plaza. Carrie se detiene junto a la ventana y mira abajo. Tres siluetas inclinadas sobre algo, haciendo ese ruido, haciendo brotar ese polvo blanco y de piedra, tan fino. Carrie abre los pulmones y le da la impresión de que ese polvo se cuela por su nariz y ahí se convierte otra vez en piedra.

El estruendo que hacen los obreros es una mano sucia que la tiene enganchada. Hace por soltarse. Cuando lo consigue, cruza la casa hasta la cocina. Del frigorífico saca unos macarrones fríos y se sienta en la mesa con un tenedor. Los come en el mismo *tupper* mientras va revisando las redes. La interrumpe la llamada de la madre. Carrie lo piensa un momento. Pero tiene que. Así que hasta pone voz dulce. O un poco dulce.

—Hola —dice.

—¿Qué tal? ¿Cómo estás? —La voz de la madre brota ronca a través del altavoz, raspa las paredes.

Cómo estás y Carrie sabe lo que está preguntando y por qué.

Y no seas obvia, se dice. No seas transparente.

—Bien. Tranquila. La Manta nos ha fastidiado la mañana.

Luego, mientras Carrie está atenta a las inflexiones de la voz de la madre y nota como la madre la vigila a su vez, se desarrolla la conversación. La Manta y sus manías y el examen sorpresa y lo de Fede y la pelea en el recreo. Su madre hace pausas y Carrie tiene las manos extendidas e inmóviles sobre la mesa. Como si se hubieran quedado pegadas. Después cambian el turno. La voz de la madre es áspera. Va desgranando, pero a Carrie poco le importa. Que ya han llegado a Fez. Que, por la tarde, van a ir al zoco y que luego los van a llevar a un restaurante, así en modo grupo. Carrie es correcta, modula la voz. Hasta le pregunta por Antony, y todo bien.

—¿Cuándo te vas para casa de Adela? —dice la madre.

—Ahora en un rato.

—En un rato cuándo.

—No sé. Sobre las cinco hemos quedado.

Carrie sabe cuándo tiene que ser un poco hosca, cuándo se supone que tiene que mantener las distancias. El concepto de «hablamos, sí, pero no somos amigas, no me seas carencias».

—Y... —la madre necesita quedarse tranquila— ¿estás bien?

—Sí, mamá, súper. No te preocupes.

—¿Tienes las pastillas y todo?

—Sí, mamá. No te preocupes.

Luego cuelgan y Carrie se queda mirando el tenedor que tiene en la mano y lo deja, muy lentamente, sobre la mesa.

De vuelta en la habitación persiste el ruido de los obreros y su carácter hipnótico. Carrie se ha tirado en la cama y está con el teléfono. En plan momento redes y reparto indiscriminado de corazones. No sube nada porque no está en condición mental. Además, lo que le importa es lo básico. Así que sale de su perfil y entra en el otro, el que nadie conoce, y busca el chat. Amelia. Con esos ojos como de cristal, con ese pelo rizado tan largo, tan oscuro. Esos huesos de las clavículas. Y el mensaje. El último mensaje que consta. Enviado por la propia Carrie anteayer por la tarde. Una foto de sus uñas.

«Blanco, modo dálmata. ¿O le doy un metalizado?»

Y la hora. Diecinueve y cuarenta y siete.

Mensaje visto, o así consta. Pero sin respuesta. Carrie cuenta las horas transcurridas y sale del chat. Ahora entra en el perfil de Amelia. Hay dos historias nuevas desde el momento en que ella mandó el mensaje. Una de ayer por la tarde y otra de esa misma mañana, bien temprano. Carrie abre el teclado y empieza a escribir. Luego lo piensa y entonces borra. Cierra el teclado y sube por los mensajes. Revisa las pautas de tiempo, los intervalos. Después deja el teléfono a un lado y se concentra en cómo el chorro de aire fresco que entra por la ventana se adhiere a su cuerpo. Piensa que la luz del mediodía es cruel.

4
Litolbely y Mari Cruz

Ramón se va a puto enfadar, se está diciendo Litolbely. Se va a puto enfadar mucho. Acuérdate de cómo vino la última vez, con los ojos todavía en blanco. Que estaba todavía en mitad del jari. Y él es buen tío, se dice. A ver de nosotras sin él. Porque ni existiríamos para el otro lado. Ya, pero no es eso. Y que lo pueden puto joder. Que puede él vivir su vida si le da la gana. Y pasar de nosotras. Ya, pero no. Me da pena. Hacemos daño, se dice. Se lo dice muchas veces. Hacemos daño. Pero es su vida. Su vida. Su vida. Y vivir es doler. Entonces a un lado su vida y al otro lado nuestra vida. Además, que no es por eso por lo que estás llena de hormigas. ¿No? ¿Y por qué es?, se dice. Es por el mar. El mar te pone nerviosa. Lo sabes. Sí. Y todo el mundo se está dando cuenta. Así que deja de mover la pata. Tengo hormigas, ¿no lo ves? Es igual, para. Joder, me da pena el pobre Ramón. Que se joda. No. Además, Mari Cruz te va a defender. ¿No te lo dijo? «Tranquila, yo estoy ahí. No te voy a dejar sola. Nunca sola.» Ya, ella lo dijo. Eso sí es cierto. Y sus ojos, ¿los viste? Son bonitos. No, es que lo decía de verdad. Lo pensaba. Lo prometió. Sí, es cierto. Además, te lo mereces. En plan un descanso, un *break*. Un poco en plan respirar. En plan pimpin. Y bien. Además, ¿qué pasa si le dicen a Ramón? ¿Qué va a hacer? Pues tragar, porque es lo que le toca. Además, qué nos importa. Sufrirá. ¿Y no te dije que la vida es justo eso?, se dice. Ya, pero, hace falta un ancla, ¿entiendes? Al mundo. El mundo no es esto. Y Mari Cruz, bueno. ¿Qué? Que es una fase. Algo *random*. Del momento. ¿O es que vamos a estar creyéndonos todas esas mierdas? No, ella lo dice de verdad. ¿O qué va a hacer ella? ¿Es que tiene ella donde caerse muerta? Ya, pero no. En cualquier caso, ya te he dicho, no es eso.

¿No es eso? No.

Es el mar, sigue Litolbely. Sí. El mar jode. Jode. No quiero oírlo. En el mar viaja un grito. Si cierro muy fuerte los ojos, lo oigo. Y ahí también estaba aquello del corazón. Aquí arriba. ¿Qué era eso? Bueno, aquí no se raja nadie, se dice. Porque, si te rajas, ¿entonces qué? ¿Vas a estar aquí y vas a estar sola? ¿Vas a dejar que ella pase por tu lado y te mire con esos ojos? Yo no he dicho nada de rajarme. Eso no renta. Es solo que estoy rayada nivel sideral. Bueno, deja la pierna ya. Tengo hormigas, ¿no te dije? Pues hazte una recarga. No. Sí. Nadie te ve. Puedes hacerlo con cuidado. Así, poniéndote de lado. Luego levantas la pierna y te arrimas a la pata de la mesa. Joder, hay seis personas aquí. ¿Y qué? ¿No lo hemos hecho siempre? Nadie se va a dar cuenta, ¿no las ves? Míralas ahí con sus pinceles. Y Ana, en el fondo, lo que está haciendo es burlarse. Mira lo que pintamos, pero por dentro se nota que está pensando que somos unas putas pringadas y está soñando en irse con su novia a meterse debajo del edredón y ahí restregarse los cascabeles. Con esos putos granos que lleva por todos lados. Bollera paellera. Esa es buena, se sonríe. Luego la decimos. Sí, pero, venga, dale. Recarga. No. Sí. Luego estarás mejor. Una recarga rápida, dale. Joder, me sigue doliendo el pobre Ramón, ¿qué culpa tiene él? De eso habría mucho que hablar, en realidad. Lo mismo... No, no digas eso. En cualquier caso, que no es por eso, y lo sabes. Así que dale. Joder. Puto joder.

Mari Cruz sonríe, con sus ojos como diamantes. Lo hace cuando ve lo que está haciendo Litolbely en su rincón. También cuando Ana pasa por detrás de ella y se detiene un momento y mira por encima de su hombro. Mejor no susurres, le dice con el pensamiento. Se ha colocado de forma que puede mirar por la ventana que da a la avenida en la que cada jueves se pone el mercado. Desde ahí sus ojos barren a un lado y a otro como un rayo exterminador. Tal vez exploten las palomas, ja. Y la fauna que se mueve por la calle. Primero una mujer con un vestido de batamonja, toda gafas y zapatillas de felpa, que va cruzando por el semáforo. Arrastra un carrito de la compra. Desde su atalaya se asombra de la palidez glauca de su piel. En el gesto de sus ojos cuando se cruza con otro tipo que no es más que un inminente ataque al corazón enrojecido y calvo que camina como si la acera estuviera helada. Batamonja y ataque al corazón se saludan con la cabeza y luego ataque al corazón se tambalea hasta la panadería. Las manos grandes, dibujadas de mapas de manchas oscuras, como pequeños cánceres. Los ojos de Mari Cruz se quedan ahí hasta que sale al minuto con su bolsa de plástico. Lo ve pararse en el semáforo. Llegar a la otra acera. Perderse por la bocacalle. Pasan coches. Un autobús. Todo va a estallar bien pronto, se dice. Las aceras parecen de oro y las sombras parecen petróleo. Ana dice algo a su espalda y eso la hace volver un instante al interior. Sonríe. Las otras se aburren y están deseando irse a las habitaciones y Litolbely ya ha terminado. Tan fácil, piensa. Zas y zas. Una nueva vida en el videojuego. Sonríe. Una sonrisa de más adentro ahora. Del rincón donde están los cristales rotos. Muy dentro se enciende una alarma y Mari Cruz sonríe hacia el interior y pide disculpas y lentamente sale. Caminando hacia atrás como si estuviera ante el emperador de China. Otra vez se oye la voz de Ana. Otra vez brota la sonrisa de Mari Cruz. ¿Impresiones de la infancia? ¿Identificación inconsciente de procesos? Puta mentirosa farsante.

Sigue barriendo a través de la ventana. Soy el ojo de Sauron, se dice. O las cosas aquellas con tres patas de la película de Tom Cruise. Se ríe. Ojalá. Todo lo veo. Y valgo el daño que os pueda hacer. Lo sabéis. Los ojos se le quedan ahora en otra silueta. Lo conoce de haberlo visto mil veces desde la ventana. Ese medio esqueleto mendigo rapiñador de monedas. Lleva una camiseta negra y unos vaqueros llenos de mierda. Y unas chanclas asquerosas que dejan ver unos pies con más mierda todavía. Se mueve arriba y abajo entre los coches y cuando mueve las manos lo hace con la precisión de un ejecutivo prémium puesto de farlopa hasta los ejes. Qué esencial soy, parece decirse. Qué haría esta gente sin mí. Cómo harían para aparcar sus coches. Mari Cruz sonríe. Porque todo es cruel. La gente, en cualquier caso, pasa junto a él como si ahí hubiera un agujero en el tiempo, una anomalía. Mari Cruz se proyecta hacia la calle en modo teletransporte y se coloca a su lado con el micrófono. Lo entrevista. ¿Y cómo te llamas? ¿Dónde están tus padres? ¿Cuántos hijos tuviste? ¿Dónde están? ¿A quién quisiste? ¿Hubo un momento en el que fuiste consciente de que se vencía el mundo? ¿Pudiste hacer algo por evitarlo? ¿Por qué no lo hiciste? ¿Qué hubieras tenido que asumir para hacerlo? ¿A quién le habla tu interminable canción interna?

Se sonríe y canturrea.

Sí, «mejor agarra lo que creas que deba conservarse. Pero, lo que sea», se dice, «agárralo ahora». Deprisa. Con urgencia. El gorrilla está ahora inclinado junto a una ventanilla, parece hablarle a alguien que está dentro de un coche. Mari Cruz vuela y se sienta en el coche y adopta la perspectiva adecuada. Ahora siente que es capaz de olerle la camiseta, los pelos del pecho, la porquería natosa de entre las ingles. Sonríe. Y lo sigue mirando. Lo mira y lo mira con tanta fuerza que hay un momento en que el tipo, desde treinta metros de distancia, se detiene y busca. Pero no la encuentra, claro. Entonces Mari Cruz sonríe más y lo sigue haciendo hasta que el hombre vuelve a mirar a un lado y a otro y se angustia. Sigue sonriendo cuando el hombre se echa la mano a la garganta. Cuando empieza a brotarle sangre por la boca y por los oídos.

5
Carrie

Al final se ha dormido. La despierta la alarma del móvil y el sueño se desvanece. Queda una vaga sensación de borboteo de animales muertos. Una mezcolanza de escamas, raspas, huesos y plumas. El ruido de los obreros ha cesado y a cambio ha quedado un silencio fantasmal en el que la ciudad se revela. Ruido blanco punteado por las voces de un grupo de adolescentes que pasan muchos metros abajo. El chat con Amelia no ha sufrido ninguna novedad, así que Carrie deja el teléfono sobre la cama y se va al baño.

—Entonces, dime si puedo irme al viaje. Si puedo irme tranquila. —La voz de la madre en su cabeza, poniéndola nerviosa.

—Sí, mamá —dice la voz medidamente hosca, sobre todo manipuladora, de Carrie—. Puedes.

—Pero no quiero que te quedes sola.

—Mamá, si me sobreproteges...

—No es eso. Tienes cosas que demostrar.

—Me canso, mamá. Me canso.

—Te cansas, no. Lo acordamos.

—Pues no te vayas.

—Eres cruel.

—¿Qué quieres? ¿El teléfono de la madre de Adela? ¿Cuántos años te piensas que tengo? ¿Ocho?

Y esa era la carta buena. Carrie lo sabía. Al final sí le dio un teléfono. Un teléfono falso, cambiado en un número. Ah, ¿no era ese? A ver cuál tienes. Ah, pues lo apuntaría mal. Qué tonta. Pero estoy aquí, con ella, ¿te la paso? Pero no iba a hacer falta, lo sabía. Cuando mira, se da cuenta de que lleva tres minutos con las manos debajo del chorro de agua. Cierra el grifo y termina de lavarse los dientes. Luego cruza hacia la habitación de su madre. Reflexiona, un momento, sobre la ingenuidad de los progenitores.

¿Qué pensáis? ¿Quiénes os creéis?

Está bien guardadito. Puesto bien aparte para que las hijas adolescentes no tengan malos pensamientos. Pero una hija es una hija. Y también es dueña del castillo. Aparte de obsesiva, capaz de adivinar pensamientos, movimientos maternos. Así que lo buscó hace tiempo y lo encontró hace tiempo. Después esperó. Hasta ahora. En plan armario ropero y luego la cuarta caja de zapatos empezando por abajo, segunda fila. Dentro los Shambao multicolor de tacón ancho de la madre. Los que pegan con los vestidos de cóctel y eso. Y dentro de los Shambao, en la punta, una bolsita muy bien dobladita que contiene un paquetito. Ahora Carrie lo sostiene en la mano, lo abre. Los billetes anaranjados crujen mientras ella los deslía y los va poniendo en el suelo, ante sus rodillas. Ocho, nueve, diez y once. Quinientos cincuenta. Los mira largamente mientras considera si el hecho de que sean once y no diez es una señal que le manda la madre. Se dice que, ya, no importa y al final no coge más que uno. Luego vuelve a meter los otros billetes en el paquetito y a colocar los zapatos y la caja en su sitio. Regresa a su habitación y vuelve a consultar el chat. Todo igual. Suspira y se queda quieta, sentada en la cama. Cuando se viene a dar cuenta, está acariciándose las marcas que tiene en la cara interna del antebrazo. Tiene muchas. Pero las que le interesan a sus dedos son las más frescas. De esa misma mañana y como dos largas serpientes blancas que arrancan casi desde el codo y terminan en el hueco entre el cúbito y el radio. Aprieta los dientes y tiene un pensamiento confuso, vagamente metálico. Cobrizo. Se recrea en él hasta que algo parece despertarla. Se mueve, entonces. Del armario saca un macuto grande y dentro echa varias camisetas, dos o tres sudaderas y un par de pantalones de chándal, de esos viejos y que ya le quedan pequeños. De debajo de la cama saca dos pares de zapatillas de deporte de las de a diez euros el par y las echa también en el macuto. Vuelve al baño y se cepilla un poco el pelo. Se cambia de camiseta y se pone de desodorante. Echa el desodorante también en el macuto. Mira a su alrededor y se estira los dedos hasta que crujen. Luego va cerrando, meticulosamente, todas las ventanas. Regresa a la habitación y se carga la mochila y el macuto. Se detiene aún un momento ante su mesa. De su cajón saca el dinero. Todo lo que le queda. Lo cuenta otra vez. Sesenta y seis con cincuenta céntimos. Añade los cincuenta que acaba de coger y los guarda en su monedero y echa este en la mochila. Antes de echarse el móvil al bolsillo vuelve a mirar el chat. Nada.

La ciudad marea y huele poderosa a motor quemado. En la plaza los obreros han reanudado el estruendo y el cielo es un cristal amarillo que parece mirar interminablemente hacia abajo. Carrie porfía bajo el peso de la mochila y el macuto. Cuando se ve, un momento, reflejada en el escaparate de una tienda de sábanas y toallas, le da la impresión de que ha visto a un pobre buey que arrastra algo. Se dice de levantar la cabeza, pero lo olvida al minuto. Se cambia el macuto de hombro cada poco y cuando por fin alcanza el río ya está sudando. Se adosa a las aceras en sombra, se esconde debajo de los árboles. Consulta el reloj y cruza por la pasarela a las tres y cincuenta y siete minutos. Luego se interna por el barrio, cruza la avenida del mercado y llega al hospital por la parte de atrás. Hay una calle larga, estrecha, con una tapia a la derecha. Las motos aparcadas debajo de los pinos. Carrie la recorre por completo y llega a otra avenida. A la derecha la plaza de toros y el viejo estadio. En la esquina hay una parada de autobús. Ahí se sienta. Vuelve a mirar la hora. Casi las cuatro y diez. Se pone la mochila sobre las rodillas y deja el macuto a su lado en el suelo.

Se dice de no mirar. Pero al final lo hace. Saca el teléfono y cambia de perfil. Nada. Nada, pero Amelia ha colgado otra historia desde el momento en que Carrie salió de su casa. Otra vez hace la cuenta de las horas. Otra vez repasa los lapsos de tiempo. Luego se queda quieta.

6
Mari Cruz y Litolbely

La cuestión son los seis metros de moqueta color azul claro entre las dos puertas. Claro que Mari Cruz ya lo había hecho así en el veintidós, cuando se había pasado aquella semana con aquel camionero. Y que era bien sabido que aquel era el punto débil. Que sí, que los celadores y las enfermeras eran serios y celosos de su trabajo. Por supuesto. Pero que era, al final, demasiada gente y demasiado trabajo. Y que la gente pues se cansaba y bajaba la guardia. Entonces el resquicio y el fallo del sistema.

El fallo del sistema durante un minuto mínimo y la posibilidad del zas. Así de repente.

—Además, ¿qué pelotas pasa? ¿Es que no podemos salir a darnos un paseo si queremos? ¿Es que somos ciudadanos de segunda o qué pelotas?

—Erre te, hermana.

—Además, ¿qué pasa siempre? ¿No sucede que el que sale a darse un paseo vuelve aquí luego arrastrándose y pidiendo medicación?

—Erre te.

—Pues eso, joder. Si al final es bueno.

—Claro, la gente sale y luego ve que no.

—Literal.

Pero la cuestión son los seis metros de moqueta. Todo bien planificado. El día, las horas. Viernes por la tarde significa visitas. O sea, gente entrando por la puerta A, aquella que abre el mundo de fuera y lo conecta con los seis metros de pasillo. Gente que luego se desvía a la derecha, hacia las salas de espera. Y, con la gente, el rumor de voces. De pasos. Y las propias presencias. Enfermeras, padres, celadores ocupando el pasillo.

La puerta B abriéndose entonces. Para dejar pasar al paciente que va a encontrarse con sus familiares. Lo que implica más gente en el pasillo. Gente que no conoce a otra gente. Confusión.

—Confusión es chance.

—¿Sí o no?

Así que ahí las dos muchachas. Vigilando. Tensas como látigos en la sala común. Esperando, sintiendo el rumor de las voces en los ijares. Los sonidos como escalpelos por las venas. Mari Cruz con los ojos fijos en Litolbely.

—*Chill, chill.*

Lentísimos segundos cargados de piedras. El cuadro relajante de la pared. La tarde azul colándose por la ventana, guiñándoles, casi gritándoles. Litolbely que se ha quitado una zapatilla, que mueve los dedos del pie arriba y abajo. Mari Cruz advirtiéndola con la mirada. Una sombra que se intuye a través del cristal. Otro rumor. Una voz cansada, levemente gangosa, que entra en escena. La madre de Raquel. Y alguien más. La voz de Susana en la recepción y las dos chicas se miran. Luego la puerta, la puerta B, se abre y entra Susana y las dos muchachas meten la cabeza hasta abajo en las revistas y permanecen así hasta que la enfermera gira en la esquina hacia las habitaciones. Entonces, dos resortes.

—No mires atrás, no mires atrás —va diciendo Mari Cruz.

Así que miran al frente y atraviesan la puerta B y se encuentran en el pasillo, ante los seis metros de moqueta de color azul claro. En la sala de espera, con el rabillo del ojo, Litolbely cuenta tres personas. No miran, en realidad. Mari Cruz sonríe y saluda con la cabeza a un hombre mayor mientras mantiene fija la mirada en la puerta y vigila de soslayo la garita abandonada por Susana. Luego llegan a la puerta A y Litolbely siente las miradas que se clavan en su espalda durante un segundo y está segura de que alguien va a decir algo.

Algo como «eh, vosotras».

Eh, vosotras, y todo habrá terminado justo ahí. Se habrá muerto el hechizo.

Solo que no.

De pronto están en otro pasillo, en otro mundo. Los colores y los ecos son distintos. Hasta huele distinto. Como a azúcar derretida.

—A partir de ahí ya es más estar tranquilas que otra cosa —había dicho Mari Cruz mil veces—. Porque ya nadie sabe quiénes somos. Ni si tenemos derecho a estar ahí o no.

—*Cool.*

—Entonces, naturalidad. Estamos estirando las piernas y nada más. Y *chill.*

—*Chill,* sí.

Ahí van las dos. El primer pasillo da al gran patio interior que sirve de aparcamiento y de zona de carga y descarga. Una luz aterciopelada juega con sus sombras y las pega en formas lanudas al suelo. Hay una puerta a la derecha y al otro lado unas escaleras. El suelo es de granito gris. Acarician el hierro de los pasamanos. Sus pasos amortiguados por las zapatillas de felpa apenas levantan sonidos. El siguiente pasillo ya contiene gente que deambula. Sonríen.

—Tranquila, *pussy*, tranquila. *Chill.*

—Sí, sí.

—No corras. Sé normal.

Hay un hombre sentado en una silla de plástico. Dos mujeres que caminan, una sosteniendo un gotero. La voz de una anciana brota de una habitación. Un celador pasa empujando una camilla. Un hombre mayor habla por teléfono en susurros. Una chica joven espera algo. Luego hay más gente. Lo que es bueno. Nadie las mira. A lo largo del pasillo larguísimo se cruzan con una mujer que va empujando un carro cargado de fregonas y bayetas y Mari Cruz siente un aguijonazo en el vientre. Musita. «Ahí va tu huérfano con su arma.» Luego las dos canturrean en voz baja.

Ya habrá cosas que hacer.
Pero nos quedamos en la cama to el día.

Giran y pasan por delante de un mostrador de enfermeras y nadie las mira. Cambian de ala. Bajan otra escalera. De pronto se acumula el polvo, el olor. Son suelos de linóleo y puertas y puertas y pasillos llenos de instrumental. Y gente como rutina. Con su olor también. Con sus susurros. Gente cansada que asoma o que arrastra los pies. Más gente con uniforme de enfermo acompañada de otra gente. Más goteros. Más rumor. Alguien que llama. La enfermedad sobrevolando, se dice Mari Cruz, llevando del brazo a su hermana, la muerte. Más allá un hombre con unas ojeras espantosas. Una enfermera que recuerda a una grulla en la forma de mover el cuello cruza y las mira un momento. Mari Cruz sonríe y Litolbely se convierte en piedra. Siente una larga gota de sudor corriéndole lenta por la espalda. Baba de caracol, se dice. Siguen. Llegan a la recepción de la planta y cruzan impasibles hasta otras escaleras y vuelven a bajar. De pronto se encuentran en la planta baja. Se miran.

—*Chill, pussy.*

Se aguantan las ganas de correr. Despacio. Porque ya lo han conseguido. Porque ahora sí que nadie sabe quiénes son. Ya pueden ser cualquiera porque se han mezclado con el ruido blanco. Así que tal vez no sean más que dos chicas que fueron a visitar a una amiga y que ahora, ya, se van a sus casas. O dos enfermas de algo nada importante que salen a tomar el aire un momento. O dos chicas que han ido a acompañar a sus madres hospitalizadas y a las que les ha tocado dormir en el sillón y que por eso van vestidas así, con un chándal viejo y zapatillas de estar por casa. Dos chicas que lo único que van a hacer es sentarse a la vera del río a fumarse un cigarro antes de volver a subir. Nada importante.

Luego ven la puerta y la luz que hay al otro lado. Una luz, sin duda, diferente. Presienten las ramas de los ficus. La sombra y el olor. Agachan la cabeza cuando el sol de las cuatro y veinticinco les da en el rostro. Giran. No echan a correr, verdaderamente, hasta mucho después de haber dado la vuelta a la esquina. Cuando ya han pasado la zona de aparcamiento de las ambulancias.

Echan a correr y Litolbely lo siente durante un segundo. El aire lleno de hormigas y los rayos de sol convirtiendo sus moléculas en una papilla de sangre, tegumento y huesos. Y la presencia en plan buitre despeluchado vigilando desde las copas de los árboles. No mires, no mires. Y no lo hace y de algún modo consigue que sus ojos no vean más que la acera y un resquicio de la camiseta azul de Mari Cruz. Como si llevara puesto eso que les ponen a los mulos para que sigan la senda. No mires, no mires.

Y no mira.

7
Las tres

Se acercan y cada una es diferente en los últimos metros. Porque Carrie se ha limitado a mirarlas y a sonreír y, luego, a levantarse y a quedarse quieta. Sin saber muy bien qué hacer con los brazos o si dar un paso adelante o dos. Como si intuyera que no forma parte de aquel cuadro, que es un retal prestado. Porque Litolbely, al ver a Carrie, ha sido como si se quitara una losa de encima. O como si hasta ese momento no se lo hubiera, verdaderamente, creído. Entonces ha levantado los brazos al cielo y ha acelerado como si no fuera más que un perrillo que ha visto al amo. Porque Mari Cruz, de pronto, ha estado incluso más tranquila. Ha sonreído más. Entonces ha empezado a deslizarse sobre unos patines lentos. Como si fuera la princesa que baja la escalera el día del baile. La princesa que sonríe, que se detiene un momento para vigilar el efecto que produce.

Coinciden al fin. Se abrazan.

—El puto *dream team.*

—Las bakanas.

—Las bestieeeeees.

Se abrazan y luego, al separarse, se miran como si se reconocieran. Lo que es normal. Porque es la primera vez que se ven así, al aire libre. De hecho, es la primera vez que las otras dos ven a Carrie vestida con algo diferente al uniforme del hospital. Se miran. Las pieles, los brillos de los ojos y de los pelos. Luego vuelven a abrazarse y Litolbely da un largo grito. Un grito agudo, que se sobrepone a los coches y que hace estallar una bandada de pájaros en los pinos junto a la tapia. Mari Cruz mira a un lado y a otro. Le da con el codo.

—*Chill, pussy.*

Litolbely se ríe.

—Estoy en la puta calle, tía. En la puta calle.

Y las otras dos se ríen también. Luego recogen la mochila y el macuto y cruzan la calle. Hay una cafetería justo al otro lado.

—Vamos, vamos, vamos.

—Una puta Coca-Cola.

—Y unas putas patatas fritas.

El bar consiste en una sala y un largo pasillo. Hay acuarelas de mercadillo puestas en las paredes y una máquina tragaperras y otra de tabaco. Las tres se han metido en el recodo. Lejos de toda ventana. Junto a la puerta del baño. El encargado tiene unos cuarenta y es como un cable. Uno de esos tipos de cara enrojecida y tic nervioso. Abundante vello en los brazos y en el dorso de las manos. Pelo saliendo también por el borde de la camisa, zona del cuello. A las chicas les tamborilean las piernas de expectación. Mari Cruz y Litolbely son como tigres hambrientos. Carrie, al lado de ellas, parece la madre comprensiva que consiente. La primera Coca-Cola la arrancan prácticamente de las manos del camarero y desaparece por sus gargantas en unos pocos segundos. La siguiente ya va un poco más despacio. Litolbely, las manos llenas de patatas fritas trituradas, eructa sonoramente.

—¿Fácil?

—Tirao.

—Susana es una carencias.

—Otra, chico. Ey.

—No. No hay tiempo. Es nada más cambiarse y salir corriendo.

—Ni se han dado cuenta todavía.

—Ya. Normalmente no. Pero quién sabe.

—¿El qué?

—Pues yo qué sé. A Olga le da por ir a la habitación. O a Marita. Yo qué sé. Y zasca. Empiezan las carreras.

—Ya.

—Y no querrás verlos entrar aquí de repente.

—Eso no, claro.

—Entonces hay que moverse rápido.

Mari Cruz y Litolbely se vuelven ahora hacia los bultos que ha traído Carrie.

—¿Qué trajiste?

—Ropa, más que nada —dice Carrie—. Camisetas y eso. Y un par de pantalones que ya no me quedan. Os estarán un poco grandes...

—Ya, bueno. Pues no vamos a la recepción de la reina. ¿Brilli brilli?

—En el estuche.

—*Cool.*

—También os he traído unas zapatillas. Nada especial. De las de la Rata amarilla y bastarda. Para que no vayáis con eso.

—Renta, ¿sí?

Mari Cruz se acuerda de algo entonces.

—¿Plancha del pelo?

—Hay allí en la casa —dice Carrie. Luego mira que nadie las vigile y del bolsillo de la sudadera extrae una bolsa de plástico pequeña. Entonces sonríe mientras la balancea ante los ojos de las otras dos—. Hierbita.

Y Mari Cruz y Litolbely le hacen reverencias y se muerden los labios.

—Moet.

—Sirviendo coño, la Carrie.

Luego agarran el macuto y se levantan y se van rumbo al baño. Carrie se queda en la mesa y, un par de veces, su mirada se cruza con la del encargado del bar.

8
Las tres

Las otras regresan del baño y a Carrie le da la impresión de que es justo entonces cuando las conoce. Porque la imagen de cada uno es uno, se dice. Luego piensa que, en realidad, no ha sido tanto. Nada más que lavarse la cara y perfilarse un poco los labios y los ojos. Nada más que no llevar ropa informe, y eso por más que estas que se han puesto ahora les queden grandes. O la forma de pisar porque las zapatillas tienen un poco de plataforma. O a lo mejor no es más que el pelo sujeto ahora más arriba, más tenso. O a lo mejor no es más que la confianza. El reencuentro con una misma. Ni se sientan. Apuran las Coca-Colas y van a pagar. El encargado las mira de aquella manera. Otra vez.

Litolbely se ríe.

—Minino, minino —dice.

Y Carrie y Mari Cruz sonríen y el hombre les devuelve el cambio y no comprende. Se van las tres, entre susurros y risas.

—¿Qué subcategoría de farloputero es el camarero?

—Subcategoría no necesito sudadera porque ya llevo la alfombra puesta debajo de la camisa.

—Y no me rayo porque ya me meto bastantes rayas.

—Raya minina.

—Hombre lobo minino.

—Pitito, pitito.

Se ríen más. En el reflejo de la puerta tienen un último atisbo del hombre.

—¿Hay bus cada hora?

—Sí.

—¿Y qué hora es?

—Las cuatro y cuarenta y tres.

—¿Llegamos?

—Al de las seis.

Se apresuran entonces. La tarde las recibe con tonos azulados y nubes altas. Con ocasionales chorros de aire fresco. No siguen el río, sino que se adentran por un barrio de callejas y chicles adheridos a las aceras. Tres indeterminadas sombras avanzando por la calle pegajosa. Huele a pared recalentada. El sonido de los motores y las bocinas las desorienta por momentos. Caminan muy juntas, sin hablar. Mari Cruz se detiene ante un grupo de contenedores y saca del macuto las ropas viejas que llevaban Litolbely y ella. Las arroja. Dejan atrás la catedral y entran por una zona de calles húmedas. Luego la Gran Vía y después más callejas. Poco a poco van notando que la ciudad se descascara. De pronto huele más a gasolina y las ventanas están más abiertas. Los colores de la gente también empiezan a ser distintos. Así hasta que les da la impresión de que es más difícil ver a un blanco que a una persona de otra raza. También hay más gritos y más sensación de niños a la carrera. Como si hubiera habido una opresión invisible en la otra parte de la ciudad y se hubiera llegado a un barrio más joven. Hay recodos, peluquerías, desde las que las miran hombres serios y tallados en ébano. De una cafetería brota un intenso olor a té y las tres levantan la nariz y se miran. En los bancos de la plaza, bajo los olivos, están sentados los muchachos árabes. Luego hay otra avenida. Más allá, la estación de autobuses.

Primero hacen cola ante la ventanilla. Ahí cambian el billete que Carrie se llevó del zapato de la madre. Luego se sientan en un banco y abren la mochila para hacer inventario.

—Garbanzos, puaj.

—Asco de sanos.

—Ja.

—Yo compraba unas empanadillas, o algo.

—Y guarrerías. Muchas guarrerías. Me prometisteis que habría muchas guarrerías. Si no hay guarrerías, me vuelvo.

—Cheetos.

—Y nachos. De esos del tigre con las gafas. Y yo quiero tortilla de patatas.

—Y más Coca-Colas.

—¿Habrá, ya sabes, bebidas? Tequila, esas mierdas.

—Seguro —dice Carrie—. Siempre hay. Y, si queréis tortilla, traed huevos.

—Pasta, pasta.

Carrie les entrega el vuelto que le han dado al comprar los billetes de bus. Las otras dos la miran un momento como si no se creyeran la existencia de tanto dinero. Luego se pierden hacia el interior de una de las cafeterías. El olor es intenso, como a pimentón, y a Carrie le da la impresión de que la tarde se está volcando y que las observa. Se encoge un momento cuando el guardia de seguridad pasa cerca de ella, pero luego se dice que es una tontería. Mira el reloj y se impacienta y contiene las ganas de mirar los mensajes. Los autobuses atruenan y dejan detrás de ellos una sensación como de aire carbonizado en el que se diluye un azul. La gente cruza o hace desganadas filas y todos parecen tener los ojos vacíos. Hay familias cargadas con decenas de bultos y el rumor de las conversaciones es como el de las avispas. Las maletas son verdes, rojas, amarillas. Pero ninguna parece hacer juego con los zapatos. El guardia de seguridad vuelve a pasar cerca y Carrie se dice que, esta vez, lo va a mirar. Se le va a quedar mirando en plan qué pasa. Solo que después se arrepiente en el último segundo y baja la mirada. Luego las ve regresar. Traen una bolsa grande y vienen llenas de risa. Los ojos espumantes.

—Ten, las vueltas.

—¿Qué soy? ¿Tu abuelita?

—La admin es la admin. ¿Y no es tu pasta?

Se mueven, las tres, entre los grupos de gente. Son como una silenciosa serpiente hecha de diminutos cristales de topacio. Una serpiente en lo oscuro.

9
Las tres

En el autobús semivacío se sientan atrás. Mari Cruz y Carrie en la última fila y Litolbely en la penúltima, con la cabeza apoyada en la ventanilla. Van tranquilas, silenciosas. Un rato, al principio, tararean juntas.

> Tiene cara que en la cama te da duro.
> Las cadenas le brillan en lo oscuro.

Pero luego, repentinamente, sin que haya una señal concreta, se callan y la conexión entre ellas se reduce a ocasionales miradas, puntuales sonrisas.

Carrie está muy quieta. Quiere aparentar que está relajada. Que no está pensando en nada. Que está, simplemente, disfrutando del momento. Tiene el móvil entre las manos y con el rabillo del ojo está pendiente de Mari Cruz. El gesto que pretende proyectar es el de no estoy haciendo nada importante. Solo estoy mirando mis redes. ¿No es algo casual, sin la menor relevancia, rutinario? Así pasa varios largos minutos mientras vigila. Luego, siempre fingiendo esa calma, sale de su perfil oficial y vuelve al secreto. Rápidamente consulta. Nada. Cero respuestas de Amelia y cero nueva actividad de Amelia. Durante un minuto está muy quieta, olvidada de la función que estaba representando. Luego suspira, vuelve al perfil original y guarda el teléfono. Por el resquicio entre los asientos ve a Litolbely, que se ha quitado los zapatos y los calcetines y que ha subido los pies al respaldo del asiento de delante y que mira muy concentrada por la ventanilla. Carrie sonríe un poco y cambia suavemente de perspectiva mental. Porque se dice que todo esto es bueno. Y que Amelia, a lo mejor, pues tampoco es tan importante. Que tal vez lo importante sea que ahora estén ahí estas otras dos. Bien Moet. Porque la entretienen. La apartan de pensar. Lo postergan todo. Y eso es bueno. Estar *chill*. Nota que le pica el brazo y se levanta la manga de la sudadera. Sus ojos se quedan en los pedazos de piel muerta. Líneas finitas finitas, como pequeños rayos. Luego se concentra en las dos nuevas marcas. Las serpientes blancas y frescas que acaban ahí. En el hueco de la vida. Pasa la mano por ellas y le hacen clac clac en los dedos. Se estremece. Entonces mira a un lado y a otro. Después se baja la manga de la sudadera.

Mari Cruz se ha repantigado en el último rincón del bus y ha entrecerrado los ojos. Va canturreando. «Los puto jugadores en la puto autopista. Porque ella es para ellos. Así que mejor os estáis todos atentos, capullos. Y agarrad. Agarrad fuerte la coincidencia o lo que puto sea.» ¿Y qué haremos?, se dice. Sí. Esa es la cosa. Se dice que no todo el mundo puede estar siempre contento. Se dice que cada uno es quien es y que ya va bueno. Boldur. Esa es la palabra. Se la repite una y otra vez y se da cuenta, justo entonces, de las inmensas ganas que tiene de decirla. Será como salir de una cueva. Como nacer en mariposa. Capullo, capullo. Odia esa palabra. Sonríe. Tiene los ojos cerrados y no le importa el mundo, pero sonríe.

Levanta la mano y agarra su mechón rebelde. Lo alisa con los dedos, lo estruja, juega a enredarlo, se lo lleva a la boca. Se dice que tiene que revisar la historia. Pulirla hasta el máximo detalle. Porque ellos estarán allí y no la conocen. Entonces tendrá que empezar desde el principio. Y claro que la aceptarán. Como no la van a aceptar siendo ella quien es. Las preguntas se amontonan. La curiosidad. ¿Qué te darán de comer? ¿Te darán vino? ¿Cómo estará decorado todo? ¿Y Hans? ¿Estará allí? Lo piensa y se dice que no es tan importante. Que lo importante es que todo quedará atrás. Que no tendrá que volver a esta vida que ha llevado. Que aquel será, ya, su sitio. Boldur, repite. Boldur. Luego canturrea por lo bajo.

Ten cuidado, cariñito.
Porque los santos están llegando.
Y todo habrá terminado en un ratito.

Sonríe. Nadie la mira. A nadie le importa. Pero lo hace.

Litolbely mueve los dedos de los pies arriba y abajo. Piensa en Ramón. Piensa también en el mar. El mar nos pone muy nerviosas, se dice. Muy muy muy. La carretera avanza contra el autobús y por la ventanilla no se ven más que campos endurecidos y matojos. Ocasionales explosiones de pájaros marrones se abren a una señal secreta. Durante un rato, cuenta los coches que adelantan al bus. La tarde cae y cada vez se fija más en su reflejo en la ventanilla. A Ramón lo estarán llamando ya. O ya lo habrán llamado. Ya tendrá esos ojos. Que lo puto jodan. Por dejarnos ahí. Toma aire tres veces y luego mira al techo y luego mira atrás. Le sonríe a Carrie, que está muy tiesa en el asiento. Tiene un atisbo de

Mari Cruz, más allá. Recarga, recarga. Que viene el mar. Que la carretera está tirando del mar hacia nosotras. Sonríe más. Durante un segundo. Luego entrecierra los ojos y deja que su mano se vaya lentamente hacia abajo. La deja que palpe, que encuentre, por encima del pantalón de chándal, su botón de recarga. Luego frota. Luego, como veinte segundos más tarde, respira con más fuerza.

Carrie, desde atrás, asiste a todo el proceso. Mira hacia Mari Cruz. Mari Cruz sigue con los ojos cerrados.

El viaje pasa rápido. Todavía es de día cuando el autobús las deja en una estación con diez bancos y farolas mortecinas. Se miran. Carrie se ha echado la mochila al hombro.
—Ahora toca andar.
—¿Está lejos?
—No tanto. Como veinte minutos.
—¿Andando?
—No. En patinete.
—Andar, puaj.
Lo primero que sienten al pisar la carretera es el aire cargado de sal. El mar como un aviso lejano que se les graba en la piel. Conforme avanzan, todo son tapias y casas blancas. Ocasionales palmeras altas como cohetes. El cielo es a ratos cobalto y a ratos rosa y las aceras, cuando las hay, tienen los resquicios llenos de arena blanca. Más adelante hay plantaciones de lechugas e invernaderos. El viento agita los plásticos. Los plásticos son como velas en tierra. También hay ocasionales movimientos en torno a ellas. Las adelantan furgonetas cargadas de ojos, se cruzan con bicicletas que vuelven de trabajar en los campos. Sobre ellas, hombres con ca-

misas a cuadros y pieles que son casi cueros. Al llegar a una rotonda vuelven a cantar.

> Tiene cara que en la cama te da duro.
> Las cadenas le brillan en lo oscuro.

Se quedan ahí, enganchadas en esas dos frases. Las puntean, a ratos, con palmas. Luego ven el pueblo a la vuelta de una curva y la presencia del mar se hace inminente. Hasta pueden oírlo ya. Mari Cruz mira a Litolbely.

—Tranqui, *pussy*.

—Sí. Estoy *chill*.

—Que ahora te cocino y te peino el pelo.

Litolbely sonríe, pero su sonrisa es todo tensión. Mari Cruz se acerca, le echa el brazo por los hombros.

—Ya verás que Gucci. Modo tequila.

—Sí.

El teléfono de Carrie lo interrumpe todo. Carrie las mira. Echa a correr para adelantarlas unos metros.

—Mamá, ¿qué pasa? —dice. Y pone la voz hosca correspondiente.

10
Ramón y Magda

Es más o menos a esa hora cuando empiezan a sonar los teléfonos. A Ramón, que es el padre de acogida de Litolbely, lo pilla en la silleta, adormecido entre los naranjos del jardín. Hay una radio prendida al pie de un árbol, pero Ramón hace rato que no la escucha. Para ese momento lleva seis días sin hablar con nadie. A Magda, que es la madre de Mari Cruz, la llamada la agarra en el bus de vuelta del trabajo. Justo en el momento en que se está retorciendo las manos. Las llamadas son prácticamente idénticas.

—¿Sí?

—¿Es usted doña Magdalena Navarro?

—Sí, dígame.

—La llamo por su hija, verá...

Luego la información. A tal hora las vieron en la sala común y a tal hora se pensaron que estaban en su habitación y a tal hora se dieron cuenta de que no y empezaron a buscarlas. Y no. No están. Ya se le ha dicho a la policía. Y se les dice también a ellos, por si supieran de ellas. Y no. No saben. Pero, sí, claro. Si supieran, lo dirían inmediatamente. Las llamadas son cortas, apenas un par de minutos. Luego Ramón y Magda quedan a solas.

Ramón tiene en torno a sesenta y cinco años y es bastante alto. Sobre la cabeza apenas algunas guedejas de pelo blanco.

Lleva varios días sin afeitarse y la sensación es que su cara se ha derrumbado sobre el cuello de la camisa. Aparte están los ojos, que son claros y que transmiten la sensación de ser una puerta cerrada para siempre. En el fondo, Ramón lo que parece es un grito. Un grito desesperado que se quedó a medias. Magda, por su parte, tiene algo más de cuarenta y es fuerte, de piernas poderosas. El que la mirase podría pensar que tiempo atrás fue más rubia. O puede imaginarla en su juventud con una cazadora de cuero y en la parte de atrás de una moto. Tiene esa pose, ese mentón. Aparte huele, en este momento, bastante mal. Porque ha pasado las últimas diez horas limpiando baños en un colegio. Así que zotal, lejía y desinfectante. De lo que hablan las grietas de sus manos y a lo que huele siempre su pelo.

Aparte el agotamiento en los dos. Aparte el gesto de cada uno al colgar. Los lugares a los que cada uno se va. La imagen que brota.

Porque a Ramón lo que le brota son los ojos de Litolbely. Ojos llenos de furia. De terror.

Porque a Magda lo que le brota es un mantel blanco en la cocina de casa. Sus cinco hijos allí. Y el olor a orines porque Juanjo, el más pequeño, se lo acaba de hacer encima.

Ramón se acuerda de lo que se acuerda y piensa en Resu, su esposa, fallecida unos meses antes. Magda se acuerda de lo que se acuerda y piensa en Juanjo, que ya tiene diez años y que todavía se lo hace si le hablan de su hermana.

Y luego está lo que cada uno siente. Porque para Ramón es una puñalada precisa, un ahogarse de pronto. Una necesidad de levantarse y recorrer el sendero entre los naranjos y meterse en la casa. Porque para Magda es un apretar de puños y de dientes. Un vestirse de un odio secreto y venenoso.

El autobús ha salido de la ciudad. Ahora enfila una carretera rodeada de moreras y adelfas. Las puertas de los garajes están despintadas y por momentos hay casas que se vuelcan sobre la calzada, que parecen querer hacerle la zancadilla al monstruo. Hay mujeres que han sacado las sillas a la puerta para aprovechar el fresco de la tarde. Magda ve manos arrugadas. Ojos que han enterrado muertos. Pero que no han visto el horror. O quién sabe. Dentro del autobús alguien habla por teléfono. La voz que brota del altavoz se entremete en sus pensamientos. Déjame sola un momento, piensa. Para que pueda hablarme. El espacio está atestado y huele a sudor y a tierra fresca. Magda saca su teléfono también. Le marca a Antonio, su mayor.

—Dime, mamá.

—¿Tus hermanos están ahí todos?

—Espera.

Magda queda quieta, las manos tensas sobre el regazo. Los segundos pasan. ¿Cuántos segundos? Luego siente regresar al Antonio.

—Sí, todos aquí. La Rosa acaba de llegar.

Luego pausa. La voz de Antonio suena preocupada.

—¿Qué pasa, mamá?

—Tu hermana se ha escapado.

Al otro lado hay un susurro que es una maldición contenida.

—Bueno, ella no vendrá —dice el chaval.

—No sé. —Magda vacila un momento—. Imagino que no.

—La otra vez no vino.

—Ya, pero vigila. Y cierra las puertas. Y no les digas nada.

—Vale.

Luego el hijo le dice que la quiere y ella le dice que lo quiere a él. Cuelga y se queda con las manos sobre las rodillas. La voz que se oye por el altavoz sigue reverberando cerca de ella. Sus ojos refulgen. Vuelven a vestirse de odio. El odio trepa por encima del cansancio y forcejea con él y lo vence. Le manda un mensaje a su hijo.

«Que preparen un par de mochilas. Nos vamos a pasar el fin de semana a casa de la tita.»

Luego piensa que se lo tiene que decir también a Pablo, su marido.

Ramón ha cruzado entre los naranjos. Su paso ha sido el que cabría esperar de un hombre mucho más mayor que él. Un paso desordenado, sin fuerza. La silleta ha quedado atrás y ha tenido que apoyarse en un árbol porque se le iba la cabeza. Ha esperado, entonces. Hasta que el cielo ha dejado de bailar y las sombras han permanecido en sus sitios. Después, muy despacio, ha llegado hasta la casa. Allí ha encendido la radio sobre el aparador y se ha ido a la habitación. Por la ventana se cuela el olor de los jazmines del patio, pero él baja la persiana hasta que no entran más que unas pocas rayas de luz y se tiende en la cama. En la mano va apretando un pañuelo. A veces se lo lleva a la nariz. Sigue pensando en ojos. Los de Litolbely y aquella furia, aquel terror. Pero también en los ojos de Resu. Y también en los ojos de aquella monja, tanto tiempo atrás.

—Ella estuvo con otra familia antes. Y hubo, bueno, algún problema.

—¿Qué problema?

—Se escapó.

—Pero si es muy pequeña.

—Ya. Ahora está bien. Muy tranquila. Ya la ven. Y es muy dulce. Muy buena niña.

Y allí estaba. Tan bien sentada. Tan tranquila. Ramón llora.

Las lágrimas le desbordan los ojos y encuentran canal en las arrugas que los rodean.

—Se lo dimos todo, nena. Se lo dimos todo. ¿Y qué nos dio ella a cambio?

Ramón lo dice una y otra vez. Mientras, aprieta el pañuelo y el ruido del viento en torno a la casa le parece una pesadilla. A ratos se seca los ojos, con rabia. Pero no sirve de nada. Luego los cierra y se queda mucho rato quieto, pensando que lo único que quiere es descansar. Descansar mucho.

11
Las tres

Es el último dúplex de la última calle del pueblo. Llegando por la carretera se han desviado a la derecha y han atravesado una zona de bloques. Solo hay luz en una de cada veinte ventanas, de promedio, y los bordes de las aceras están llenos de hojas de palmera. Litolbely presiente el mar y se va haciendo pequeña. Y más pequeña cuando las otras dos echan a correr. Más allá de las casas hay un chiringuito con unos columpios y más allá un paseo de madera que va sobre las dunas. Las otras dos cruzan y pisan la arena, se quitan los zapatos y los calcetines y corren hacia el agua. En el momento en que Mari Cruz y Carrie tocan el mar con los pies, Litolbely siente que se aproxima a un precipicio. Entonces se sienta en el borde del paseo de madera y sonríe de pura falsedad. Las otras dos gritan.

Para entonces ya ha caído del todo la noche. Las farolas están encendidas. Litolbely busca la luna, pero está detrás de las nubes.

La casa es cuadrada. Cúbica. Está inserta en una manzana rectangular de casas idénticas y tiene un minipatio al frente y un minipatio atrás. Aparte hay, abajo, un salón que comunica con la cocina a través de un arco. Arriba hay dos habitaciones y un baño. Hay una terraza y la habitación grande tiene balcón. En el salón hay un sofá gris y un sillón y una mesa de comedor. Predomina el azul. Está en el mantel, en los búcaros del mueble. Todo es como de saldo o de un Ikea antiguo y huele a casa cerrada. Carrie abre un armario y saca una jarapa con ribetes azules y entre las tres apartan un momento la mesa y la extienden por el suelo. La sensación, al mover muebles, es de diminutas arañas que corren a esconderse en lo oscuro. La terraza y el minipatio del frente dan a la calle, pero también a una rambla por la que baja el agua de la desaladora cercana. Más allá de la rambla se extiende un marjal que va a dar a lo que Carrie les ha dicho que son las salinas cercanas. Litolbely barre el espacio inmenso mientras calcula cuánto cielo hay sobre sus cabezas. Las otras dos están a sus espaldas, en la habitación.

—¿Solo un baño?

—Sí. Es una minicasa. Vale para lo que vale.

—¿Sí o no?

—Está la cama grande y las dos pequeñas.

—Sobra, sí.

—Pero cabemos las tres en la grande.

—No sé si somos tan amigas.

—En cualquier caso, las manos quietas.

—Y las bragas subidas.

En el baño están Mari Cruz y Litolbely. Litolbely está plantada delante del espejo y nota como, a su espalda, Mari Cruz se desnuda en dos zarpazos. Litolbely la contempla. Es redondita, dulce. Sonrosada. En realidad, piensa, es Mari Cruz la que tiene barriga. Mari Cruz se mira de frente, de perfil, de espaldas. Frunce el gesto.

—Antipsicótico significa michelines.

—¿Sí o no? Y estás bien.
—Ya.
Mientras la otra se ducha, Litolbely va probando maquillajes. Carrie, desde abajo, dice que se va a poner con la tortilla. Luego, despacio, Litolbely va quitándose también la ropa. Se mira. Sobre todo, los huesos de los omoplatos y los de las costillas. La blancura desmesurada de la piel. Luego nota los ojos de Mari Cruz asomando por la cortina del baño. Los ojos como diamantes.
—Qué lindo bosque...
—Puto asco.
—Necesitamos cuchillas sí o sí.
—Y para las cejas, ¿o no?
—Erre te.
En eso pasan el siguiente rato. Porque hay que plancharse el pelo y ponerse las pestañas que Carrie les ha llevado. Y darse el mordisco en las cejas con la cuchilla, pintarse los labios y los ojos. Tienen con ellas el móvil de Carrie y han puesto música. Mueven la cabeza arriba y abajo siguiendo compases. Cada poco hay que limpiar el espejo con una toalla y la habitación huele a colonia y a champú. Después hay que sujetarse la coleta arriba, el pelo muy tenso y cayendo luego recto hacia la espalda. Y luego hay que arreglar la ropa, claro.
—Tijeras, tijeras.
—¿Por dónde corto?
—Ahí, por debajo del codo. Un poco más abajo.
—Y una raja ahí, justo por debajo de la rodilla.
—Dale.
—Gucci.
—Bien fresco.
—¿Sí o no?
—Foto. Posar.

—Sonríe.

Hacen una foto, luego otra. Litolbely se coloca en modo profesional. La cabeza inclinada en el punto justo, los ojos convenientemente entornados. La boca cerrada, mostrando la línea perfecta de los labios. Hacen una, dos, tres. Ocho. Las miran con ojos profesionales.

—Ole tu toto.

—¿Sí o no?

Luego Mari Cruz se lleva el móvil y Litolbely se queda pensativa, la boca torcida en el espejo. Un pensamiento errático sobrevolando. Porque en todas las fotos Mari Cruz ha dado la impresión de estar en otro sitio.

12
Carrie y Mari Cruz

—Nena, bien fresca.

—Bakano, ¿sí?

—Mis pobres sudaderas.

—En plan que te estaban chicas, ¿o qué?

—Claro.

—¿Tienes el cargador del móvil?

—Mochila.

Mari Cruz pone el móvil a cargar sobre el poyete que separa la cocina y el salón. Bajo el arco. Se mueve a lo largo de la habitación con sus patines lentos. Va musitando en su cabeza. «Deja atrás tus escalones de piedra. ¿O no ves que hay algo que te llama?» Mientras se mueve, está atenta a los movimientos de las otras dos. Así nota a Litolbely en la habitación. Incluso la oye cantar algo por lo bajo. También a Carrie conforme se mueve por la cocina. Entonces, muy suavemente, abre un cajón del mueble del salón. Dentro no hay más que cosas indistintas. Papeles, garantías de televisiones. Mari Cruz vuelve a prestar atención a las otras dos y abre otro cajón. Manteles, cubertería. Viejas cartas. Todo el rato está atenta a los movimientos de Carrie y cuando la nota acercarse se va a la ventana. Carrie le dice algo, pero no la escucha verdaderamente. Cuando Carrie regresa a la cocina, vuelve al mueble. La portezuela esta vez. Copas y vasos de los de cuando se pone mantel. Acaricia el borde de una de las copas y siente un chispazo que se adentra por su muñeca y que le pega un latigazo en el hombro. Por qué hay de eso en todas las casas, se dice. Y sonríe a su manera y los ojos como diamantes se reflejan en la ventana.

Carrie está bien. Se lo repite. Estás bien. Lo importante es estar tranquila. Ha terminado de cortar las patatas y tiene los huevos batidos. Lo que no hay es cebolla. Y si no hay, pues no hay. Mete una patata en el aceite y la deja ahí. Se echa hacia atrás. Aspira el olor. Sonríe. La mirada se le va hacia el teléfono que está cargando sobre el poyete. Se dice que no. Que no irá. Se dice que ahora está bien. Que está con sus amigas. Que eso es bueno. La postergación y esas mierdas. Se lo dice, pero no puede evitar mirar la hora. Las nueve y diecisiete. Se dice que, entonces, seguro que Amelia ya estará en el centro comercial ese al que va. Estará en los coches de choque, en el cumpleaños. O lo mismo ya en la bolera. Con todas aquellas luces lilas. De pronto está segura de que Amelia ya le ha contestado. De que ha estado ocupada con todo lo del regalo para su amiga y que ha sido por eso. Y que justo cuando ha terminado con todo y se ha arreglado para irse al centro ha sido cuando ha tenido tiempo de ver los mensajes y de contestarle. ¿Qué le habrá puesto? Le tiembla la mano y vuelve a mirar el teléfono abandonado y se pregunta dónde exactamente está Mari Cruz y si se habrá ido arriba. Vigila un momento la patata y se acerca. Porque no quiere que ella vea que se preocupa. No quiere sus ojos escrutando. Se asoma, pero Mari Cruz está ahí. Ante la ventana. Así que dice algo. No sabe qué. La otra la mira un momento y sonríe y Carrie vuelve atrás y se planta delante de la sartén. Cuando se mira las manos, ve que se le han convertido en una colección de garfios. Muy lentamente, como le han enseñado, las va soltando.

Mari Cruz abre el siguiente armario. Sonríe. Poderosa ahora. Despacio, va sacando. Hay un tequila que está bastante bien. Y queda un culo en una botella de ron. También tres cuartos de una de brandy. ¿Quién bebe brandy hoy día? Lo va dejando todo sobre la mesa. Más al fondo hay un grupo de vasos para chupitos. Los saca también y los pone aparte para fregarlos. Luego vuelve al primer cajón que abrió y rebusca un poco entre los trastos. Hay una cajita de madera labrada con un cierre de metal. Mari Cruz vigila a las otras dos con el oído y abre. Entorna los ojos.

«Sí, prende otra luz. Empecemos de nuevo», musita.

13
Las tres

—¿Qué pelotas ha pasado con el *Sálvame?*

—Lo cancelaron, mami.

—En plan vaya mierda.

—No renta ni un poco.

—¿Y qué hace la gente ahora? La gente normal, quiero decir.

—Dame Buitrelevisión, papito.

—Pa mi toto.

Han sacado la tortilla de patatas y han calentado una lata de lentejas. Aparte las empanadillas que compraron en la estación. Están desparramadas por el sofá. Litolbely con los pies descalzos y sentada en la alfombra. El teléfono está terminando de cargar y hay puesta una lista de trap. La televisión, sin sonido, hace oscilar brillos y sombras sobre sus caras.

—Cambia. Esto es una mierda.

—Pon La Sexta.

—No seas zorra.

Los canales pasan, pero no son más que manchas de color. Se quedan con una tarotista muy repeinada sobre fondo azul. Los números de los teléfonos en verde chillón.

—Por favor, ¿y ese ataque de tinte amarillo?

—¿Eso se le habrá pasado al cerebro o qué?

—Como una lluvia dorada.

—De eso sí.

—¿Qué le va a esta? ¿Qué decís?

—Lo que no quiero es imaginarme lo otro.

—¿Matorral jurásico o qué?

—Peor lo otro.

—Sí, mami, esconde eso.

—El bosque de la bruja.

Comen, despacio. Mastican bien. La presencia de las lentejas ha generado toda serie de comentarios.

—Asco de sanos.

—Dame porquerías, mamita.

Litolbely es la primera en dejar el plato en el suelo. Sus manos se lanzan a las bolsas de patatas fritas, de Cheetos. Enseguida tiene los dedos barnizados de naranja. Se los lame en modo éxtasis. Las otras dos la miran y se ríen.

—¿Chupito?

Se beben el primero. Brindan. Abren mucho las bocas. Les queman las gargantas.

—Otro.

—¿Y no vamos a cantar o qué?

—Ahora, sí. Deja.

14
Las tres

—¿Y tu madre adónde se ha ido?

—A Marruecos, con su nuevo.

—Morocco, Morocco.

—Con todo su toto.

—¿Y te deja así sola?

—Obvio, ¿no ves?

—Pero eso es normal. A fin de cuentas, ¿cuál es la función básica de una madre?

—Esa me la sé.

—La función de una madre es decir: «Qué mona eres. Qué mona eres». Eso cuando eres pequeña.

—Y, luego, cuando te sale bicho, zas. Salir corriendo a tal velocidad que no ves ni el polvo que dejó al salir corriendo.

—Erre te.

—¿Ahora no sería erre equis?

—Erre equis, sí. Ja.

Mientras hablan, Mari Cruz está concentrada en el papel de fumar y la hierba que llevaba Carrie. No es tanta y da para cuatro porros. Termina de lamer la parte adhesiva. Los alisa con cuidado. Se pone en la lengua los trozos de maría que han sobrado. Los mastica. Carrie tiene los ojos clavados en la televisión.

—Bueno, pero pensad que ya hace tiempo que salí.

—Cierto. ¿Cuánto hace?

—Cuatro meses.

—No es mucho como para que te dejen así sola.

—Así en plan todo el fin de semana, no.

—El Maiquez estaría tirándose de los pelos. «Eso no prosedeee.»

—¿Y la medicación?

—Lo mismo que tú. ¿O qué haces tú?

—Tú lo sabes. El promedio.

—Pues ahí.

—Ahora cantamos.

—¿Sí o no?

Han dejado los platos a un lado. Ha habido un recogimiento de piernas. Mari Cruz se ha pasado al sillón y Litolbely mueve los dedos de los pies. Han apagado todas las luces y han parado la música y ya solo son las imágenes que se van sucediendo en el televisor. La adivina ha dejado paso a una película de cachas y coches. Luego han pasado, en orden, reparadores de casas y un cocinero y una tertulia y una película de mujeres que sufren. Cada vez el criterio de detención tiene que ver con los colores que predominen o con las sombras o con los contrastes. O un rostro que de pronto cruce o un paisaje que sea especialmente tétrico o todo lo contrario. Se toman otro chupito. Se lamen los dedos teñidos de naranja y de sal.

—Cuando salga, lo primero que voy a hacer es tirarme una semana en la cama. En mi casa. Debajo de una manta. Oyendo a los pájaros.

—Ahí, en plan cucaracha con Raid, sí.

—Brindo por eso.

—¿Y después?

—Después seré mayor y podré ponerme a currar. Seré cajera en un supermercado o algo. Tendré un coche. Uno pequeño.

—Compro.

—Yo me compraré una escopeta. Y me iré por la calle en plan buscando perros de esos enanos que se enfadan tanto.

—Entonces, apuntar y bum. Ja, bakano.

—Sí. Perrito bonito, perrito borrado, señora.

—O a los que dejan las mierdas en las aceras. ¿A esos se les puede disparar o qué?

—O a los de las bicis.

—Sanos, puaj.

—Y los de los patinetes.

—¿Sí o no?

—O comprar ropa. Me apetece una tarde así. De pasear y entrar. Tomar un té. Unas zapatillas chulas...

—Renta, sí.

—Yo lo que quiero es un móvil de esos idiotas que se cargan una vez a la semana. En plan sin redes. Cero conexión.

—Pues yo, tal vez, cuando tenga mi coche, haga un viaje. Me gustaría ir a Roma.

—Ahí.

—Luego me curaré. Entonces me iré a vivir a una ciudad grande. Nadie me conocerá.

—Sí.

—Pues yo lo que quiero ser es un paladín... ¿Cómo pelotas era?

—Un paladín con dieciocho de carisma y noventa y siete puntos de vida.

—Y podré utilizar mi yelmo desintegrador y hacer un D4 de daño.

—Todo mientras mi mago semielfo blande su vengador sagrado.

—Más cinco.

—Bendito seas, Peter Griffin.

—Sí, toma de mi toto.

—Y bebe de él.

—Amén.

Otra vez cambian de canal. Ahora es una mesa con varias personas sombrías alrededor. Se quedan en ella por la chaqueta azul que lleva uno de los participantes. Las sombras granulosas forman arrugas en la pared. La pared oscila y, por momentos, se vierte sobre ellas. Mari Cruz lo nota y mira. Se ha fumado ella sola casi todo un porro. Ahora se ríe, pero su risa suena un poco como la de Alvin y las ardillas.

—Está bien lo de ser paladín o cajera o lo que sea. La cuestión es lo otro.

—¿Qué otro?

—Que aquí no se cura nadie, cariño.

—No empieces.

—Es verdad. Y lo sabéis.

—No lo sabemos. Y no empieces, por favor.

—Lo sabéis. Esto no es más que un lento caminar por el borde. Sin fin. Hasta que al fin consigamos hacerlo.

—¿Consigamos el qué?

—¿Qué va a ser? Matarnos, mami. La disolución en la nada. El gran evento. El descanso, por fin.

—No digas eso.

—Es verdad. Y lo sabes.

—Ya, pero no lo digas.

Las tres quedan en silencio. La televisión funde a blanco y proyecta sombras vivas y crueles sobre sus rostros. La pared vuelve a ser granito. La habitación se estabiliza de golpe. De pronto parecen tres ancianas. Tres viejas brujas pálidas y comidas de ojeras. Temblorosos pellejos colgantes.

—Chupito. Canción.

—Vamos, mis *pussies*.

—Bueno, vídeo sorpresivo. Estamos grabando, pero no emitimos en directo. Porque... ¡nos hemos escapado, zorras! Bueno, no es que nos hayamos escapado, es solo una salida de fin de semana. Estirar las piernas. Ya sabéis. El aire del mar y esas mierdas. Entonces, os vamos a cantar un poquito. En plan *sampler* y eso. Aquí estamos. La Litolbely, la Carrie y servidora, Mari Cruz. El tema ya lo sabéis: «Una de cuatro».

Es el tercer intento y es el que va a salir bien. Han encendido luces. Se han retocado el maquillaje. Se han puesto bien tirante el pelo. Se han tomado otro chupito. Han ensayado poses, rostros. El teléfono está apoyado en la ventana que da al marjal y suena un *sampler*. Están de pie. Siguen el ritmo.

Una de cuatro, una de cuatro.
Yo solo me trago, una de cuatro.
Y cómo lo haces.
Yo se lo ordeno
a mi cerebro vago.
«Esa que no pase. Esa que se quede.»
Y luego en el baño
me la encuentro en la mano.

Les brillan los ojos. Se miran. Se sonríen. Mari Cruz está un poco más adelantada que las otras dos.

> Y no me duermo.
> No me quedo atontado.
> Porque me trago
> na más que una de cuatro.

Luego terminan, se despiden. Mari Cruz Goebbels y las Inventoras del Autogiro, gritan. Caen sobre el sofá muertas de risa. Siguen cantando.

> Y te muerdes la lengua.
> Te muerdes la lengua.
> Te muerdes la lengua.

Poco a poco se calman. Litolbely está tirada en la alfombra, mirando al techo. Se le mueve compulsivamente la cabeza. Como si hubiera ahí un tambor que no dejara de sonar. Poco a poco las respiraciones se van calmando. Hay un minuto de silencio. Solo se oye al sámpler que sigue y sigue.

—¿*Exclusive* o qué?

—Gucci, nenas.

—Joder, que alguien apague eso.

Alguien lo apaga. Las tres respiran. Mari Cruz se incorpora.

—Oye, esto no se sube, ¿sí? Al menos hasta que hayamos vuelto.

—Obvio.

—¿Y qué? ¿Prendemos un bate?

—¿Sí o no?

16
Las tres

Prenden dos. Uno se lo van pasando Litolbely y Carrie. El otro se lo queda Mari Cruz. Ahora es Mari Cruz la que está sentada en la alfombra. Da caladas largas y tiene los ojos fijos en la pantalla de la televisión. Predomina el rosa. Las otras dos están en el sofá y han abierto el perfil secreto de Carrie.

—¿Y cuándo fue que se mudó tu amiga?

—Hace cinco años.

—O sea, se muda de la ciudad y *ghosting* total.

—Bloqueada de todo. En un minuto.

—O sea, *cloaking*. Zorra.

—No sé.

—Pero me gusta cómo te has hecho el perfil.

—Gracias.

—¿Y de dónde sacas los seguidores?

—Es fácil. Tú pones cosas bonitas. Así todo muy *kawaii*. Y empiezas a seguir peña. Luego la gente te sigue.

—Pero te esperaste para seguirla, ¿sí?

—Claro. Hasta que no tuve ochocientos no le di a ella. En cualquier caso, este es mi segundo perfil falso.

—¿El primero te lo cazó?

—No sé. No le pregunté, claro. Pero, sí. Imagino.

Las dos levantan la vista hacia Mari Cruz. Que se ha incorporado de golpe. Que se ha arrancado la sudadera. Que se sienta ahora con violencia en la alfombra. Sus ojos de diamante son cortafríos ahora.

—No fumes más, mami.

Pero Mari Cruz se encoge de hombros y Litolbely tiene una sensación extraña. Y más aún cuando Mari Cruz de pronto habla. Porque su voz es diferente ahora. Más cortante, más agresiva.

—Autorregulación emocional, *pussies* —dice Mari Cruz.

—No empieces.

—Sí, una en su vida. Lidiando con la ansiedad. Y de pronto sale el demonio y zas. Corriendo a por la cuchilla.

—Mami, para.

—Es un caso típico en realidad. Porque tú estabas ahí en modo vórtice. Con el diablo bien metido dentro. Entonces todo se jode y, zas, a pulsar el botón como una loca en plan dónde está mi cuchillo y por qué tengo todas estas venas tan sabrosas aquí en los brazos.

—Para, en serio.

—En serio, justo. —Mari Cruz toma aire—. En serio lo hizo la segunda vez que la bloqueó. Ahí sí que fue a autorregularse en serio.

—Para.

—Ahí nos conocimos, *pussy*. —Mari Cruz le habla ahora directamente a Carrie, que está como expectante, encogida—. Di que no.

Carrie y Litolbely se miran un momento. Mari Cruz musita algo que no llegan a comprender. De pronto levanta la cabeza y las mira, y Litolbely tiene la sensación de que sus ojos han viajado largo tiempo desde el fondo del mar.

—El gran evento, zorras —dice Mari Cruz.

Lo dice y luego rueda sobre sí misma. Se comprime. Casi que desaparece. Clac y botón de desconexión. Litolbely se concentra en el perfil de Carrie. Entra en el chat con Amelia. Aún no hay respuesta. Carrie sonríe y es todo tristeza. Da una calada y pasa.

—Y no sabes qué está pasando ahora.

—No. No hago más que mirar los mensajes a ver si en algún sitio se me pasó, o di una pista. Pero no sé.

—Entonces no será nada. Ya verás.

—Bueno.

—En cualquier caso, yo te digo cómo se soluciona. —Otra vez es Mari Cruz. Otra vez su voz es fina, cortante.

Carrie y Litolbely se vuelven a mirar.

—¿Y cómo se soluciona, según tú? —Ahora también ha cambiado la voz de Carrie.

Litolbely lo nota y vuelve a hacerse pequeña. Se queda el móvil para sí y sale de los perfiles de Carrie. Porque sabe lo que viene y sabe que va a necesitar, dentro de unos minutos, una solución.

—Fácil. Te dejas de hacer el Gatsby y lo asumes.

—¿Y qué es, para ti, asumirlo?

—Fácil. Haces así, ras, te echas el tanga para un lado y te haces una foto *pussy*. Y se la mandas a la zorra de tu amiga. Y se lo dices claro: «Mami, to esto es pa ti, ¿vamos?». Y ya, lo que ella te diga. O bien «Vente pa Madrid, mi *pussy*» o bien arrinconada para siempre en la *friendzone*. Fin del problema.

—No es eso. No tiene nada que ver con eso.

—No me jodas encima.

—¿Quién lo sabe mejor? ¿Tú o yo?

—Yo. Porque tú te lo niegas. Y lo peor es que lo sabes.

—¿No te he dicho que no?

Carrie lo dice y Litolbely deja de hacer lo que está haciendo con el teléfono y levanta los ojos un momento. Porque la voz de Carrie ha vuelto a cambiar. De pronto es una voz más triste, más tensa. Y la propia pose ha cambiado. Ya no está recostada, sino que se ha envarado y su cabeza se ha ido hacia abajo, hasta casi meterse entre sus hombros.

—Mari Cruz... —dice Litolbely.

Pero la otra está lanzada.

—¿Y no te digo yo que sí? ¿O me vas a decir que nunca, cuando erais tan superamigas de pequeñas, pasó nada? No me jodas.

—Nena, *chill*.

—Es un caso ultrasuperclaro de frotamiento de cascabeles sumado a una ideación infantil no superada. Amor soñado y no correspondido, vamos. Y luego, lo de siempre, angustia, ansiedad. Displacer y disociación.

—Nena, apaga —vuelve a decir Litolbely.

Pero las dos se callan, porque Carrie ha dicho algo. Algo confuso, gangoso. Los ojos de Mari Cruz brillan más que nunca.

—¿Qué has dicho? Repite —dice Mari Cruz.

—He dicho que yo, por lo menos, no tengo que estar inventándome mierdas.

Carrie lo dice y Litolbely siente, casi, la explosión. O el huracán que entra por la ventana y se lo lleva todo. Mira a una y mira a otra. Y ahora es cuando puto estalla el mundo, se dice. Ahora es cuando todo se cuela por el agujero y las panteras se despedazan. De pronto se siente muy lejos de todo y se dice que quisiera escapar. Solo que no, malas noticias, *pussy*. Atrapada. Así es como estás y a ti sí que no vendrá nadie a rescatarte. Así que vigila. Estate atenta o estas se limpiarán las bragas con tu carne. Y encuentra. Algo. Dales una solución. Establece una tregua. Píntala. Lo que sea. Carrie sigue con la cabeza metida entre los hombros y parece, por la pose y la tensión de los músculos, un toro que estuviera a punto de embestir. Mari Cruz sonríe. Se ha agarrado el mechón rebelde y ahora tira con fuerza de él. Tal vez ha habido un momento en que ha tenido que reconfigurarse, pero sonríe. Una sonrisa dulce, salvo que una la mire a los ojos. Porque estos se han escapado del mundo y son, en ese momento, ojos fuera de toda posibilidad.

—¿Qué? —dice Mari Cruz.

—Lo que has oído.

Pero Litolbely ya lo tiene. Lo acaba de encontrar. Levanta el móvil en la mano.

—Escala de verificación de Hare, chicas —grita—. ¿Quién es más psicópata? ¿Jugamos?

Litolbely nota perfectamente como la mente de Mari Cruz hace clac y se coloca. Entonces Mari Cruz sonríe y sus ojos vuelven a ser dos diamantes afilados. Lo mismo sucede con Carrie. Su espalda hace crac y la cabeza, lentamente, se levanta.

17
Las dos mujeres

Mucho tiempo después de aquel fin de semana

—Al final no fue usted cajera en un supermercado.

—No.

—¿Está bien en su trabajo?

—No está mal. «Fruasec, buenos días. ¿Con quién quiere hablar? Le paso.» Así todo el día. Tiene sus cosas buenas y sus cosas malas.

—¿Las buenas?

—Bueno, la calma esa. Ese concepto de «el presente archivado y el futuro no aterrando en el corto plazo». Lo que es mucho. Y el ambiente está bien. Y no estoy de cara al público.

—Eso la agobiaba, entiendo.

—Sí. Mucho. Así que, cuando la María del Rosario empezó a buscarme trabajo, se lo dije. «No de cara al público, por favor.» Había tenido malas experiencias.

—Antes había trabajado en un cine, ¿cierto?

—Una sala de multicines. De acomodadora y esas cosas. Con la linternita y tal. No se me daba bien. La gente, las caras de la gente, los olores de la gente...

—Y en cambio ahora está bien.

—Sí. Ahora estoy en mi cubículo. O sea, estamos los

dos. Mi centralita y yo. Y no tengo que ver a nadie ni ponerle cara a nadie. Digamos que no soy más que una máquina que filtra mensajes.

—¿Y las cosas malas?

—Bueno, digamos que eso tiene que ver con la caspa.

—¿La caspa?

—Sí. Digamos que en una asesoría tan grande, pues hay visiones que enfocan hacia los intersticios de la caspa. Lo que podríamos llamar el promedio casposo de la fauna de la región.

—¿El salario está bien?

—No es muy alto, pero no está mal. Aunque yo no tengo tantos gastos. Mientras Ramón no me eche...

—¿No ha pensado en independizarse?

—Bueno, yo tengo la excusa de Ramón, que ya está mayor y que me necesita. Así que, simbiosis. Pero, en el fondo, es terror. Digamos que lo pienso y es como si el mundo se removiera debajo de mí. Imagino que eso es lo que me falta.

—¿Lo que le falta para qué?

—Pues para terminar de madurar. Coger la responsabilidad. Esas cosas.

—Ya veo. ¿Le parece que sigamos?

—Como usted vea.

—Explíqueme lo del grupo.

—¿Qué quiere saber?

—Ustedes grababan canciones y se dirigían a un público al otro lado del teléfono. ¿De verdad tenían público?

—Obviamente, no.

—¿Entonces?

—Era un juego. Jugábamos a que éramos *youtubers,* o *streamers,* llámelo como quiera. Piense que éramos niñas. Niñas encerradas. O sea, mucho aburrimiento. Además, niñas inmaduras, que se han perdido un montón de cosas.

—Imagino que en el hospital no tendrían mucho acceso a dispositivos.

—No, bueno, a veces podíamos oír un poco de música. Lo que se hacía en aquel momento. Siempre con mucha restricción. Y, a veces, después de mucho suplicar, nos dejaban un teléfono y entonces grabábamos una canción y eso.

—Pero sin emitir.

—Obviamente. Solo la grabábamos. Luego nos veíamos. Eso.

—Y, por supuesto, no les cantaron aquella canción a las enfermeras.

—Obviamente no, claro. ¿Se imagina?

—¿Qué quiere decir eso de que Mari Cruz se inventaba cosas?

—¿No lo sabe?

—No. Por eso lo pregunto.

—Pensaba que usted tenía acceso a los historiales y esas cosas.

—No. No lo tengo.

—Bueno, era su historia, ¿sabe? Ella no la contaba tanto. Solo a algunas personas de su confianza.

—¿Y cuál era esa historia?

—Bueno. Es complicado. Usted sabe de este, ¿sí? Goebbels.

—Claro.

—Y de sus hijos. Todo aquello del cianuro.

—Sí.

—Pues eso. La historia de Mari Cruz, su ideación, como si dijéramos, era que ella descendía de Goebbels. Que Goebbels era su tatarabuelo o algo así.

—Pero los hijos de Goebbels murieron. ¿O se refería al otro hijo, al del matrimonio anterior?

—No, en realidad no. ¿Se lo cuento con calma?

—Por favor.

—Verá, lo que Mari Cruz decía era que una de las hijas de Goebbels, Helga, la mayor, la que se había dado cuenta del pastel, sobrevivió.

—¿Sobrevivió cómo?

—No lo sé. Era algo confuso. Algo como que al parecer no mordió aquello. O al parecer estaba conchabada con el radiotelegrafista del búnker. Un tal August.

—Ya.

—Bueno, sabe que a los niños les dieron primero algo para que se durmieran, ¿sí?

—Sí.

—Pues verá. Lo que contaba Mari Cruz era que a los niños les dieron eso y que al poco el radiotelegrafista entró en la habitación e hizo que Helga escupiera. Y, a partir de ahí, la huida de los dos. Entonces los dos huyen del búnker antes incluso de que los papás Goebbels tengan ocasión de darles el cianuro. Después vagan, escondidos, por Berlín durante tres o cuatro días. Parece que los soviéticos los van a capturar un par de veces, pero al final consiguen huir. Entonces salen de la ciudad y se esconden en granjas y en las montañas durante tres o cuatro años y luego los grupos afines los pasan a España y se instalan en Denia. Sabe que allí se refugiaron muchos nazis, ¿verdad?

—Sí. Bremer y todo aquello, sí.

—Sí, el que salía en la fotografía con aquel otro que fue ministro de aquí.

—Fraga, sí.

—Bueno, pues allí se instalaron. Por supuesto, aquello nunca trascendió. Es decir, nunca nadie lo supo, ¿me sigue? Tal vez los nazis de allí, pero nada más.

—Claro.

—Allí fue donde August y Helga se casaron. Helga tenía

diecisiete años por entonces. Luego tuvieron un hijo y una hija. La hija se llamaba Helena. De Denia pasaron a Murcia. A un sitio pequeño, apartado. Ahí por la zona de Torre Pacheco. Ahí creció Helena y ahí se casó con un tal Daniel. Y de ahí nació Magda, la madre de Mari Cruz.

—Ya veo.

—No. Esto acaba de empezar. Pregúntese cómo sabía Mari Cruz todo esto.

—¿Cómo lo sabía?

—Pues porque un día, cuando ella tenía unos diez años, un señor rubio la fue a esperar a la puerta del colegio. Y luego le contó una historia.

—Esa historia.

—Sí, pero con más detalles. Porque, según este señor, que se llamaba Hans, Daniel no era el verdadero abuelo de Mari Cruz, sino él. El propio Hans.

—Ya.

—Entonces le contó la historia. Y le dijo más cosas. Por ejemplo, que la madre de Mari Cruz no sabía nada de todo esto. Y que él se lo contaba a ella porque ella era distinta. Y que, por tanto, no debía contárselo ni a sus padres ni a nadie.

—Ya.

—También le dijo, al parecer, que un día la llamarían.

—¿La llamarían para qué?

—No lo sé. Si se le preguntaba eso a ella, se limitaba a sonreír así a su manera. Como si dijera: no lo entenderías.

—Ya veo. ¿Cree que Mari Cruz tenía simpatías por el régimen nazi?

—¿Mari Cruz una nazi? Sinceramente no creo ni que entendiera lo que era todo eso. Ni lo que implicaba ni nada. Al menos en aquella época.

—Estoy mirando y el radiotelegrafista del búnker se llamaba Misch. Rochus Misch. Y sí es cierto que escapó. Pero lo capturaron los soviéticos y estuvo preso en Siberia hasta el cincuenta y cuatro.

—Ya, bueno. Eso háblelo con Mari Cruz. Ja.

—¿Usted qué cree?

—¿Qué creo de qué? ¿De que si eso era verdad? Claro que no. Pero ya le digo que Mari Cruz tampoco hablaba mucho del tema. Yo solo lo oí contar dos veces. La vez que me lo contó a mí y la vez que se lo contó a Puri. Y no se podía discutir con ella.

—No me refería a eso, sino a por qué cree que Mari Cruz había desarrollado esa ideación.

—Ah, me está dando la impresión de que usted no sabe por qué Mari Cruz estaba en el hospital.

18
Las tres

Sábado

Juegan un rato. En la penumbra granulosa el teléfono ilumina la cara de Litolbely. Le hace la boca más grande aún, le afila las pestañas. Litolbely pregunta y las otras lo piensan y responden. Valora tu capacidad de ponerte en el lugar de otros del uno al diez. Seis. Cuatro. ¿Crees que tu expresión emocional es actuada? Valóralo del uno al diez, siendo diez muy actuada. Cuatro. Nueve. Valora tu sentimiento de culpabilidad. Diez si no asumes las culpas o las responsabilidades. Cinco. Ocho. Y la planificación a largo plazo, claro. Seis. Dos.

No llegan a ninguna conclusión. Tampoco importa. El test acaba en el momento en que Litolbely siente el tequila y la tortilla subiéndole por la garganta. Entonces arroja el móvil sobre el sofá y escapa a toda prisa. En el baño deja escapar un chorro anaranjado y ardiente. Luego se queda ahí, respirando y lagrimeando. Abajo están las otras dos.

Carrie está sentada en el sofá, las piernas flexionadas, los pies encima de la mesa de café. Mari Cruz está semitendida sobre la jarapa de ribetes azules. La televisión funde a negro un momento. Los ojos de las dos se encuentran. La expresión de Carrie es seria, concentrada. Mari Cruz sonríe. De pronto, las dos lo saben.

—¿Qué me miras? —dice Carrie.

—Miro que justo ahora me acabo de dar cuenta de que eres una zorra.

No hay más. Los ojos de Carrie no parpadean. Mari Cruz sonríe. Los ojos de Carrie se van a la ventana que alguien ha cerrado. Se levanta y la abre de par en par y regresa. Pasa cerca de Mari Cruz, que tiene los ojos muy fijos en la pantalla de la televisión. Por la ventana entra una turbonada de aire helado. Y el olor metálico del marjal.

19
Las tres

Lo primero que hace Litolbely al bajar es irse al frigorífico y agarrar una Coca-Cola. Se la bebe casi entera en dos segundos y eructa. Después rebusca hasta que encuentra la última bolsa de Cheetos y regresa al salón. No nota nada extraño. Las otras dos están calladas.

—Vaya poteo —dice.

Luego sonríe y se acomoda en el sofá y pone la bolsa de Cheetos a su lado. Vuelve al móvil. La pantalla le afila la nariz.

—Dónde pelotas está el porno aquí.

—A ver si encuentras al viejo ese.

—¿A cuál?

—Al gordo. El del minipirulí.

—Sí, ¿cómo se llamaba?

—No sé. Tú pon «porno español».

—Claro.

Al final lo encuentra. Llama a las otras dos. Carrie y Mari Cruz se asoman al móvil.

—Dios.

—Qué puto asco guion vergüenza.

—En serio, no sé...

—Joder, debería dejarlo ya, ¿no? O, ¿qué?, pensar en dedicarse a otra cosa.

—Si pesa tres veces lo que la pobre chavala.

—Lorzas blancas, el sueño de toda mujer.

—Sí. La puta vida real.

—Hola, ¿te apetece que te babee encima un gordo viejo y calvo de barba blanca?

—¿Que además la tiene pequeña?

—Todo mientras te grabamos para que te vean tus vecinos, obvio.

—Yo me la imagino a ella saliendo después. Joder.

—Se irá a zumbarse al primero que se encuentre por la calle.

—O a llamar al ex, así de momento.

—A ducharse más bien. Bien restregada.

—Puto asco.

—Lo peor es ¿quién se cree que a una chavala así le va a apetecer irse con eso?, ¿o que lo está pasando bien?

—Esa es fácil. A los gordos minipirulíticos.

—Literal que es porno para esos.

—¿Sí o no?

—Lo peor no es eso.

—¿Qué es?

—Que a él le estará dando gusto, encima.

—Obvio.

—Puto asco.

—Ella está bien.

—Muy rica, sí.

Las otras dos se apartan. Litolbely se queda ahí un rato. Va pasando de un vídeo a otro. Se queda, por instinto, en los verticales. Las chicas en sus baños, en sus habitaciones, sus terrazas. Cambiándose de sujetador, de braguitas. Abriendo y enseñando. Metiéndose cosas. Metiéndose chicos. Los chicos y sus rabos. Sus culos. Sus muslos. Se dice que los actores porno no saben comer totos. Que se les nota, directamente, que no les gusta. Puto patriarcado. Se aburre y lo deja. Se pone a buscar otra cosa. Las otras dos trastean con el mando a distancia.

—Dios.

—No jodas.

—Dale voz.

Litolbely mira. Abre mucho los ojos.

—¿Qué pelotas es eso?

—El Entierro de la *Caspardina*.

—Pero... ¿no es que estamos en octubre o qué?

—Será una reposición.

Se quedan ahí un rato. Por la pantalla avanza el desfile. En las carrozas tiradas por tractores pone Polifemo, Aquiles, Apolo. La avenida está atestada de gente que ruge y la música atruena. El presentador de la televisión trata de ponerle emoción al asunto, pero el resultado es algo muy años sesenta. Hay mil colores. Amarillos, rojos. Aparte bengalas y hachones. Humo. Hay planos de las bandas de música y perspectivas que abarcan toda la Gran Vía. Desde los balcones de las carrozas un montón de cincuentones barrigones vestidos de forma estrafalaria arrojan balones al populacho. Con la otra mano sujetan el cubata. Se ríen. Parecen satisfechos. Abajo la plebe ruge, se arrima, alarga brazos interminables, reviste sus ojos de excitación primitiva. Las tres muchachas están estupefactas. Inmóviles.

—¿Esto qué son? ¿Reminiscencias de la marquesa tirándoles monedas a los pobres o qué pelotas?

—Reminiscencias, jo. Tú si has estudiado.

—Peor es lo de los de abajo.

—¿Peor? Abre campo.

—Sí, están ahí estirando los brazos, apretados como locos eufóricos. ¿Para que les tiren qué?

—Un puto silbato de plástico.

—Justo. Y esa es la cosa. Porque luego, cuando llegan a casa, ¿qué hacen con el puto silbato?

—Tirarlo a la basura, obvio.

—Es el orgasmo, mami.

—Primitivo, primitivo.

Los planos cambian. Las chicas permanecen en silencio. Ahora son las carrozas llenas de cincuentones enrojecidos que se dan con el codo y comentan algo. El plano se queda en dos en concreto, las gafas de sol puestas aunque es de noche. Comentan algo y sus caras reflejan sonrisas que tienen algo de lujurioso. Justo como si estuvieran mirando, en ese preciso instante, el culo de una de las hachoneras de quince años. En la habitación unos ojos brillan.

—En el fondo, si lo pensáis, todo es pederastia.

—¿Pederastia? Abre campo.

—Sí. Pensad en las procesiones.

—¿Qué les pasa?

—Sí. Tú eres un señor mayor. Y vas ahí, con tu cucurucho en la cabeza.

—Sí.

—Y entonces se te acercan las niñas de diez años y tú puedes sacarte un caramelo del bolsillo y dárselo. Dárselo, incluso, delante de sus madres y sus padres.

—Y a los niños de ocho. Obvio.

—Ja.

—Chiste. ¿Qué subcategoría de farloputero es el Sardinero?

—¿Cuál?
—El que va a misa los domingos.
—Ja. Bakana.
—Tóxica.

20
Las tres

Comparten otro porro entre las tres. La brasa oscilando a un lado y otro de la habitación. Se toman otro chupito. Litolbely vuelve a notar aquello en la barriga y vuelve a subir. Otra vez el chorro ardiente. De regreso mezcla todos los culos de Coca-Cola que quedan en las latas y se los bebe. Apura la bolsa de Cheetos. Se lame los dientes. Las otras dos miran la televisión en silencio. Ahora hay un documental americano. Un tiroteo en un colegio. Muertos. Es el momento en que los agentes entran para abatir al tipo. Imágenes de las propias cámaras que los policías llevan al hombro. Son pasillos y escaleras y tipos gordos de uniforme cruzando por delante. Y el cuidado y la tensión.

—¿Qué creéis que está pensando el güey ahora?

—No entiendo.

—O sea, ¿qué quiere?, ¿morir o qué?

—Sí, ¿no? Con lo que ha hecho.

—Pero ¿quiere morir de verdad? O sea, ¿cuáles son sus opciones?

—Que lo cojan.

—Ya, pero ¿y si él no quiere morir en realidad? ¿Y si lo que quiere es no tener que pasar por el trago?

—Abre campo, *pussy*.

—Sí, o sea. Te cogen vivo, ¿sí? ¿Y entonces qué viene? La detención, te sacan esposado, los flashes, la televisión.

—Y luego el juicio.

—Y antes todo el interrogatorio. Los policías bien cabreados. Y luego cuando te sacan de la cárcel y te llevan a otro sitio. Reconstrucción de los hechos y después te vuelven a meter. Y todas las cámaras ahí. Los ojos mirándote.

—Y el ruido, obvio.

—Entonces, no sé. A lo mejor él en realidad no quiere morir. Solo que no se le ocurre otra forma de no pasar por todo eso.

—Lo que dices es que, si pudiera saltarse todo eso, si pudiera despertar de pronto ya en una celda habiendo pasado por todo eso, no querría morir.

—No sé. Puede ser.

—¿Puede ser que estés diciendo eso o puede ser qué?

—Sí, estoy diciendo eso.

Siguen mirando. De pronto los policías corren, se llaman. Hay otro pasillo. Una habitación grande, con sillones. Se oyen gritos. Y luego plop, plop, plop. Luego el que lleva la cámara al hombro corre más deprisa.

—Pixelado. Siempre pixelado.

—Putos.

—Tiempo flotando a lo largo de la noche —dice de pronto Litolbely.

—¿Qué?

—Eso somos y ya.

—Dale, *pussy*.

—No sé —sigue Litolbely—. Yo creo que la muerte no existe.

—Bua.

—Me renta.

—Desarrolla, mami. Abre campo.

El documental terminó hace rato. Ha habido otra ronda de chupitos. Y luego otra. Y otra. Han cambiado de posición. Carrie sigue en el sofá, pero ahora es Litolbely la que está sobre la jarapa con ribetes azules.

—Porque yo creo que existen millones de universos.

—*Cool.*

—Y que cada vez que hacemos algo, o que dejamos de hacerlo, en realidad lo que estamos generando es un universo nuevo. Uno que parte desde ese acto que hicimos o que dejamos de hacer. Y se abre desde ahí. Como hacen los árboles.

—Dale.

—Considerad la materia, ¿sí? Nosotras, la mesa, el sofá. Materia, ¿sí?

—Sí.

—Pero la materia no es «materia». Es un millón de cosas. Protones, electrones. Y más cosas que hay debajo. Fotones, piones, gluones. Quarks, neutrinos.

—Y lo del acelerador ese.

—Bosones, sí. Y muones, hadrones, tauones. —Los ojos de Litolbely chispean por segundos—. Y están las teorías cuánticas y la teoría de cuerdas.

—¿Dónde vamos? Me he perdido.

—Vamos a que cada vez que se realiza una medición cuántica el universo se divide en dos universos paralelos. Cada uno con una medición distinta. Lo del observador y eso.

—Mola.

—Y yo, lo que digo, es que el tiempo y el espacio no son lo que nosotros, la «gente normal», pensamos que son.

—¿No?

—No. Todo son campos y estados que pueden variar. Y que, entonces, cada minipartícula es un universo en sí, con sus propias normas. Sus propias normas de espacio y de tiempo.

—Me pierdo —se ríe Carrie—. Pero te sigo. ¿Y?

—Pues que entonces cada posible acto que los implique es una medición cuántica en sí misma. Y por tanto una división en universos paralelos. Y que, entonces, un universo, cada universo, no es más que una posibilidad.

—Dale, *pussy*, abre.

—Entonces, pensadlo. Pensad que cada acto genera un universo.

—Entonces habrá miles de universos al mismo tiempo.

—Sí. En planos distintos. Y entonces habrá no miles sino millones de universos en los que, simplemente, nosotras no llegamos a conocernos y en los que, por lo tanto, no estaremos aquí. Y habrá otro montón de universos en los que solo estaréis aquí vosotras dos. Y otro montón en el que estará una sola de nosotras, pero lo hará con otras dos personas. Y otro montón en el que ni siquiera nacimos. Y habrá, por ejemplo, un universo en el que yo morí a los diez minutos de nacer. Y otro en el que morí en el segundo siguiente. Y así sucesivamente.

—Brutal —dice Mari Cruz.

—Me apunto.

—Pero, centremos. —Otra vez es Mari Cruz—. Hay un universo en el que moriste, no sé, el diez de agosto del veintiuno. ¿Qué pasó entonces?

—Que pasé al siguiente.

—Y dices que entonces vamos pasando de un universo a otro.

—Sí, hasta que un día lleguemos al universo en el que no muramos.

—¿Y por qué existe ese universo?

—Porque es una posibilidad. Una tan posible como todas las demás.

—Y cuando saltas de un universo a otro, ¿qué pasa con lo que hiciste en el primero? ¿Lo olvidas? —dice Carrie.

—Sí.

—No sé.

—¿Cómo que no sabes? —se revuelve Litolbely—. ¿No olvidas tú cosas? ¿No hay cosas de cuando eras pequeña que has olvidado?

—Sí.

—O lo mismo que pasa con los sueños, ¿por qué sueñas? ¿Y por qué los olvidas?

—Eso.

—Además, la memoria es edición. Es decir, tú no recuerdas lo que recuerdas. Sino que editas tus pensamientos y los armas como si fueran ciertos.

—¿Sí o qué?

—Sí, para no volverte loco. Es un mecanismo de defensa.

—¿Y por qué no vemos a esos inmortales? —dice Carrie.

—No sé. Tal vez sí que los veamos y no lo sepamos. O tal vez no estemos en un universo en el que haya de eso todavía. —Litolbely lo dice y Mari Cruz se ríe suavemente.

—Entonces al final llegaremos a un universo en el que nadie muere —dice Mari Cruz.

—Obviamente.

—Porque es una posibilidad.

—Obvio.

—Ya. Sí, pero no. Tú sabes que no.

—No, ¿qué?

—Que tú te crees eso porque quieres creértelo. O sea, al final, religión. Has inventado tu propia religión.

—Oh, infieles, venerad mi toto —dice Carrie.

—Sí, tomad y comed todos de él.

—Porque este es el flujo de mi chichi.

Litolbely toma aire. Mira fijamente a las otras dos. Espera a que se acaben del todo las risas, a que respiren.

—A lo mejor, no.

—No, ¿qué?

—A lo mejor es una de esas cosas que son verdad solo que aún no se sabe. Piensa en un móvil. En lo que hubiera pensado alguien del siglo dieciocho de un móvil o de un coche o de la televisión en directo.

—Eso sí.

—Además, hay otra cosa.

—¿El qué?

Litolbely se incorpora un poco. Su voz se torna soñadora.

—Una vez soñé que estaba en una casa muy grande —dice—. Había cientos de habitaciones. Y yo vagaba por ella, así en silencio. Esas cosas. Y entonces llegaba a una sala muy grande, con un piano, y allí estaba ella.

—Cuando dices «ella» te refieres a esa que no quieres que nombremos.

—Mi madre, sí.

—Y qué pasaba.

—Pues que ella estaba de espaldas, sentada, y yo llegaba y daba la vuelta a su alrededor. Y ella no tenía cara. O sea, había carne y eso. Pero no tenía ni ojos, ni nariz, ni boca. Nada.

—Y entonces cómo sabías que era ella.

—Joder, porque lo era.

—Ya.

—Solo que luego me di cuenta de que yo no estaba dormida. Luego no podía estar soñando.

—¿Entonces?

—Entonces es que ella me estaba soñando a mí.

—Ah, zorra.

—Te quiero.

—Caballito, caballito.

21
Magda

Magda está soñando con una playa. Es una playa infinita. Flanqueada a su derecha por dunas coronadas de matojos y a su izquierda por un mar de bronce. Camina. Lleva un rato viendo, a lo lejos, un bulto tirado sobre la arena. Ahora está más cerca y lo distingue mejor. Una mujer. Poco a poco se va acercando a ella. Empieza a distinguir detalles. Como que la mujer está panza arriba y desnuda. Como que la mujer está atada, en cruz, a unas estacas que sobresalen de la arena. Sigue aproximándose. Lo hace hasta estar a su lado. Ahí se detiene. Percibe nuevos detalles. Algo extraño en los ojos de la mujer. Magda siente un golpe en la barriga. Porque lo que sucede es que la mujer tiene los párpados superiores cosidos a las cejas y los inferiores a la carne del pómulo. La mujer, entonces, la mira y dice algo. Un susurro.

Es en ese momento cuando Magda se despierta. Primero no reconoce la habitación. Le lleva un rato acordarse de que está donde su Fina y que el cuerpecillo caliente que tiene al lado es el de su Juanjo. Lo aparta un poco y lo arropa y sabe que no va a volver a dormirse. Porque el sueño permanece en toda su viveza y por algo más. Algo que la revuelve, que le eriza la piel. Que está como metido en piedras en sus uñas. La sensación de un camino estrecho y dos luces que se mueven en la noche y que luego esperan.

Aprieta los dientes y al final se levanta y empieza a vestirse. Luego toca en la habitación de su Fina.

—Fina, te robo el coche un rato.

—¿Dónde vas a estas horas?

—Ahora vengo.

Así que deshace el camino de vuelta a su casa y todo el rato, por donde se amontonan cañas o acequias, va vigilando. Lo mismo en los solares que en las esquinas que en las ruinas del edificio aquel que se cayó con el temporal. Luego llega a su casa y abre con su llave. Entra despacio, atenta. Como si temiera que una pantera pudiera estar escondida en cualquier rincón. La casa huele a yeso, a sudor y a cemento y sobre la mesa de la cocina están los restos de la cena de Pablo, su marido.

Magda enciende todas las luces y recoge un poco. Luego va a la habitación, pero Pablo no está allí. Lo encuentra en el patio, sentado en una mecedora, mirando a las nubes.

—¿Qué haces?

—No dormir.

—Yo tampoco podía.

Así que Magda se sienta en otra mecedora, cerca de Pablo, y le hace gesto de que le pase un cigarro. El hombre la mira y se encoge de hombros. Magda da una calada larga, entorna los ojos.

—¿Se sabe algo? —dice él.

—Nada.

—¿Les has dicho a los críos?

—Solo al Antonio.

—¿Y el Juanjo?

Magda lo piensa. Da otra calada. Se encoge de hombros.

—No sé. Alelado. Un par de veces me ha mirado de esa forma...

—¿Qué forma?

—Esa de «no tengo que preocuparme, ¿verdad? Porque tú estás aquí».

—Ya.

—A veces...

—¿Qué?

—Nada.

Pablo la mira un momento, pero no dice nada. Se acaban los cigarros y se encienden otros. La madrugada está cuajada de grillos y la lechuza que vive en el palmeral puntea los segundos. Un perro ladra insistente por la zona del cañaveral, más allá de la carretera. Pablo es más bien tosco, chato. Bajo. Renegrido de los de pasar la vida al sol, aunque sea agosto y las tres de la tarde. Musculoso de los de cargar ladrillos y acarrear sacos. Su cara, ya con la edad, es un mapa de arrugas lo bastante profundas como para sostener monedas de cinco céntimos. A cambio, las palmas de sus manos son sorprendentemente suaves.

—He soñado que estaba allí aquel día —dice él. Magda lo mira con compasión—. Estaba en la habitación. Como por la zona de la puerta.

—¿Al lado del frigorífico?

—No. Al lado, no. Era como si estuviera en vez del frigorífico, ¿me entiendes?

—Sí.

—Yo estaba ahí y los críos estaban ahí. Todos menos el Antonio. Pero pasaba una cosa. Y era que no podía moverme. Y tampoco podía hablar.

—Ya.

—Pero veía, ¿entiendes lo que te digo?

—Sí.

—Luego empezaba la cosa. Todo en silencio. No se oía nada, nada. Nadie decía nada, pero tampoco había ningún ruido. Como si no se hubiera inventado el sonido. Entonces ella los miraba. Sonreía. Yo gritaba, pero nadie me oía. Luego los niños empezaron a ahogarse. Abrían mucho los ojos. Con los ojos pasaba una cosa rara.

—¿Rara por qué?

—Porque yo no podía cerrarlos. Quería cerrarlos porque no quería ver. Pero no podía.

Magda lo mira y asiente y se pregunta durante un segundo qué tipo de cosa podría haberlos conectado. Luego suspira.

—Los labios se les ponían azules —dice él. Y ella mira a un punto indeterminado más allá de los árboles y nota como él hace retemblar la mecedora—. Si la tuviera aquí...

—No digas eso.

—La estrangulaba.

—No digas eso.

—Sí lo digo. Quiero decirlo. Gritarlo. ¿Por qué no puedo decirlo? Quiero decirlo. Quiero ir donde ella esté y gritárselo a la cara.

—No digas eso —vuelve a decir ella.

Él se le vuelve.

—No me vengas con esas. Tú tampoco la quieres. Tú la odias más que yo.

—Ya, pero no.

Magda le ha tomado la mano y ahora le acaricia la palma con las puntas de los dedos. Es como una piedra. Una piedra fresca que hubiese pasado cien años en la sombra. Lo mira ahora de reojo. Un hombre simple, sin duda. Sencillo, sin duda. Nunca el que más la hizo reír de todos los que andaban revoloteándole en aquella época tan loca de su vida. Tampoco el más guapo. Ni el más alto. Y ella con todos. O con algunos. Y siempre sabiendo que no. Que no era aquello. Y, a ratos, apenas reparando en aquel muchacho tan chiquitajo y con aquellos ojos tan oscuros. ¿Y entonces?

¿Cómo lo supiste? ¿Cómo lo intuiste? Porque no fue que ella, al final, dijera aquello de «bueno, venga, este». No. ¿Entonces?, se lo pregunta, intenta llegar. Un presentimiento, se dice. Pero un presentimiento de qué, exactamente. Magda lo muele lentamente, se demora. ¿Fue algo tan simple como saber que allí podría construir todo lo que sabía que debía construir?, se dice. ¿Algo tan simple como un «yo mataré y moriré por ti y por los tuyos porque no quiero más que eso»? Magda sonríe porque de pronto se da cuenta de que, tal vez, todo no sea más que eso. Eso y sudar y trabajar y cansarse y regresar a casa y mirarse y saber que todo seguirá igual. La vida. La vida, pero eso mismo que tanto la desespera a veces la hace sonreír justo ahora. Se dice que, simplemente, igual se trata de ver las cosas desde el punto de vista adecuado. Y quién te iba a decir que justo tú, Magda, ibas a encontrar precisamente esto.

Así que sonríe, otra vez, y siente un leve desvanecimiento que le recorre la cara interior del muslo. Eso y que el rebullir de él huele a sudor amasado por el sol.

Así que le pone la mano sobre el antebrazo.

—Nene, vamos para dentro —dice.

Y él la mira y, primero, se sobresalta un poco. Luego la calibra.

Ella sonríe apenas.

—¿Estás segura?

—Los críos no están.

22
Carrie

Carrie lleva un rato sintiéndose mareada. Nada está en su sitio y las voces le llegan flotando en arena. Piensa en concentrarse, en respirar, pero la realidad es que todo da vueltas. De pronto tiene que levantarse y correr escaleras arriba. Apenas le da tiempo a llegar. Se inclina sobre el inodoro y suelta un amasijo de entrañas. Tose y la garganta se le escapa del cuerpo. Luego se queda ahí. Oliendo aquello, aspirando las hilachas de su propia bilis. Pasado un rato, se incorpora y tira de la cadena. Todo está sucio. Porque parte del vómito ha caído en el suelo. Y hay parte del vómito de Litolbely también. En el armario hay bayetas y productos de limpieza. Mientras se mueve por el baño se ve en el espejo. Se queda ahí en una de esas. Aprieta las manos.

Se queda, de pronto, muy quieta. Los ojos fijos en su imagen.

Le lleva un rato comprender lo que parece emerger de sus ojos. Porque hay algo ahí. Algo semejante a una piedra que quisiera brotar. Una que la hubiera colonizado por dentro y que ahora estuviera surgiendo a través de su cristalino. Y por qué ahora, se pregunta. Le lleva un rato entenderlo. Llega, primero, como una sensación vaga, luego como un disparo preciso. De alguna manera, se dice, su mente ha sido dañada. De hecho, si se concentra bien, es capaz de determinar en qué lugar exacto está la herida. Se arma entonces de una mano invisible y tantea. Intenta llegar. Rascar. Arrancar. Al final la toca y comprende lo que es.

Es odio, se dice. Un poco de odio. Un odio delicioso. Como un licor caliente.

Nota que sus manos están engarfiadas y, muy despacio, las va estirando. Su boca se contrae en una extraña curva que logra reconocer como una sonrisa.

Entonces se aparta y sigue limpiando el suelo. Cada poco, cuando pasa cerca del espejo, vuelve a mirarse. Vuelve a notar esa mueca extraña.

Se quita los zapatos. No se quita el maquillaje. Abre la ventana de la habitación de par en par y se deja caer en la cama. Amelia. El nombre en neón estridente. Se dice que no pasa nada. Que está bien. Que lleva muchas horas bien y que, además, no tiene remedio. Porque el teléfono está abajo y lo tienen las otras y no puede ella bajar y exigirlo. Se vuelve a decir que es mejor así. Se lo dice veinte veces hasta que se conforma. Todo mientras la cama oscila. Da vueltas. Carrie se agarra con fuerza. Se concentra en respirar. Le llegan arcadas y piensa en levantarse. Pero no nota las piernas, así que se limita a asomar la cabeza por el borde de la cama. Apenas hay luz, y no sabe de qué color es lo que ha echado, pero apuesta a que es verde. Contexto mocoso. La cama ahora parece un barco y es peor si cierra los ojos. Son diez minutos angustiosos hasta que la sensación empieza a remitir. Se aparta las mantas de un golpe. Se queda panza arriba. Se agita en visiones del duermevela.

Amelia, allí. Con su pelo rizado y sus ojos oscuros. Aquel

aspecto como brasileño. Las dos debajo de la manta aquella noche en que pasó aquello entre los padres de Amelia y Amelia tuvo que quedarse a dormir con ella. La piel caliente de Amelia debajo de las sábanas. Las lágrimas. Sus músculos tan dúctiles. Y ella, Carrie King, convertida en gigante cuidadora protectora. Yo te cuido, yo te cuido. La sensación de la debilidad infinita de la otra, de su vulnerabilidad. Algo parecido a un suero que iba pasando de una piel a otra, de un poro a otro. Como si se pegaran dos sudores. El mensaje de los ojos de Amelia, de pronto, cuando los abre y la mira de aquella forma.

Tú, decían aquellos ojos. Tú.

Y el hogar, entonces.

Pero no está Amelia. Porque hay un golpe y de pronto hay una habitación oscura y hay alguien que sufre. Alguien que gime. Carrie se mueve alrededor de la persona en cuestión. ¿Y qué hace Carrie? ¿Qué está haciendo con las manos? No puede verlo, pero no cabe duda de que es algo muy agradable. Se acerca a la otra persona y la otra persona grita de agonía y eso es bueno. Lo es y a Carrie le da la impresión, primero, de que sabe quién es la persona a la que tortura. Solo que luego, cuando oye con más detenimiento su voz, ya no lo tiene tan claro.

Luego se arma otra vez de una mano invisible y empieza a buscar, cuidadosamente, el daño en su cerebro. Se dice que tiene que encontrarlo, rascarlo bien, frotar hasta que desaparezca. Su trabajo obsesivo se mezcla con los gritos de la otra persona. Y eso es bueno, se dice.

23
Mari Cruz y Litolbely

Abajo la televisión está apagada y Mari Cruz ha dejado la jarapa y se ha subido al sofá. Está tirada panza arriba, puesta de modo que le den las sombras, y simula estar amodorrada, casi dormida. Con los ojos entornados, vigila.

Litolbely está en el otro sofá. La luz del móvil le ilumina el rostro. La habitación está iluminada solamente por el resplandor tenue de las farolas.

Las dos oyen a Carrie arriba. Cuando vomita, cuando canturrea, cuando limpia. Cuando se mueve hacia la habitación. Carrie hace ruidos y Litolbely mira hacia Mari Cruz. Mari Cruz no se mueve. Litolbely vuelve al móvil.

Mari Cruz representa su papel. Litolbely pasa un *reel* tras otro. Le lleva un rato saber qué está buscando.

Ese silencio, se dice. Ese silencio de un momento en el que el corazón se vuelca. Esa parada respiratoria que viene antes del abismo del que cuelgan las arañas. Las patitas moviéndose en lo oscuro. Y la espera. Pero mueve el dedo hacia arriba una vez y otra vez.

Los deformes.

Una mujer sin piernas que va arrastrando a su hijo, la bolsa de la compra en la boca. La mujer intentando subir a la silla de ruedas. Cargando luego al niño. Un niño negrito sin brazos. Dos bebés que han nacido unidos por la cabeza.

Cada uno mirando en una dirección. Lloran. Un niño pequeño con la cara llena de quemaduras. También llora. Los brazos vendados. Un niño al que le sucede algo que no puede describir. Porque no es posible saber qué de todo aquello son los ojos. Porque no dispone de palabras para describir el bulto retorcido que tiene en mitad de la cara. Otros dos siameses unidos por la coronilla. Seis o siete años. Caminan. Caminan un día y otro día. Caminan por siempre y se dice que eso es lo terrible. El hecho de que no están posando para la foto. Después una niña sin cara. Una niña, o tal vez un niño, que ha nacido sin brazos ni piernas. Un hombre espantosamente quemado, la piel como pergamino, que come en la cama de un hospital. Una mujer con las articulaciones de la rodilla al revés. Camina a cuatro patas por un sendero de una aldea.

Mari Cruz, desde la sombra, sigue atenta a lo que hace Litolbely. Suavemente hace que su respiración sea más profunda. Más lenta. Estás dormida, se dice. Estás dormida. «Y olvida», canturrea, «la puta deuda que has dejado detrás de ti. Ella no te seguirá. No. No lo hará. Definitivamente, no.»

Luego Litolbely sabe lo que está buscando. De pronto. El problema es que su viejo perfil está desaparecido. Y tampoco es cuestión, se dice, de salir del perfil de Carrie, dado que no sabe la contraseña. Así que tiene que buscar y buscar. Y a quién se lo mandaste, se dice. Eso qué importa. ¿Fue a Ramón? No, ¿por qué le mandaríamos nosotras eso a Ramón? Te hizo gracia en su día. No, se dice. No fue gracia. Fue ese punto de caída. Sí, eso sí es verdad. Solo que ya no estamos en esas cosas. Quiero encontrarlo. Para qué. Ya lo sabes. Puedes reiniciarte de la otra manera. No, se dice. Si no lo haces, empezarás a ver hormigas. Y lo sabes. No hay prisa.

O sí. No quiero empezar a ver hormigas. No me importa tenerlas. Eso no. No pasa nada. O sí. Sabías que, si mirabas esto, te iba a pasar. Y qué hago, ¿eh? Dime qué hago. Desconecta, recarga, reinicia.

Joder. Puto joder.

Mari Cruz vigila desde la sombra. Ve la mano de Litolbely descender. Meterse entre. Apretar por encima de. A un lado y a otro. Rápido. Veinte segundos. Los ojos de Litolbely cerrados y, a cambio, los suyos abiertos. Como diamantes atentos. Y su sonrisa. Solo que luego Litolbely hace algo como un suspiro y abre los ojos. Entonces los de Mari Cruz se cierran. «No, la puta deuda no lo hará. No.»

Litolbely lo encuentra, al fin. Se lo ha pasado y ha tenido que volver atrás. El momento de inspiración. Sonríe. En la pantalla aparece un niño pequeño. Está molesto porque le están poniendo unas de esas gafas de bebé. Esas con elásticos. Lo sujetan y al final se las ponen. El contexto es que el niño ha nacido miope o algo de eso y nunca ha visto con claridad. Es un bebé. Sus padres le hablan. De pronto el niño comprende y su cara se transforma. Abre mucho los ojos. Mucho. Mucho. Y luego sonríe. Como si contuviera el mundo. Litolbely, por fin, llora. Llora y es como si alguien tirara del sedal del que cuelgan las arañas sobre el vacío. Como si alguien fuera a poner a salvo a las pequeñas, diminutas arañas.

Luego Litolbely se seca las lágrimas y mira hacia lo oscuro. Allí donde ve el bulto de Mari Cruz.

—¿*Pussy?*

No hay respuesta.

—¿Duermes?

Así que se acerca a Mari Cruz y le echa algo por encima. Luego desenchufa el cargador del móvil y se lleva las dos cosas, el cargador y el móvil, escaleras arriba. En la habitación huele a vómito y Carrie está espatarrada justo en el medio de la cama. La ventana está abierta de par en par. Ella la cierra. Luego, muy despacio, muy suavemente, se quita las zapatillas y se hace un ovillo en el rincón y rebusca hasta que encuentra un pedazo de colcha y se la echa por encima. Canturrea.

> Cuántas te metes.
> Na más que una de cuatro.
> Porque no son pollas
> ni son carbohidratos.

Abajo Mari Cruz ha sentido todos los movimientos de Litolbely. Ahora abre los ojos. Los ojos como diamantes. Sonríe.

24
Mari Cruz

Mari Cruz no tiene sueño. ¿Cómo se va a tener sueño cuando hay tantas cosas pendientes? Espera aún. Diez minutos, quince. Respira despacio. Luego se levanta en silencio. Se mueve como un fantasma por la casa tenuemente iluminada. Se acerca a las escaleras y pone la oreja. Silencio. Sonríe y el diamantismo de los ojos se incrementa. Se mueve otra vez. Coge la mochila de Carrie de encima de la mesa del salón y la lleva a la cocina. Enciende la luz y abre las cremalleras. Palpa con calma. Va sacándolo todo y poniéndolo sobre el poyete. Una libretita. Un par de rotuladores. Un bolígrafo de acero. Tampones. Un estuche pequeño con productos de maquillaje. En el bolsillo lateral se topa con un amasijo de gomas para el pelo. Selecciona dos y se las pone de pulsera en la muñeca. Necesito pastita, zorrita. Donde puto has metido la pastita. Lo deja. Vuelve a meter todo en la mochila salvo el estuche de maquillaje. De ahí se va al salón. Se dice que en la ronda que hizo antes vio un viejo bolso por algún sitio. Lo encuentra ahora, metido entre los dos muebles. Dentro de un cesto de mimbre. Es el bolso que podría haber llevado alguien como la madre de Carrie hace quince años. Lo lleva a la cocina y limpia una botella de plástico y la llena de agua y la mete en el bolso. Envuelve una empanadilla en una servilleta y también. Luego sube por las escaleras y entra en el baño y orina. Está ahí todavía cuando oye la voz de Litolbely.

—¿*Pussy*? ¿Eres tú?

—Claro, bebé. Estoy meando.

—¿Qué hora es?

—Ni sé. Es de noche. Duerme.

Litolbely farfulla algo, pero luego vuelve el silencio. Mari Cruz se asoma a la habitación donde duermen las otras dos. Mira detenidamente al bulto que conforma Carrie sobre la cama y decide que no. Luego mira al teléfono, que está sobre una de las mesillas, conectado al cargador, y decide que tampoco. Así que vuelve a bajar y a encender la luz de la cocina.

Ahora trastea por los armarios. Hay uno con vasos, otro con platos, otro con tazas y jarras. También un cajón de medicinas. Saca una, otra. Las mira y las devuelve. Se queda en una etiqueta de colores. Grandes letras rojas sobre fondo amarillo. Vitaminas y minerales. Suplemento alimenticio natural. Ideales para limpiar el organismo y las toxinas. Para eliminar grasa de la zona abdominal. Es un tarro de plástico con la tapa dorada. Mari Cruz lo abre y examina el contenido. Cápsulas grandes. Sonríe. Cero, cero, cero, musita. Coge un puñado y se las echa al bolsillo del pantalón. Luego da otra vuelta por la cocina. Abre el armario de debajo del fregadero, los armarios de la despensa. Todo lo examina con ojos pensativos.

—Racheta, racheta, que no eres más que un producto —murmura.

Lo hace mientras se suelta el pelo y se lo cepilla y vuelve a tensarse con fuerza la cola atrás. Mientras se retoca los ojos y los labios. Todo el rato está fija en sus ojos. Se dice que para todo aquello lo que mejor le vendría serían unas lentillas azules. Que entonces estaría más en el ambiente. Pero dónde compras eso y con qué, se sonríe. Luego se dice que, en realidad, no es problema. Que ya, enseguida, no será problema. Sin embargo, lo aparta. Porque no quiere pensar en eso. No hay prisa. «Cuidado, cariño, que ya están llegando los santos», musita. Mira a un lado y a otro, pensativa.

—Pasta. Algo de pasta —murmura—. Indudablemente algo de pastita. Ya que la zorra lo tiene todo por ahí escondido.

Vuelve a abrir los cajones que abrió antes y llega a la cajita de madera. La saca y la abre. Dentro hay varios crucifijos y varios rosarios que tienen pinta de ser antiguos. Los va poniendo sobre la mesa mientras los tasa y los palpa. Al final selecciona tres rosarios. Dos que parecen de plata y uno de nácar. Los echa al bolsillo y vuelve a guardar lo demás en la cajita y esta en su sitio. Los ojos se le van al armario donde están las copas buenas. Esas finas para cuando hay invitados. Los ojos se le quedan en el armario y, cuando lo abre y pasa el dedo por el borde de una de las copas, un escalofrío vuelve a recorrerla. Como un latigazo, como si, directamente, hubiera metido los dedos en un enchufe. Mari Cruz se muerde los labios y luego aprieta los dedos. Lo hace hasta que se le vuelven blancos, hasta que la copa hace clac y ella se queda con un pedazo diminuto en la mano. Se muerde los labios con más fuerza. Luego va a la cocina y pone los dedos debajo del agua y se corta la hemorragia con una servilleta de papel. El reloj de la pared marca las cinco y doce de la madrugada.

Lleva aún los dedos envueltos en la servilleta cuando se carga el bolso al hombro y se mira al espejo por última vez y recorre el salón y abandona la casa.

25
Mari Cruz

«El cielo, también, ahora, está cayendo sobre ti», va musitando. En la noche hay un relumbrar que golpea contra el techo de nubes. La luna asoma a ratos. Se siente a los grillos punteando rítmicamente entre la neblina y un viento húmedo recorre las calles y bate los restos de palmeras contra las aceras anaranjadas. Hay pájaros nocturnos que se llaman. Mari Cruz camina con calma. Qué prisa hay vista la hora que es. Persiste el rumor de la desaladora y deja las cuatro callejas atrás y avanza por la carretera. Hay una farola cada tanto, pero parece ser la única habitante del mundo. Sobre su cabeza describen erráticas curvas los murciélagos. Al llegar a la curva donde está la bodega se quita la servilleta de los dedos y se los mira. Luego la deja caer. Ha puesto una barrera entre ella y sus pensamientos. Hay tiempo, se dice. Luego. Más adelante. Sigue canturreando. Pasa de una cosa a la siguiente.

> Se viene de arriba.
> Pero yo ahí la paro.
> Luego la empujo.
> Me la encuentro en la mano.

O:

La pedicura blanca con pedrería.
Le gustan los pies y qué rico lo hacía.

Sonríe. No quiere pensar. Aunque sabe que será inevitable.

Está por la rotonda cuando siente el rumor de un coche a su espalda. No se vuelve. Luego el coche está más cerca y la rebasa. Una furgoneta. Tal vez con trabajadores que van a algún sitio. Siente los ojos al otro lado del cristal. Ojos preguntones. Escrutadores. Se encoge por instinto. Tenías que haber cogido, también, un cuchillo, se dice. Luego la furgoneta pasa y se aleja y ella se ríe de sí misma. ¿Un cuchillo? ¿Y qué hubieras conseguido con eso? ¿Que, encima, te mataran? Se ríe, pero tiene un rato en que fantasea con el instante de violencia. Entonces se lleva los dedos a la boca y vuelve a abrirse la herida. Succiona y siente otra vez el latigazo, la corriente eléctrica.

—Puta yonkarra.

Se ríe. Succiona. La sangre le empapa las encías, se anuda en su lengua. Sonríe. Cuando llega a la estación de autobuses, blanca y azul, parece mismamente un vampiro que acaba de cenar.

En la estación no hay nadie. Mari Cruz se coloca en una esquina, donde están los toboganes al otro lado de la verja, y usa parte del agua para limpiarse la boca y, otra vez, los dedos. Le quita la servilleta a la empanadilla y la usa de compresa alrededor de la herida. Luego mira la empanadilla y decide comérsela ya. En la estación, pegado a la pared, hay

116

un mapa de la zona. Con los indicativos de las paradas. Mari Cruz se acerca y lo estudia con detenimiento. Sitúa la parada en la que está y busca hacia el oeste. Torre Pacheco. Luego su mano vaga por el mapa. Se detiene. Sus ojos como diamantes brillan.

Luego consulta la tabla de los horarios. Entonces sale de la estación y se mete otra vez donde están los toboganes y los columpios y se oculta en la oscuridad que vive debajo de los grandes árboles. Ahí se sienta. Un gato inmenso la mira desde lo alto de una tapia, al otro lado de la carretera. Es un gato atigrado, color arena. Mari Cruz lo mira con atención y espera. Luego, cuando los ojos del gato brillan en la noche, se ríe. Luego cierra los ojos, se concentra en el sonido rítmico de los grillos.

¿Qué dirán cuando te vean? ¿Cómo será?, se dice. Pero no quiere pensar en eso. Todavía no. Así que vuelve a poner la barrera entre ella y el pensamiento. Se encoge un poco. Se pone la capucha de la sudadera.

—Un cigarro. Me vendría bien un cigarro.

26
Los dos Juan Manueles

Hay dos Juan Manueles. Uno ha entrado en la universidad hace no tanto y el otro acaba de jubilarse de la Administración del Estado. No se conocen entre sí ni tampoco conocen a Litolbely o a Carrie o a Mari Cruz. Los dos sueñan. El joven sueña con un nido rojizo en lo alto de un árbol. El nido está lleno de huevos azules. El viejo sueña con la verja de un colegio y con una acequia y una huerta. En el nido rojizo se está resquebrajando un huevo.

Primero el huevo se ha movido levemente a un lado y a otro, como si bailara. Luego ha dado un pequeño salto. Ahora presenta las primeras grietas en la cáscara azul. Ahora se resquebraja verdaderamente hasta que asoma la punta de un pico. El huevo en cuestión es más grande que los otros que hay en el nido. Poco a poco va brotando el polluelo. Primero la cabeza completa, al fin una pata. Se retuerce, gira con la precisión de un gimnasta. Tiene las plumas mojadas y un brillo maligno en los ojos.

Junto a la acequia con la que sueña el Juan Manuel viejo hay un sendero de tierra. Por ahí camina un niño. Un niño bajito, con gafas. Hay pasos que vienen detrás de él. Pasos que traen voces. El niño lleva la cartera del colegio sobre los hombros.

—Dónde vas, puto enano.

El niño echa a correr, pero al final lo alcanzan.

En el nido rojo hay otro huevo que ha empezado a moverse. El segundo pájaro es mucho más pequeño que el primero. El primero tiene el pico amarillo. Amenaza. Luego se abalanza contra el pájaro pequeño y lo empuja hasta que lo arroja del nido. Luego hace lo mismo con los demás huevos azules hasta que queda solo él.

Entonces el Juan Manuel joven se despierta.

Al niño lo han alcanzado. Son tres. Lo agarran. Lo sujetan. Uno de los tres carraspea y prepara un lapo. Luego lo escupe con fuerza contra las gafas del niño. Luego lo empujan. El niño cae a la acequia. Los otros tres agarran su cartera y rompen sus libros y los desparraman. El niño llora.

—Puto enano.

El Juan Manuel viejo despierta también.

Los dos Juan Manueles se duchan. Se lavan los dientes. Desayunan. Miran por las respectivas ventanas de la cocina. El joven no ve más que tejados, patios en los que alguien abandonó trastos. La sombra de una grúa gigantesca que domina la ciudad. El viejo ve su tapia blanca y su jardín. Hay un recodo de césped donde están puestas las tumbonas. Hay también un pequeño cenador y parterres con buganvillas y rosales. De la terraza cuelgan racimos de glicinias moradas. Durante un rato, el joven conversa con sus compañeros de piso. Otros dos chicos jóvenes. El viejo está solo en su chalé y toda su escena se desarrolla con la televisión puesta muy bajito. El joven es muy flaco. Lleva el pelo muy corto y barba de varios días. La realidad es que es bastante lampiño y que sus ojos tienen un poso de tristeza o de preocupación. Parece un chico serio, sensato. El viejo es muy bajito y más bien rechoncho. Lleva unas gafas metálicas de aro que limpia metódicamente y tiene, cuando sonríe un momento, boca de caimán. La voz del joven es levemente gangosa, desganada. Como si no tuviera demasiadas ganas de hablar o le costara mostrarse fuera de sí. La voz del viejo, cuando se manifiesta para decirle algo a la televisión, es engolada. Como si pensase que cada vez que habla hay un público escuchándolo.

Luego terminan de desayunar y se preparan para salir.

El joven se pone una camiseta verde, unas zapatillas de deporte, unos vaqueros muy viejos. Una sudadera. Unas botas.

El viejo se pone una camisa muy bien planchada, pantalones de mezclilla. Sus zapatos llevan alzas.

El día empieza.

El Juan Manuel joven camina por la ciudad. Cruza el río a las ocho menos diez y llega a la puerta de un garaje. Levanta la persiana. Dentro hay una vieja furgoneta de color amarillo. Los guardabarros, el propio parabrisas, están manchados de barro seco. Abre la puerta de atrás y saca varios mapas. Los despliega por el suelo. De una mochila saca una libreta y un bolígrafo. El garaje está lleno de trastos. Hay válvulas, tubos, cizallas. Todo tipo de herramientas.

El Juan Manuel joven se inclina sobre los mapas, se concentra.

El Juan Manuel viejo sale de la casa. Camina con paso seguro, la cabeza alta. Gira a la izquierda y luego otra vez. Al poco está en la calle principal del pueblo. Si se cruza con alguien saluda con la cabeza y sonríe. Entra en la panadería y la panadera y la chica que atiende las mesas lo tratan de usted. Compra dos barras de pan. Una napolitana. Luego regresa y se quita la camisa y el pantalón de mezclilla y se pone un chándal. Canturrea mientras se hace un café. Luego se sienta a la mesa del despacho y enciende el ordenador. Repasa las noticias. Entra en un par de blogs mientras termina el café y la napolitana. Algo le urge, le da vueltas en la cabeza. Así que al poco está viendo vídeos. Le gustan los chicos morenos. Latinos, árabes. En esa edad de menos de veinte. Los vientres planos y aquello otro que parece indestructible. Cada poco consulta el teléfono. El chat de Byron. Un par de veces se detiene en la foto de perfil. Los ojos oscuros, el chándal bajo el que se presiente el cuerpo duro y fibroso. Mientras sigue viendo vídeos, le escribe. «Dijimos de vernos hoy», le dice. Pero Byron no está, no contesta. Los vídeos, finalmente, lo endurecen y del pantalón de chándal emerge un pene blanco y lamentable.

—No —dice la voz engolada—. Tranquilo. No te precipites.

El Juan Manuel joven, entretanto, parece haber llegado a una conclusión. Ahora se ve al teléfono y marca.

—Tona, las bombonas...

—Llenas, tranquilo. ¿Estás seguro?

—Ultra.

—Vale, tengo que ir a recogerlas a la nave.

—Pues yo voy saliendo. Tardaré una hora o así. ¿Te da tiempo?

—Sí, ya estoy arreglada. Solo es salir e ir.

—Nos vemos en la nave entonces.

—Genial.

—*Cool.*

El Juan Manuel joven cuelga y pasa aún un rato mirando los mapas. Luego lo pliega todo y revisa las herramientas. Vuelve a abrir la puerta del garaje y saca la furgoneta amarilla. Luego sale de la ciudad. Va pensativo. Pone música. Primero suena Grateful Dead y luego Procol Harum y luego los Moody Blues. Mueve la cabeza. Lleva el ritmo en el volante.

El Juan Manuel viejo, entretanto, ya ha encontrado a Byron. Los dos hablan por el chat.

—Puto viejo de mierda, ¿qué pasa?

—Dijimos de vernos hoy, ¿no te acuerdas?

—No sé. Puede ser. ¿Qué tienes?

—¿Qué quieres?

Hay una pausa. Luego Byron le manda una fotografía. Una cazadora de cuero. Incluye la ubicación de la tienda en la que puede comprarla. Y el precio. Trescientos cincuenta.

—¿Hace?

—Vale.

—Vale, puto viejo de mierda, luego te digo.

—Mándame una foto.

—¿Foto? Si quieres pito, ya sabes. Veinte napos.

El Juan Manuel viejo se apresura y abre el Bizum. Byron le dice que espere y al poco le llega, en formato ver una sola vez, la foto. Aquello oscuro, poderoso. El Juan Manuel viejo siente un temblor en la zona del perineo.

—¿Quieres ver tú?

—¿Eres tonto, viejo de mierda? ¿Para qué querría ver yo eso?

Mari Cruz se ha movido al amanecer. El cielo ha sido de pronto azul y las sombras han compuesto caras en las aceras. Eso la ha puesto nerviosa. Así que ha dado un trago de la botella de agua y ha echado a andar. Al poco ha llegado a una plaza con una iglesia y ahí ha visto a una mujer y le ha preguntado. Un sitio de esos con cosas de segunda mano, le ha dicho. La mujer, mayor, modo ataque de tinte amarillo, no ha sabido en principio. Pero luego sí. Le ha indicado. ¿Está lejos? No mucho. Aun así, se pierde por las callejas que empiezan a cobrar vida y tiene que volver a preguntar. Esta vez a un hombre mayor con grandes ojeras. Luego a una chica joven de culo descomunal que lleva un chándal. Es esta la que al final le sabe decir. Llega a una zona de casas bajas. Hay una alameda. Ve el letrero a lo lejos, pero es temprano y la persiana está echada. Hay otro jardín con otros toboganes. Así que busca otro banco y vuelve a sentarse. Desde donde está ve la puerta de la tienda. El rótulo rojo.

—Un cigarro. Mi puto reino por un cigarro.

Al otro lado de la calle tiene lugar una escena rutinaria. Una puerta se abre y por ella sale una pareja. Él es alto, desgarbado. Ella tiene grandes pechos. Visten más bien casual. Lo que llama la atención de Mari Cruz, en cualquier caso, son los carricoches, los moisés, la parafernalia. Y uno, dos, tres, cuatro niños. Mari Cruz asiste en silencio al proceso por el cual ella saca el coche del patio y lo aparca y de cómo entre los dos van acomodando a los retoños en las sillas y les van poniendo los cinturones. El lapso de tiempo es infinito y, mientras, los niños balbucean, lloran, protestan, luchan contra las correas. Los ojos de Mari Cruz están fijos en los de la mujer. Resignación, lee. Profundo agotamiento. Durante un segundo está segura de que está pensando en dar un golpe contra el capó del coche y huir. Se sonríe cuando piensa qué pasaría si los dos, de pronto, lo hicieran. Si volvieran a sacar a los niños del coche y después se metieran dentro y arrancaran y huyeran.

Se sonríe. Se dice que debería entrevistarlos. Ya.

Luego el coche, al fin, sale. Se pierde calle abajo. Mari Cruz se pone la capucha de la sudadera y cierra los ojos.

Hay tres niños alrededor de una mesa. Tres putos niños. Niños como putos garbanzos. Sucios y estúpidos. Hay tres niños alrededor de una mesa. Ron, ron, ron, la botella de ron. Con el mantel blanco. Y la botella de ron. Tomad y comed, niños. Todos de él. De mí. Garbanzos asquerosos, ¿qué os creéis? Mari Cruz trata de aferrarse al pensamiento, pero sobrevienen interferencias. Ella odia las interferencias. ¿Y por qué nadie me toca?, dice la interferencia. Tiene que venir alguien, ahora. Para saber a quién pertenezco. Porque no puedo quedarme todo el rato así. Y si no viene nadie, ¿entonces qué? Estaré aquí siempre. Se irán. Se cerrarán las puertas, se apagarán las voces y yo seguiré aquí. Llegará la noche y luego la mañana y volverán y nadie me verá. O tal vez me vean y no les importe o tal vez yo ya no sea yo, sino que me haya convertido en otra cosa. Pasarán por mi lado y nadie me reconocerá. Aquello hace que le crujan los dientes. Se esfuerza por desasirse, por regresar. ¿Y tú, niño garbanzo, por qué lloras? ¿Es que no lo entiendes? ¿O qué irás a hacer tú sin mí? Sin mí para siempre. Te lo repito. Qué. Irás. A. Hacer. Tú. Sin. Mí. ¿Es que no ves que es mejor? Así que no llores, puto niño garbanzo. ¿O es que lloró *Pongo*? No, él no lo hizo. Tampoco entendía. Y si él no entendía, ¿por qué entiendes tú?

Algo la arranca de la letanía. Una mujer viene cruzando por la calle. Es una mujer mayor, cargada con una bolsa inmensa. Pasa cerca de ella. La mira. Inclina levemente la cabeza a modo de saludo. Mari Cruz la mira. Sonríe. Luego la mujer se aleja. Mari Cruz se vuelve hacia el lugar en el que están los cristales rotos y pide disculpas.

28
Carrie

Carrie se despierta y las ventanas están cerradas. Da un tirón y se quita la sudadera. A su lado hay un bulto y deduce, por el peso, que es Litolbely. Tiene la boca pastosa y la habitación huele a pota vieja. Se queda quieta mientras busca en su cerebro el dolor que recuerda de anoche. Explora con sus dedos invisibles, pero no lo encuentra. Después, con cuidado de no despertar a Litolbely, baja de la cama y encuentra sus zapatillas. El móvil está conectado a la pared. El aparato y Carrie se estudian. El teléfono como el problema aplazado. Se dice que había conseguido olvidarlo durante unas horas. Lo desenchufa y cierra la puerta detrás de ella. La puerta de la otra habitación está cerrada y la mira un momento. Baja. El reloj de la cocina marca las nueve y media. Deja el móvil sobre el poyete y va al salón. Abre todas las ventanas. La mañana es gris. Unas nubes altas velan el sol y huele a arena húmeda y a vegetación cuajada de rocío. Se siente a lo lejos el suave relincho de los pitos reales. De la despensa saca un brik de leche y pone un cazo a calentar. Abre una bolsa de magdalenas y se sienta y le da la impresión de que su mochila no está en el mismo sitio en que estaba la noche anterior. Cuando la leche ya está caliente, añade ColaCao y se sienta a la mesa.

Tiene a la derecha la taza con la leche. A la izquierda las

magdalenas. Al frente la pantalla negra y brillante del teléfono, que espera. Se dice varias cosas. Que lo que debería hacer es subir las escaleras y volver a acostarse. O, simplemente, despertar a Litolbely, obligarla a bajar, a hablar con ella. Se dice, también, que todo eso es falso. Que en algún momento de su vida tendrá que asomarse.

Eso y la premonición. Porque, en el fondo, ya lo sabe. Solo que tal vez no.

Así que coge el teléfono y, con deliberada calma, sale de su perfil oficial y entra en el secreto.

Notificaciones, sí. Tres. Mensajes recibidos, uno. Pero no es de Amelia. Deja un momento el móvil y da un trago de leche y toma aire. Es normal. O sí. O no. Empiezan las justificaciones, que le saben a ceniza. Que si Amelia estuvo anoche en la fiesta de su amiga. Así que no ha tenido tiempo. Que ni los habrá mirado. Se lo dice, pero suena a falsete. Entra entonces a ver la actividad de Amelia. Tres historias nuevas. Todo en plan cumpleaños feliz. La tarta. Gente riendo. Bailando. La bolera. Luego una foto de Amelia con esa otra chica. Así cabeza con cabeza, modo bae. Bae por aquí, bae por allá. Carrie, por supuesto, conoce a esa chica. También la empezó a seguir tiempo atrás y también la otra sigue su perfil secreto. Contemplar su cara la convierte en hielo. Un minuto larguísimo está allí, mirando las caras de las dos, mejilla contra mejilla, pulgar levantado, cabellos entrelazados, mejillas sonrosadas. Sale y vuelve a los mensajes. Trepa por ellos. Por millonésima vez en los últimos días y en modo clavo ardiendo. Aquí estuvo dos días sin contestar. Aquí fue cuando nos hicimos amigas. Mira aquí cómo vacilaba, cuánto tardaba. Pero luego ya no. Todo más de seguido. Esta pausa es de cuando estuvo de viaje en Chile. Cuando está ocupada, tarda más, se dice. Aunque se sabe las fechas de memoria. Se las sabe y sabe algo más. Algo definitivo. Una voz dentro de ella se lo grita y Carrie siente un escalofrío. Así que lo deja todo de golpe. Se convierte en torbellino. Pasa el siguiente rato ordenando cojines, recolocando fundas, jarapas. Recogiendo restos de empanadillas, de bolsas. Con el oído atento. Dos veces corre hacia la cocina porque está segura de que ha sonado la campanilla de los mensajes. La segunda vez se queda muy quieta. El frío.

Primero como algo distante, impreciso. Como algo que pudiera estar pasando en otra habitación. Y de pronto agarrado a ella. Un lento líquido mercurial que sube desde los huesos de sus pies a la vez que baja por su tibia. Que empieza a enlazarse en la conexión y a solidificarla. Los ojos de Carrie se van, por instinto, a la mochila.

No.

No.

No.

El siguiente rato es de moverse muy despacio. Como si ya no fuera ella. Revestida de una calma sideral agarra el teléfono y marca. Mamá, ¿dónde estás? Porque necesita una voz. Algo que rompa aquello. Pero nadie lo coge. Cuando la llamada acaba, ya siente el mercurio bajándole por el húmero, aferrándosele al codo. Aprieta los dientes y vuelve a moverse. Despacio, como oyendo una música lenta. Escarba en la mochila y encuentra el bolígrafo. Es un bolígrafo de acero. Color gris. Vuelve a sentarse a la mesa y se sube la manga de la sudadera. Allí las dos nuevas serpientes. Blancas y frescas, de ayer y acabando ahí, en ese hueco. Las serpientes son una voz vieja que dice consuelo. Entonces empieza. Muy suavemente y apretando el reborde del bolígrafo, por ahí por donde debía salir la punta. Resiguiendo la línea blanca. Cierra los ojos. Aprieta los dientes. Porque tiene que expulsar aquello, romper aquello. Sigue y, al mismo tiempo, no es consciente de lo que sucede. Porque de pronto ya no está allí. Entonces suena el teléfono y la situación explota. Carrie mirando cómo la pantalla destella, moviéndose a *frame* por minuto. Entonces el bolígrafo al fin sobre la mesa. Al otro lado la voz de la madre.

—¿Me llamaste?

—Sí.

—¿Qué tal? ¿Has pasado buena noche?

—Sí, vimos una peli.

—Genial.

Hay una pausa ahí. Carrie va rotando el tobillo, el codo. Siente la preocupación de la madre.

—Oye, ¿estás bien?

—Claro.

—Estás rara.

—Joder, mamá. Es que no das una opción.

Luego hablan. Conversación madre-hija nivel dos. En plan muy básico. Todo el rato Carrie tiene la vista clavada en la curva de la serpiente blanca. Luego, cuando cuelgue, la acariciará pensativa.

29
Mari Cruz

El hombre de la tienda llega. Mari Cruz está atenta. Sabe que es él mucho antes de que se detenga ante la persiana, de que se incline, de que empiece a levantarla. Hay un gato que la vigila desde una tapia. Lo toma con calma. La luz de la tienda se enciende y el hombre saca un cartel y vuelve al interior. Mari Cruz deja pasar diez minutos. Entonces se levanta. La tienda es un estruendo de cachivaches. Televisiones, cafeteras, tostadoras, juegos de la Xbox, de la Play, ordenadores, jarrones, bicicletas estáticas. Y también bolígrafos, plumas, palmatorias. También collares, alianzas. El hombre sale de la trastienda y la mira. Tiene los ojos oscuros. Barba de varios días.

—¿Querías algo?

Mari Cruz sonríe. Se acerca. Rebusca en los bolsillos y saca los rosarios y los pone sobre el mostrador. Exhibe ahora su mejor sonrisa.

—Quería ver si le interesaba esto.

El hombre la mira. Luego baja la mirada. Luego la vuelve a mirar. Mari Cruz sonríe. El hombre toca los rosarios, los extiende. Está así treinta segundos. Luego la mira a ella otra vez.

—Creo que no.

—¿No?

—No. Es que paso de líos, si me entiendes.

—¿Líos?

—Sí. Justo eso.

El hombre la mira. Mari Cruz está quieta. Vuelve a sonreír.

—¿Dice que los he robado o algo?

—No lo sé. Pero no creo que sean tuyos. Además, ¿cuántos años tienes?

—No sé. ¿Cuántos tiene usted?

El hombre no dice nada. Los dos se miran durante un momento. Luego Mari Cruz recoge los rosarios del mostrador y se da la vuelta. Camina muy lentamente, sobre sus patines lentos.

De vuelta al banco en el jardín es donde Mari Cruz está a punto de entrar en crisis. Donde es casi el momento en que podría dar marcha atrás. Es como si despertara de un sueño. De pronto no recuerda la canción que siempre ha estado musitando. O se sorprende de la herida que tiene en los dedos. Y hay como un vago recuerdo de un lugar cálido. ¿Y no deberías dormir? El mechón rebelde se ha escapado y se lo mete en la boca. Lo muerde. Se encoge debajo de la capucha. ¿Por qué hace frío? A esa hora el pueblo va despertando y la gente que pasa por la calle se queda mirando hacia donde ella está. Se dice que es una extraña allí y que es normal. Y necesita la canción. Y un cigarro. Otra vez siente pasos cerca. Alguien se ha detenido. Aparta la capucha y mira.

Otra vez una mujer. Tendrá treinta y tantos. Morena, bajita, aspecto de maestra. De maestra que fuma. Las dos se miran un momento.

—Oye, ¿estás bien?

Mari Cruz la mira. Sonríe. Sonrisa dulce.

—Sí. Muy bien.

—Es que no te conozco de la zona.

—¿No? Bueno, no sé. Solo estoy aquí, descansando.

—Pero tú no vives por aquí.

—Sí, bueno, mi familia sí. Ahí un poco más adelante. He venido a pasar el fin de semana. Padres separados, esas mierdas.

La mujer la mira y Mari Cruz le sostiene la mirada. Es buena en eso, y lo sabe. Es buena, también, en comprender cosas. Como que la otra es la típica tipa amable. Del tipo que, lo mismo, hasta tiene alguna hermana con problemas. Una hermana especial. Y sabe, de pronto, que esa tipa puede ser la solución a su problema. Que le bastaría, seguramente, con decirle algo en plan «es que me he quedado aquí tirada y tengo que ir a tal sitio» para que la otra la llevara en su coche. Y la invitara a almorzar, de paso. Y le comiera el toto, además, si se dejara. Mari Cruz sonríe más. De repente está enfadada. Y se acuerda de la canción.

«Allá está tu huérfano con su arma. Llorando, sí. Como un fuego en el sol.»

Entonces mira a la otra.

—Oye, ¿tienes un cigarro? —dice, con su mejor sonrisa. La otra vacila un momento.

—No sé. ¿Cuántos años tienes?

Mari Cruz sonríe más.

—¿Lo tienes o no?

La mujer la mira y al final toma una decisión. Rebusca en su ropa y saca un paquete de LM. Tiende un cigarro y Mari Cruz se lo pone en la boca y espera. La otra saca el encendedor entonces. Mari Cruz da la primera calada y la mira fijamente.

—No. No quiero que me lleves a ningún sitio. Gracias.

La mujer se va. Ya se está yendo. La mira un poco. Mari Cruz sonríe. ¿Y usted por qué se dedica a acercarse a las adolescentes que están solas en los jardines? ¿Lo hace usted desde hace mucho? ¿Tiene usted un radar que geolocaliza adolescentes en jardines? ¿O es solo que va controlando? ¿Qué tiene usted, el coche ahí aparcado en la esquina y ahora se va a por el siguiente jardín a encontrar a la siguiente nena perdida? ¿Usted cree que el mundo necesita ser salvado? ¿Usted cree que la gente va por ahí con la mano tendida esperando que llegue alguien y la salve? Y me parece genial que seas hetero. O lesbiana. O bi. O tri. O lo que sea. Pero no puto vengas a joder, zorra.

Mari Cruz sonríe. Se ha colocado bien el mechón de pelo.

30
Carrie y Litolbely

Carrie está quieta. Sentada a la mesa y con el teléfono ante ella. La mañana tiene algo de resbaladizo y la luz que entra por la ventana cambia a ratos. Del gris al amarillo y del amarillo al gris y vuelta a empezar. Oye a Litolbely moviéndose por la planta de arriba. Sigue los sonidos que va produciendo. Ahora está en el baño. Ahora en la habitación. Ahora baja. Se miran. Litolbely sonríe.

—¿Y la penca? —dice Litolbely.

—Arriba, durmiendo.

—No. He entrado y ahí no hay nadie.

—¿En serio?

—Tal cual.

Carrie suspira. Le indica a Litolbely dónde están las cosas del desayuno. Luego sube. Mira hasta debajo de la cama. Vuelve a bajar. Litolbely está pálida. Tiene la cara borrada sin el maquillaje. Sonríe, pero la impresión es que sus hombros son demasiado débiles para la cabeza que tiene.

—¿No desayunas?

—Ahora. Tengo la cabeza...

—Ya.

Al final es la propia Carrie la que le calienta un poco de leche en el cazo y la que le pone unas magdalenas en el plato. Litolbely va pellizcando la parte de arriba de las magdalenas. Tiene los brazos muy blancos y finos. Se le marcan con claridad los huesos que sostienen el cuello. Ahora señala con la mirada al teléfono.

—¿Sabes algo de tu amiga?

—No.

Las dos se miran un momento. Carrie tratando de poner una coraza ahí. Pero sintiendo la compasión de la otra. Ya lo sé, ya lo sé, ya lo puto sé. Litolbely sonríe y su boca se hace inmensa.

—Bueno, verás como hoy te contesta —dice.

Carrie aparta la mirada.

—No. No creo que conteste. Y no me tengas lástima.

Litolbely vuelve a sonreír.

—*Cool.*

Se vigilan. Carrie está quieta. No siente el mercurio aprisionándole los huesos, pero tiene la impresión de que si dejara de prestar atención por un momento este volvería al instante. Litolbely picotea y levanta la mirada y la vuelve a bajar. De alguna forma ella es un pájaro, piensa. Y Carrie algo parecido a un gato que estuviera considerando alguna cosa. Se da cuenta de que en el fondo son dos extrañas que solo se consienten la una a la otra como consecuencia de que entre ellas está Mari Cruz. El puto pegamento. De pronto está incómoda. Y más en los momentos en que la otra la mira.

—No estará muy lejos —dice. Por decir algo.

Pero Carrie no contesta. Bufa algo. Luego se levanta. Ahora es Litolbely quien sigue los sonidos que la otra hace por la casa. Primero las escaleras. Luego la habitación. Ahí un rato, como si estuviera limpiando todas las potas que había en el suelo. Luego el baño. Litolbely se levanta y sale al patio delantero. Se frota los brazos desnudos, los apoya en el borde de la valla. Entre las losas del patio hay placas de salitre. Las va rompiendo con la zapatilla. Huele al canal y a la sopa espesa de vegetación que hay al otro lado. Insectos diminutos flotan alrededor de su cabeza y sabe que, si mirara más allá de las palmeras, se toparía con el mar.

Litolbely mirando al mar. Sintiéndose abducida por el mar.

El mar en su piel.

Ya habrán llamado a Ramón, se dice. Ya estará sufriendo. Que se joda. Que se puto joda. ¿Ves hormigas? No, no veo hormigas. Mejor no pensar en eso. No mires allá. Mejor nos metemos en casa. Nos encerramos. La otra zorra no te va a dejar. No la llames así. Es una puta Carrie pringada. No la llames así. Quiero irme dentro.

Pero Carrie la está mirando desde la puerta. Le sonríe. Se sonríen las dos. Pero cada una dice una cosa con su sonrisa. No sé qué hago aquí, dice Litolbely. Quiero irme. Puto irme del puto mar. Necesito no pensar, dice Carrie. Necesito que el mundo me deje en paz.

—¿Damos un paseo? —dice Carrie.

Y Litolbely piensa que no. Que no puto pasear. Pero sonríe.

Así que bajan. Bordean el canal y se entretienen mirando a una mamá pato que cruza con sus bebés. Los ven perderse entre los matorrales del otro lado, trepar entre las piedras con palmeadas patitas torpes. Acarician la madera de la valla. Toman aire debajo de las palmeras. Hay un viejo chiringuito más adelante. Con sus sillas de plástico y su máquina de bolas. No hay nadie. Se adentran por el paseo de madera. Conforme la playa se acerca, Litolbely está más nerviosa. Hasta Carrie, que va caminando con la cabeza metida entre los hombros, lo nota.

—¿Te pasa algo?

—No me gusta la playa.

Carrie la mira como si Litolbely hubiera dicho alguna tontería inmensa. Rebasan el último montículo y pisan la arena. Persiste una leve neblina y de repente da la impresión de que el mundo es de un solo color. Porque el cielo y el mar no son de un acero tan diferente. Porque de alguna forma el cielo le está prestando su tono a la arena. Carrie camina a buen paso, decidida. Cerca del reborde del agua, donde rompe la espuma, se mueven varias gaviotas de lomo azul. Más allá hay un hombre en la orilla. Tiene su silleta y su caña de pescar. Su sombrero. Un hombre, pero el tono de la luz es tal que podría ser nada más que un espectro. Litolbely se queda quieta de pronto. Carrie se gira y la mira.

—¿Qué?

—Yo me quedo aquí.

—¿De verdad?

—Tal cual.

Se miran. La lástima ha cambiado de bando. Puta pringada, no es más que la playa, dice la mirada de Carrie. Tú no lo entiendes, casi suplica la mirada de Litolbely.

La realidad es que nadie lo entiende. Ni siquiera Litolbely.

31
Litolbely

Se queda ahí, en medio de ningún lugar. Luego se da cuenta de que sus piernas van a dejar de sostenerla. O más bien no. Más bien es un pulgar que desciende desde el cielo y que la está empujando hacia abajo. Una fuerza incontenible que la aplasta. Una suerte de dios. Se resiste, pero al final sus rodillas se vencen. Todo el rato está muy atenta. Los ojos muy abiertos. Todo mientras Carrie avanza por la playa. Se aleja. Litolbely la ve como se quita las zapatillas y los calcetines. Como mete los pies en el agua. Luego Carrie se vuelve hacia ella y le grita algo. Litolbely trata de rebelarse. De hacer que sus piernas le respondan y se alcen y la ayuden a huir de allí. Pero no.

Porque Litolbely está segura, de pronto, de que va a pasar. De que falta poco. Se encoge.

Las hormigas. No hay hormigas. Vámonos.

Y pasa. Porque en la playa, lejos, Carrie se ha parado y se ha quitado la sudadera y la camiseta y los pantalones. Y ahora, en ropa interior y entre gritos, se está metiendo en el agua.

Litolbely las ve entonces.

Son dos y es como si justo delante de su visión, a unos veinte centímetros, alguien hubiera puesto un cristal. Son dos. Negras, acorazadas, brillantes. Se han posado en el cristal y se mueven. Tienen alas larguísimas y transparentes. Antenas como cuernos de búfalo. Saltan, vuelan unos centímetros, vuelven a golpear.

El dolor en el pecho, entonces, justo por encima del corazón.

El estruendo, entonces.

Ella lo percibe como un estruendo, aunque en realidad todo se desarrolla en el más absoluto silencio. El mundo, de pronto, está dividido en tres planos. Como si mirara a tres cámaras al mismo tiempo. O como si la pantalla estuviera dividida en tres ventanitas.

Y en cada ventanita hay una Litolbely.

Una de las Litolbely es una niña muy pequeña. Como de tres o cuatro años. Hay alguien con ella. Una mujer alta, redonda. Las dos están en una playa. Y otra Litolbely es una adolescente y está sentada en una playa y no hace nada. Y otra Litolbely también es una adolescente y también está sentada en una playa, pero hay un revoloteo de alas a su alrededor. Entonces una Litolbely se levanta y se agita y se busca por debajo de la ropa y saca las manos llenas de hormigas aladas. Y la Litolbely pequeña habla por signos con la mujer alta. La mujer alta le está explicando algo de una forma muy severa. Luego hace algo con la mano. Algo cerca del pecho de la Litolbely pequeña. Hace algo y la Litolbely siente la punzada, honda, justo encima del corazón. Y comprende. Las otras dos Litolbelys lo señalan. Ahí lo supo, ¿veis? Pero la mujer ya se aleja de la Litolbely pequeña. Y otra Litolbely se arranca la sudadera y los pantalones. Los zapatos y los calcetines. Todo mientras la mujer alta se aleja. Tiene el pelo corto. Va vestida por completo y va hacia el mar. Solo que la Litolbely pequeña lo comprende. Luego la mujer entra en el mar, pero la otra Litolbely se ha quedado muy quieta. Porque hay alguien en el sendero que viene de las casas. No mires, no mires, no mires. Por qué miras. No mires. Así que agacha la cabeza y se queda muy quieta. Pero la mujer alta está entrando en el agua y la Litolbely pequeña está ya muy nerviosa. Se mueve arriba y abajo y llama sin voz y la mujer alta se gira y dice algo con las manos y muge un sonido inarticulado. Muge también ahora la otra Litolbely. No mires. No mires. Pero es un hecho que está ahí. Entonces se gira y echa a andar. Dos de las Litolbelys andan ahora. Una se aparta insectos del rostro. Otra mira atrás y se estremece. Muge con desesperación. La Litolbely pequeña ha echado a andar hacia el agua. Llora. Otra vez la mujer se gira. Otra vez hace el gesto de que se detenga. La Litolbely pequeña se queda entonces en tierra de nadie, varada. Mientras la mujer sigue andando hacia dentro. Hasta que se convierte en un punto diminuto y luego desaparece.

No va a volver. No va a volver. La Litolbely pequeña grita. No puede parar el grito.

La otra Litolbely huye. Porque está la madre al final del sendero. La madre la mira, quiere acercarse a ella. Quiere hacerle daño.

La otra Litolbely nota que la madre se acerca, que está casi a su lado. Se gira entonces. Corre más deprisa.

No va a volver, grita la Litolbely pequeña, sola en la playa. A veces se va hacia el agua y parece que va a entrar ella también. El agua le muerde y la asusta. Se retira. Luego se va playa arriba, se mete entre las rocas. No puede dejar de gritar. Lo hace durante horas.

La otra Litolbely huye. Camina a paso firme. Se aleja. Cada poco mira atrás. La madre la sigue.

Está ahí. Ahí. Siempre está ahí. Otra vez nos hará daño.

Otra vez nos quedaremos solas. Esperando. Y hará frío y estaremos esperando. Y se hará de noche y estaremos esperando entre las lágrimas. Mirando al mar por si vuelve. Y se hará de día y seguiremos solas, esperando. Camina y camina. Mientras oye, entre el estruendo, como la otra Litolbely muge de horror. Como la Litolbely pequeña sigue gritando en la playa. Como no puede dejar de gritar. Como no se le acaba el grito.

32
Mari Cruz

Mari Cruz ha dado vueltas por el pueblo. Ha regresado a la zona del centro y ha deambulado por la plaza en la que está la iglesia. Hay palmeras, oficinas de banco, terrazas. El sol sale y se esconde por detrás de las nubes. Hay un momento en que se asoma a la carretera que cruza el pueblo y mira a lo lejos, hacia el interior. La perspectiva se alarga y la estremece. Regresa entonces a la plaza y se sienta en un banco. Otra vez quiere fumar y en algún sitio se ha dejado el bolso con la botella de agua. Se palpa en el bolsillo y lleva aún las cápsulas. Una mujer pasa cerca de ella y la mira. Mari Cruz sonríe. Vuelve a colocarse el pelo y vigila la torre de la iglesia. Casi las doce. Se dice que tiene tiempo. Pero también empieza a tener sed. Cerca hay una terraza. El camarero se mueve entre las mesas. Es un tipo joven, de unos veinte. Bastante flaco. Feo. Tiene la cara llena de viejas marcas. Mari Cruz sonríe.

—Cuando se despertó, las ratas todavía le estaban comiendo la cara —musita.

Luego regresa a su canción. «Sí, encendamos otra cerilla. Y vayamos de nuevo. Porque todo se está terminando, cariñito.» Canta y espera, con calma, a que el camarero termine de atender una mesa y regrese al interior. Luego sonríe. Luego se pone de pie, se coloca bien el pantalón y avanza.

—Oye, ¿me das un vaso de agua?

El camarero, las ratas colándosele por la boca, la mira un momento.

—Agua del grifo, digo.

El bar es limpio, funcional. Las paredes están pintadas de un gris muy relajante y la barra semeja parqué y mármol. En el rincón, la máquina de tabaco y la tragaperras. Todo está limpio y las mesas tienen puestos sus manteles y, algunas, los servicios ya preparados para la comida. Con su tenedor y su cuchillo envueltos en servilletas rojas. Hay, aparte del de las ratas, una chica detrás de la barra. Más bien obesa y también con granos. Mari Cruz se dice que si no fuera por tantos granos sería un lugar agradable para trabajar algún día. Los ojos del de las ratas son ojos de muerto. Mari Cruz le sostiene la mirada. Luego el tipo agarra un vaso y lo llena del grifo y lo pone sobre la barra. Ella bebe. Deja el vaso. Lo mira.

—Oye, hay una cosa que quiero vender.

—¿Vender? No te entiendo.

—Sí. Tengo que pillar un bus. Pero es que no tengo *cash*.

—Ya.

El tipo la mira. Ha terminado de tirar tres cañas y de poner sobre una bandeja unos platos. Y bolsas de patatas fritas y eso. Luego mira hacia su compañera, que se ha metido en la cocina.

—¿Y qué vendes?

Mari Cruz saca del bolsillo los tres rosarios y los muestra. El tipo mira un momento a Mari Cruz.

—Espérate.

Luego coge la bandeja y sale. Mari Cruz se sienta en un taburete y sonríe. Lo hace más cuando la de los granos sale de la cocina y cruza por detrás de la barra y deja una bandeja en el expositor. Las dos se miran un momento. Luego vuelve el de las ratas.

—Déjame ver.

Luego todo pasa bastante deprisa. El de las ratas llama a la de los granos, que resulta llamarse Pili, y los dos hacen un breve conciliábulo. En plan esto es plata o qué. Y esto es nácar, sí. Mientras, Mari Cruz sonríe y mira por la ventana a las sombras que el sol, que ahora ha salido, juega a hacer con las palmeras. Hay una explosión de palomas de pronto. Un niño que chilla. Luego vuelve el de las ratas.

—Quince.

Mari Cruz lo mira. Sonríe.

—¿Qué dices?

—Además, no son tuyos.

—Claro que son míos. —Lo vuelve a mirar—. Lo que pasa es que te quieres aprovechar.

—O que te estoy haciendo un favor. Como lo veas.

Mari Cruz hace como que asiente. Como que lo piensa.

—Treinta.

—Veinte.

—Vale.

La transacción es rápida. El tipo se queda los rosarios y Mari Cruz el billete azul. Y qué más da, va pensando. Porque se dice que ya, luego, nada de eso le va a hacer falta. Porque ahora empieza otra cosa. Durante un momento hace las cuentas. Sonríe. Luego le dice al tipo que le cambie el billete y que le encienda la máquina del tabaco. El tipo se encoge de hombros y le da. Mari Cruz saca un paquete de Herencia y luego compra un botellín de agua.

Sale del bar, entonces. Le indican cómo regresar a la estación de autobuses.

33
Carrie

Carrie no sabe bien por qué se ha metido en el agua. Tal vez ha sido simplemente por el deseo de romper la uniformidad de la mañana. La monotonía del gris acero desesperante. Pero el agua helada se ha adherido a sus tobillos y le ha parecido que nacía. Que todo lo que tenía que ver con el mundo se alejaba. Que había un descanso, un tiempo muerto. Así que ha seguido avanzando. Hasta dónde irás, se dice. Hasta dónde irías. Se sonríe. Porque no es eso. Ni de casualidad. Sisea cuando el agua le alcanza el sexo, cuando le pega en la parte baja del estómago. Se queda quieta entonces y se agacha. Aprieta los dientes. Hipotermia, se dice. La hipotermia es dulce. El agua hace que le queme el raspón que se hizo antes en el brazo y siente los pezones como piedras pesadas. Como cristales. Cierra los ojos, aguanta la respiración. Primero te adormeces, se dice. Luego el corazón y los pulmones empiezan a ir más despacio. Porque no soportan eso. Porque están cansados, en el fondo, de su trabajo de máquinas. Después tiemblas y luego te vas sintiendo débil, débil, débil. Entonces empiezas a mirar por un agujero que es cada vez más pequeño. Se dice que debe ser como ir bajando lentamente por el agua. Dejando un rastro de gasas sobre su cabeza. Y ya no pensarías más. Y los dejarías a todos con la palabra en la boca. Y les dolería. Les puto dolería. Un minuto más, pide. Un minuto más. El agua, a su alrededor, es tan espesa que no deja que se vea ni las manos. Otro minuto. Vuelve a cerrar los ojos y siente como las puntas de los dedos se le desvanecen, se vuelven incorpóreas, inexistentes.

Entonces lo oye.

Es algo horrible. Semejante a un mugido. Primero piensa que es un pájaro. Los pájaros hacen ruidos muy extraños a veces. Piensa eso y piensa en no hacer caso de lo que sea. Pero luego se repite y entonces ya piensa que no es un pájaro sino otra cosa. Mira hacia la playa.

—¿Qué hace esa? —musita.

Porque Litolbely ya no está sentada en la arena, sino de pie. Y parece estar bailando. Se ha arrancado, ella también, la sudadera y se pasa de forma obsesiva la mano por los brazos y los hombros. Es ella la que genera ese bramido angustioso. El sonido inarticulado que podría producir una garganta incapaz de hablar. Semejante a una sirena de niebla, pero con aquel deje final tan espantosamente humano. Lo hace una vez, otra. Desde la distancia Carrie presiente cómo están de tensos los músculos del cuello de Litolbely. Se dice que va a estallar. Todo. Y que todo se va a llenar de ese frío de mercurio.

Entonces la otra hace algo que Carrie identifica al segundo. De pronto se envara y agacha la cabeza y se convierte en piedra. Entonces echa a andar. Andar como una locomotora enloquecida. De pronto ha dejado la playa y se adentra por la zona de matorral. Todo mientras sigue mugiendo y mientras echa miradas hacia atrás, como si algo la estuviera siguiendo.

—Joder.

Carrie corre. Sale del agua, se pone la sudadera, los pantalones. Agarra los calcetines y las zapatillas y, con ellas en la mano, corre. La playa termina en unas suaves montañas de arena sobre las que han florecido masas de cuernecillos y cardos. Un poco más arriba está la alambrada que impide el acceso a las zonas protegidas. Mientras corre, llama.

—Litolbely, niña.

Pero la otra no hace caso. Una vez se gira y la ve. O tal vez no, piensa Carrie. Y acelera. Y Carrie también. La otra grita despavorida y se precipita contra la alambrada. Carrie grita. Porque Litolbely se ha emplastado directamente contra el obstáculo, como si fuera ciega. Ha habido un no frenar y después un rebotar. Un caer a plomo sobre la arena. Y luego un volver a rebotar. Porque la impresión, de tan rápido que se ha levantado, es que no ha llegado a tocar el suelo. Pero tiene que haberlo tocado, se dice Carrie. Y luego se dice que eso es muy tonto. Pero lo que importa es que ella ya está allí. Alarga la mano hacia la amiga. Lo hace y, en la siguiente milésima de segundo, hubiera querido no hacerlo. Sin embargo, el movimiento ya está hecho y ahora hay que asumirlo, se dice. A cambio, siente un golpe poderoso en el corazón.

Porque lo que tiene delante no es Litolbely. O sea, es el cuerpo de Litolbely. Pero no es ella. No son sus ojos. Porque es como si por dentro de la cara de la otra se hubiera colado la cabeza o la mente de un lobo o de un jaguar. Es un instante, en cualquier caso. Porque todo pasa muy deprisa. Carrie apenas se da cuenta.

Porque Litolbely se ha echado, durante un microsegundo, un poco hacia atrás. Pero ya. Porque Carrie ni siquiera ve el puño de la otra, ni intuye su velocidad, ni oye su silbido.

Solo sabe que, de pronto, algo se ha interpuesto y la ha parado. Una barrera que ha salido de donde no había nada. Su boca apenas tiene tiempo para hacer un gesto de sorpresa y le da la impresión de que su cerebro ha hecho clank contra un lado de su cabeza y clank contra el otro. Como si fuera el badajo de una campana. No duele verdaderamente, pero le da la impresión de que sus neuronas hacen algo. En cualquier caso, es un instante. Porque es como si apagaran la luz de pronto. Se oye decir ah. Pero lo oye desde muy lejos. También oye, otra vez, el mugido.

34
Mari Cruz

Mari Cruz espera y fuma. Ha estado sentada un rato bajo los pinos. Donde los columpios. La ha echado de allí una bandada de niños gritones. Así que se ha movido y se ha sentado en uno de los bancos que hay a la entrada de la estación de autobuses. Como no tiene mechero se ve obligada a encender cada cigarro con la brasa del anterior. A la una y cuarto, que es cuando mira la hora en el reloj de la estación, ya se ha fumado el paquete entero y se ha bebido toda el agua. No tiene hambre, pero seguiría fumando. Sus ojos tienen una tonalidad incandescente. A ratos los entorna para no calcinar el mundo y trata de adivinar lo que pasará luego, cuando llegue. ¿Habrá, cuántos? Lo menos tendrá que haber cuarenta o cincuenta personas. Menos no tendría mucho sentido. ¿Y el menú? Bueno, mejor algo informal. No muy grasiento. Nada de carnes o de estofados a lo burro. ¿Cerveza o vino? Vino mejor. Una copa de esas buenas. ¿Música? Sí. Se mira la ropa y tiene un momento de preocupación. ¿Ir así? Luego se dice que sí. Que poco importa. Y menos que importará cuando ella llegue y les diga quién es. No la esperarán, claro. ¿La reconocerán? Sí, sin duda. Porque ella puede decirles muchas cosas. Darles datos. ¿Y luego qué pasará? Se dice que no lo sabe. Que tampoco le importa. Que será una vida nueva, eso sí. Todo de otra manera. Le buscarán un trabajo. Algo sencillo. En un bar al que suelan ellos ir. Entonces ellos entrarán y la saludarán y les brillarán los ojos al reconocerla entre las otras camareras. Habrá una palabra en clave. «Baldur» no. Esa ya está gastada. Tal vez «Blondi». O tal vez esa sea demasiado obvia. «Harras», tal vez. Se dice que hay tiempo, que ya se pensará. Que lo importante es que estará en casa. Y que ya no habrá más niños garbanzo. Sonríe entonces. Abre los ojos. Calcina.

El sol juega a salir y a esconderse detrás de las nubes. En torno a la estación de autobuses todo es arena y polvo. Se siente un lejano arrastrar de pies. Durante diez minutos llueve. Vuelve a cerrar los ojos.

Niño garbanzo, niño garbanzo ¿Quién te crees para pensar que podrás vivir sin mí? Muerde aquí, niño garbanzo, y yo te daré la botella de ron. No llores, niño garbanzo. Que no me renta eso. Se ríe. Junto a sus pies hay una paloma. Las dos se miran. Mari Cruz larga un zapatazo y el ave escapa por centímetros. Se ríe. Le llega otra canción. «En la granja también había una paloma. La paloma ruuu.» Le saca la lengua y quiere volverse al niño garbanzo, solo que le llega otra vez la interferencia. Ella, sola, nadie tocándola. Ella esperando. Hace un esfuerzo y se desase. Se ríe. «El pollito, pío; el pollito, pío.» Otra vez la saca de la ensoñación alguien que se acerca. Son tres y el primer vistazo le dice que son hermanos los tres. Son inmensos. No son altos, pero sí inmensos. Tres barrigas descomunales rodeadas de un montón de piel blanca y rellena. Una piel que parece estar a punto de deshacerse. Mari Cruz aguanta la sonrisa, pero los mira. Ellos la miran al pasar. Por supuesto, no saben lo que ella está pensando. Subcategoría en algún lugar recóndito habrá una polla. Minipilila. Imagínatelos en bolas. O boqueando ahí. Esforzándose. La lengua medio sacada. La baba cayéndoles. Los tres pasan y ella los deja pasar, pero luego se mueve a su vez y se mete en la estación. Los tres han dejado sus bolsas en el suelo y se han quedado junto a un banco. Ella se va más allá. Para verlos bien y regodearse en ese sudor amarillo que acompaña a cada una de sus respiraciones. Hasta abre, un par de veces, la nariz por si captara el olor repelente.

Un par de veces los tipos la miran. Cada vez ella aparta la mirada. Luego sonríe. Quisiera un cigarro. «Pongo», dice de pronto. Esa sí podría valer de contraseña.

35
Carrie

Clank uno y clank dos. Eso es lo que persiste en la mente de Carrie cuando vuelve a abrir los ojos unos veinte segundos después. Como dos relámpagos y luego el vacío que se había apoderado de todo. Es justo en ese momento cuando empieza a llover, y durante esos diez minutos el agua le corre por las mejillas y la espabila un poco. Pero la perspectiva. El cielo arriba y ella caída entre las sosas y las tamarillas. Huele a sal vieja. Intenta ponerse sobre un codo, pero hay algo que no termina de funcionar. Le pesa desproporcionadamente la mandíbula. Con el rabillo del ojo presiente un movimiento que viene de la playa y primero piensa que es Litolbely. Solo que es el pescador que estaba más allá, en la orilla. Eso es lo que la hace incorporarse sobre el codo al fin. Es un hombre de barba blanca, camisa de leñador, botas impermeables. Siente el crujir de sus pasos sobre la arena endurecida. Después, sus ojos. El hombre se detiene a un metro de ella y la mira.

—¿Estás bien?

Carrie lo mira un momento y asiente con la cabeza. Luego el hombre se acerca un poco más y le tiende la mano. Carrie queda, al fin, sentada. Los ojos del hombre son verdosos. Tendrá unos cuarenta y cinco años.

—¿Seguro que estás bien?

—Sí.

El hombre la mira. Luego mira hacia la zona más allá de la siguiente duna. Luego vuelve a mirarla.

—Tu amiga...

—Qué.

—Se fue hacia allí.

—Vale. Gracias.

El hombre duda. Tiene las manos nudosas. Luego hace algo muy parecido a encogerse de hombros y se da la vuelta y se aleja. Carrie lo mira ir. Lentamente va sacudiéndose la arena y los restos de cuernecillo de la ropa. Pasado un minuto ya logra ponerse de pie. Todo el rato tiene la mano en la mandíbula.

Se mueve por el arenal. Ha sobrepasado la zona de dunas y ahora camina entre la vegetación fosca de la zona posterior. Hay senderos blancos de arena apisonada entre las masas de tarayes y de espinos. Más al frente, conforme se genera un valle, hay un sabinar y a lo lejos una zona de pinares. Todo remata en las aguas violetas de la laguna y en las montañas de sal. Se ha puesto las zapatillas y los calcetines y se ha cubierto la cabeza con la capucha. Un par de veces mira atrás. El pescador no es más que una silueta en la lluvia. Carrie otea y mide la altura de las matas de espino y de los lentiscos. Se dice que si por lo que fuera la otra se hubiera echado al suelo sería imposible encontrarla. Hay una elevación del terreno y ahí se detiene. La zona, más adelante, está cortada por alambradas. Lo que se dice que es bueno. Porque así la otra está metida en una cárcel. Sobre su cabeza pasan, ladrando, unas gaviotas. Una cigüeñuela viene caminando entre las orugas de mar. Se miran.

Más adelante ve un rastro.

Es más abajo. Donde de pronto se ha formado un calvero natural entre las masas de espino negro. Carrie se apresura por el sendero y luego se agacha. La arena punteada por la lluvia presenta surcos oscuros. Como si alguien hubiera arrastrado los pies por ahí. O como si alguien se hubiera girado, peleado. Cuando va a llamar, se da cuenta de que no recuerda el verdadero nombre de la otra.

—Litolbely.

Y luego otra vez.

Pero nadie contesta. Carrie pone el oído por si pudiera escuchar algo. Pero oye solo el mar y los gritos de algún chorlitejo a lo lejos. Más allá, cerca del borde de la laguna, hay una torre de observación de pájaros. Se dice que ahí, ya, está la carretera. El instinto le dice que no. Así que sigue avanzando hacia el sabinar. Cuando encuentra la alambrada, se pega a ella y camina siguiéndola, la mano rozando los filos de los carrizos. Nota que ha dejado de llover y se quita la capucha de la sudadera. Vuelve a llevarse la mano a la mandíbula. La zona le arde y ya nota el bulto que, poco a poco, se va a formar ahí. Agacha la cabeza por instinto y se apresura. Más adelante, al borde de un triángulo de arena entre una masa de cardos, encuentra otras marcas. Como si alguien hubiera resbalado, caído. Cuando llega allí distingue, precisa, grabada en la arena, la huella de una mano.

Vuelve a llamar.

Más adelante empiezan ya las sabinas. Gruesas raíces blancas sobresalen de la arena como serpientes petrificadas. Los árboles están acostados, vencidos por el viento. Carrie se sube a un tocón y otea.

Va pasando por fases alucinantes. Un rato solo es mugir, pero otro rato está discutiendo a grito pelado con Resu, la mujer de Ramón. Otro rato, en cambio, está pidiéndole perdón por lo que le hizo. También puede mantener interminables soliloquios. Le pides perdón ahora, pero nunca se lo pediste antes. Siempre dijiste que lo ibas a hacer, pero al final no lo hacías. Porque te daba vergüenza. Hasta aquella última vez que Ramón te fue a buscar. Ni siquiera entonces pudiste. Y ahora ya no puedes. Pues que la puto jodan, se dice. A ratos está otra vez dentro de aquella habitación, golpeando la puerta con todo. Con la mesa. Con los jarrones. Con la cabeza. Resu llorando al otro lado. Gritando. Llamando. Entonces se acuerda de la madre y mira atrás. La ve de lejos un par de veces. Siempre andando con su paso calmado. Con el pelo pegado a la cabeza. Es vagamente consciente de que en algún momento ha llovido y, en un arrebato de coherencia, se dice que, si no grita, a la otra le será más difícil encontrarla. Así que deja de mugir. Otro rato está otra vez en aquella otra playa. Sola. Con la noche cayendo. No se nos acababan los gritos. No se nos acababan. Respirábamos y teníamos que gritar, porque no podíamos dejar de hacerlo. Porque sabíamos que el mundo iba a ser ya siempre así. Como les pasa a esos niños cuando les caen las bombas y salen de entre los escombros cubiertos de arena gris. Y saben. Saben. Y están vivos, pero no saben por qué. Ni saben para qué. Y parecía que nunca se iban a acabar los gritos.

Luego siente los huesos de Resu. Su cara de espanto.

Puta Resu.

Puto Ramón.

Putos todos.

Puta mamá.

Se ríe.

Puta mamá. Sí. Puta mamá. Sí.

Muge, una sola vez. Luego nota que alguien la está vigilando. Unos ojos.

Puta Resu.

Se revuelve. Cae. Se levanta. Sigue.

Dos veces tropieza con las raíces y dos veces se levanta como impulsada por un resorte. Otra vez encuentra la alambrada y pone la mano en ella, como si le preguntara por qué se interpone. Da la vuelta. Camina a toda prisa. Se dice que necesita esconderse. De los ojos que la vigilan. De la madre. Ahora no la ve en la mañana oscura. Hay un riachuelo de aguas rojizas que viene desde la laguna. Más allá una zona en la que el agua se ha embalsado en un recodo. Y una cueva entre las raíces. Se agacha. Se mete en el agua, cruza por debajo de las ramas tendidas. Ni siquiera se da cuenta de que un cardumen de peces muertos la acaricia con los hocicos. Se mete en lo hondo, se aprieta en el último palmo de agua, arranca con la cabeza telas de araña espesas que ha llevado muchos años crear. Después, cuando ya no puede avanzar más, se encoge y se queda muy quieta. Tiembla y no es más que unos ojos inmensos.

156

Los troncos pálidos, al tacto, resbalan como si fueran cristal. Acaricia uno y se pregunta durante un segundo cuántos vientos y cuántas gotas de lluvia habrán hecho falta para convertir el vegetal en piedra. Se sienta un momento. Otra vez hay una zona de arena espesa. Otra vez hay marcas. Pasos, restregones. Los pasos se pierden en el riachuelo rojizo y apestoso. Antes de perderse se convierten en rodillas que se arrastran, marcas de manos. Toma aire. Luego se levanta y avanza. Se agacha y se asoma a la cueva que queda debajo de las sabinas tumbadas, mete las manos en el agua enrojecida. El olor la echa hacia atrás un momento y tiene una arcada. Entonces vuelve a meter la cabeza. La ve apretada al fondo. Una masa blanquecina de ojos inmensos.

—Ey —le dice.

La otra la mira. Tiene algo en las manos.

—Ven. —Y luego, después de una pausa—: No pasa nada. No pasa nada.

Cuando Litolbely parpadea es como si apagaran una luz en aquella penumbra. Carrie mete el cuerpo y se acerca a ella. Los peces muertos la rozan con sus aletas y sus escamas. Los aparta. Es eso mismo lo que tiene Litolbely en las manos, acunados contra su pecho.

—Mami, va. Deja eso. Apesta. Te vas a constipar aquí.

Muy despacio, sorprendiéndose de la lasitud de los miembros de la otra, le va abriendo los dedos y le va quitando aquello asqueroso de las manos. Luego tira de ella. La conduce. Litolbely la mira, pero Carrie no puede estar del todo segura de que sepa qué es lo que está pasando o quién es ella.

Luego salen. La saca, casi, a rastras.

Caminan. Van deshaciendo lo andado. Carrie lleva de la mano a Litolbely. Trepan por una zona de tarayes y llegan a un camino de madera que cruza hacia la laguna. Una pareja que va caminando se las encuentra y las mira. Carrie se sonríe. Porque van de barro y de mierda hasta las cejas. Se dice que le renta. Litolbely camina a su lado como lo haría un fantasma. Un par de veces trastabilla. Junto a la laguna hay un par de bancos de madera y Carrie hace que la otra se siente en uno. Se sienta ella también. La laguna, plana e infinita, semeja la paz. Hay un leve chapaleo ahí donde el agua es aún verdosa, pero más allá todo es quietud. Nada más que un espejo que es roto cada poco por el movimiento de un ave acuática. Lavanda y, más allá, algún islote. Y más allá una franja de tierra verdosa que acaba en palmeras y casitas blancas. Carrie sonríe. Y Litolbely tal vez lo note, porque justo en ese momento le aprieta la mano.

—Venga, mami. Vamos.

La levanta del banco y emprenden el regreso. Siguen un rato el sendero de madera, pero luego echan campo a través. Se acercan a la playa. Sobre las dunas, entre los lirios de mar, está la sudadera de Litolbely. La recogen y Carrie saluda con la mano al pescador. De vuelta en casa Carrie se quita las zapatillas y los calcetines en el patio y hace lo mismo con los de Litolbely. Luego la sube al baño y le quita la ropa. La mete en la ducha y la enchufa con el chorro de agua.

—Qué peste echas, zorra.

Litolbely parpadea un par de veces al recibir el agua caliente en la cara. Carrie le moja bien el pelo y luego se demora por las aristas de su cuello. Luego baja más. Los pezones de Litolbely se endurecen al contacto con el agua. Son diminutos, pero cortan y Carrie nota que se le seca la garganta. Le frota la espalda con jabón y luego le pone jabón en las manos. Litolbely se frota. Luego Carrie la pone de pie y le hace dar la vuelta. Todo el rato está sintiendo un zumbido confuso en la cabeza. Amelia. Amelia en la bañera. Aquella vez. Le llega la imagen confusa, pero lo hace como un rayo que la atravesara desde la raíz del pelo hasta el mismo final de los dedos de los pies. El dolor. El daño. Otra vez activa sus dedos invisibles para que busquen aquello y lo sellen. Siente el odio bajándole por las venas como un veneno y aprieta los dientes con fuerza. No.

—¿Qué puto miras?

Las palabras sacan a Carrie de la ensoñación. Alejan el zumbido. Cuando levanta la mirada, los ojos de Litolbely han vuelto y la escrutan. Carrie siente que enrojece.

—No miro nada.

—Ibas a meterme mano, zorra.

—Que no. ¿Por qué iba a meterte mano?

—Lo que digas.

Carrie baja a la cocina y echa la ropa sucia a la lavadora y la pone en marcha. Luego se sienta a la mesa y espera. La habitación la oprime y se dice que no quiere estar ahí. Que quiere estar en otro sitio. Se levanta y de un tirón abre todas las ventanas. El reloj de la pared le dice que son más de las tres y media. Siente hambre, de pronto. Así que saca un cazo y pone agua a hervir y abre un par de los sobres de pasta rápida que trajo. Luego baja Litolbely. Otra vez tiene el pelo rizado y otra vez es como si le hubieran borrado la cara. La ropa que lleva, ropa vieja de Carrie, le queda como si se hubiera echado un saco de patatas por encima. Se sienta en una silla y las dos se miran.

—¿Qué tal?

—No lo sé.

—¿Tienes hambre?

Litolbely vacila. Mira hacia el cazo que está al fuego como si no comprendiera el concepto de la palabra comida.

—No. En realidad, no.

—Yo tampoco. En realidad.

Así que Carrie apaga el fuego y se sienta ella también. Abre una bolsa de patatas fritas y se la van pasando en silencio.

—¿Quedan Coca-Colas? —dice Litolbely.

—No. Luego voy al súper y traigo.

—Renta.

Se miran. La mandíbula de Carrie se va endureciendo por momentos. Las dos van llenas de rasguños y arañazos.

—¿Te pegué?

—Más bien sí.

—A veces me pasa. Lo siento.

—No es nada. Apenas me dolió.

—Vale.

Hay un minuto de crujir de patatas y de limpiarse la sal de los dedos con las lenguas.

—¿Qué pasó? —dice Carrie.

Litolbely la mira un momento. Se encoge de hombros.

—No lo sé. Dímelo tú.

160

—¿Quieres decir que no te acuerdas?

—Justo eso.

—No sé. —Carrie permanece pensativa durante unos segundos—. Era como si estuvieras viéndote tu propia película. ¿En serio no te acuerdas?

—De nada. ¿Gritaba?

—Sí. Estabas ida.

—Bueno. Creo que no ha sido de las peores, en cualquier caso.

—Vaya putada.

—Sí.

38
Mari Cruz

El autobús ha llegado. El chófer ha resultado ser un cruce entre un hombre lobo adolescente y una manta raya atiborrada de anfetas. Mari Cruz invierte parte de su dinero en un billete y luego se aprieta contra una ventana y se pone la capucha de la sudadera. Dos asientos por delante de ella están los tres hermanos inmensos. Un poco más atrás hay dos mujeres árabes, que deben ser madre e hija. Las dos van tapadas hasta los tobillos y llevan pañuelos de colores en la cabeza. Su bisbiseo incomprensible la adormece por momentos. Cierra los ojos y se concentra. En los ojos tan oscuros, tan rasgados. En el leve ondear de las telas que ha presentido. ¿Y qué lleváis debajo? ¿Qué llevas tú, muchacha? Se sonríe cuando se imagina un arnés de cuero. Solo que luego lo desecha. Eso es racista. O no lo es. Se sonríe y se dice que no quiere pensar en eso. Que no quiere entrevistarlas. No a ellas. Porque, de alguna forma, las admira y se siente como ellas. O quisiera ser. Así que se concentra en los otros. Otra vez abre la nariz por si pudiera captar algo de aquel sudor amarillo. Se dice que, si se concentra bien, sí. «El cielo, sí, está cayendo ahora sobre ti», musita. Luego empieza la entrevista. ¿Cuántos bollos? ¿Cuántos ultraprocesados? ¿Cuántas tartas? ¿Cuántas horas de sobremesa? ¿Qué os decía vuestra mamá? ¿Cuánto pesaba ella? ¿Y qué día decidisteis vosotros que renunciabais? Porque no me puto jodáis de que no tuvisteis opción. Entonces ¿cómo fue? ¿Recordáis el día exacto? ¿Fue por la mañana o por la tarde? ¿Teníais trece años, catorce? Digo lo de rendiros, porque amojamados ya estabais de bastante antes. Entonces ¿cómo fue? ¿Estabais ahí, con vuestras minipililas en las manos y dijisteis «me la pela, lo dejo, me rindo»? ¿Todo en plan «dame más comida, mamá»? ¿Cuántas palizas os dieron en el colegio? ¿Cómo os llamaban? ¿Morsa, marsopa, elefante, ballena, lorzas, puto gordo de mierda? ¿Y por qué os dejasteis? ¿Qué se esconde, al final, debajo de toda esa masa de grasa amarilla? Porque tendréis algo genético, sí. Pero no. Y lo puto sabéis los tres. Que hay una rendición también. Un me la pela. Un no tengo más camino. Sonríe. Y quién sabe si vosotros hubierais podido.

Luego se imagina que los otros la escuchan, que se revuelven. Que le contestan podido ¿qué? Saliros del camino, putos cabrones. Saliros del puto camino. Puto saliros del camino.

A las afueras del pueblo, en una franja de descampado decorada al fondo con unas palmeras y un par de naranjos, hay una zona de chabolas. Son cuatro o cinco. Con sus techos de uralita y sus paredes de madera y sus cacharros de plástico y su cuerda con ropa tendida. Mari Cruz se dice que siempre es ropa de colores chillones, como con florecitas. Como si una cosa terminara por implicar la otra. Hay una silueta allí. Una mujer detenida junto a una de las construcciones. Está parada y tiene algo en las manos. Desde donde está Mari Cruz no puede adivinar la expresión de su rostro. Pero entiende que se trata de algo que tiene que ver con la rutina. Más aún. Con la limadura espesa que se aposenta detrás de la rutina. Virutas de hierro detrás de los ojos. Nota, entonces, otra vez, el latigazo, el escalofrío que le recorre el brazo desde la herida de los dedos hasta el hombro. El codo se le mueve por instinto. Luego sonríe. Luego se mira los dedos, las heridas que todavía tiene. Sonríe más. Como si aquello no fuera más que el capricho de una niña pequeña y consentida. Ella era así, se dice. Le cruzaban esas cosas por la cabeza, así que había que dejarla porque no podía mirar en ninguna otra dirección. Pero eso era antes. Porque ya no. Ahora ella ha encontrado su lugar. Y ellos la cuidarán. Ella será camarera en uno de sus bares. Y ellos la mirarán y sonreirán al reconocerla. Entonces ella tendrá su trabajo y no será una vagabunda. Entonces sonríe más. Porque le llega el bisbiseo de las dos mujeres árabes que tiene detrás. Una madre con su hija. Se acaricia la yema de los dedos. Sonríe.

Camarera, no, se dice. Mesera. Tiene que ser un sitio en que puedan llamarme mesera.

El patio de la casa de la Fina es sobre todo geranios. Suelo de losas y una verja negra que da a la parte de atrás. Donde el camino. Por ahí pasa alguna bicicleta aislada. Magda, sentada en una mecedora, vigila. Está tensa como un alambre. Los niños gritan. Están ahí los dos más pequeños, su Rosa y su Juanjo. Juegan con los primos. Corren, se dicen cosas. Los ojos de Magda están en ellos, pero se van cada poco hacia la puerta. Las dos puertas del patio. Aprieta los puños y suspira. Antonio, su mayor, se asoma también cada poco y Magda sabe que está pendiente de la puerta delantera de la casa.

Ella no vendrá, mamá, le dice cada vez con la mirada. Además, ¿cómo va a saber ella que nosotros estamos aquí? Los ojos del Antonio lo dicen y Magda asiente.

Ramón, por su parte, se ha levantado por fin de la cama. Se acostó el viernes por la tarde, cuando recibió la llamada del hospital, y es ahora cuando ha encontrado fuerzas para moverse. No ha dormido ni ha comido nada en todo ese tiempo. Nota el corazón débil, cansado. En la cocina pela un plátano y luego se come una magdalena. Se sienta en la mesa y empieza a contar pastillas, a ordenarlas. Las toma con agua y luego se queda allí mismo, sentado y mirando a la pared. Hay un calendario al lado del frigorífico. Pone HIJAS DE LA CARIDAD.

Ramón cierra los ojos.

Magda está pensando ahora. Porque su hija no era así. No como fue luego. Primero era una niña inquieta. Una niña más bien flaca, más bien tímida. Una niña insegura, de pocas amigas, de estar en casa. De esas independientes pero tranquilas. Que todos lo decían. Qué tranquila te ha salido la cría. Esta no te va a dar disgustos. Y sí que era buena. De esas que se conformaban con nada y que, aunque no fuera muy buena en el colegio, tampoco hacía ninguna trastada. Un poco miedosa, sí. Pero de esas que se les veía la buena pasta. La nobleza. Solo que luego cambió. Y eso es lo que Magda está buscando ahora. El momento. Hace tiempo que no lo hace y sabe que una vez, tiempo atrás, estuvo a punto de tenerlo.

Porque hubo un día, se repite. Un día a partir del cual ya fue siempre distinta. Y no es que fuera peor, no. Era mejor. De pronto mucho más seria. Más formal. Más responsable. Empezó a comer bien y dejó de tener aquellos pómulos y aquellos huesos. De pronto era una niña más bien redondeada. Sonriente y habladora. Segura de sí misma. De pronto empezó a estudiar y a sacar buenas notas. Con ocho años, se acuerda Magda, se la podía dejar a solas con los pequeños. Porque una sabía que con ella iban a estar bien. Así que una gran ayuda. Y nunca, ahora se da cuenta, ella se preguntó qué produjo aquel cambio, si es que hubo algo.

Pero Magda está segura de que una vez llegó al día en cuestión. O casi. Y está segura de que fue por algo que dijo una vez su tercera, la Sara.

La monja era mayor, tenía gafas. La misma cofia azul de todas las demás. Así la recuerda Ramón. Había un claustro y las baldosas eran blancas y rojas. De esas baldosas viejas y pequeñas. Corría el fresco y debía de ser septiembre. La monja la señaló. Es aquella. Era muy pequeña y tenía la cabeza demasiado grande. Estaba muy flaca. Muy poca cosa. La monja, a cuyo nombre no llega, con su voz atiplada. Sí, la niña se escapó de la otra familia. Pero que ahora estaba bien, tranquila. Que era muy dulce y eso. Y luego las conversaciones con Resu, el millón de lágrimas. Tenemos que quererla, sea como sea. ¿No ves que ella no tiene la culpa? Pero no es hija nuestra. Entonces las lágrimas y los ojos de Resu convertidos en cuchillos. Sí es hija nuestra. No digas que no es hija nuestra, Ramón. Que, si lo dices, no te lo perdono nunca. Así que ahí la tienes, Ramón, para ti para siempre.

¿No ves que ella no tiene la culpa? Bien lo sé. ¿Entonces? Nos va a matar, eso va a pasar. Bueno, pues que nos mate. ¿O la dejamos sola? Y Resu tenía razón, claro. Solo que él también. Que cada vez era una puñalada más honda. Y otra más tener que dejarla ingresada y tener que ir a verla y tener que tomar todo aquel aire que había que tomar cada vez que había que ir a recogerla. Y con cada puñalada los dos sufriendo más y haciéndose, de golpe, viejos diez años. Perdiendo peso y salud. Aparte, la monja.

Que intenta llegarle al nombre, pero que no lo consigue.

—Ven, Sara.

Sara, trece años y toda gesto hosco, se ha asomado un momento al patio. Ahí ha sido donde Magda la ha visto y la ha llamado. Ahora se sienta junto a su madre, en el suelo fresco. Magda la mira. De todos, es la que más se parece a ella. Y Magda sabe que no va a ser guapa.

—Oye, aquel perro que tuvimos cuando erais pequeñas,

¿cómo se llamaba? ¿Sabes cuál te digo? Ese que era blanco y negro. El de las orejas raras.

Y Sara, claro, está en su papel. Por eso la mira como la mira. Como le es obligatorio mirarla.

—¿A qué viene eso ahora, mamá?

—¿Te acuerdas o no?

—*Pongo* —dice Sara con voz cansada.

—Sí, es verdad. *Pongo.*

Luego Sara la mira un momento y se desentiende y se va. Magda se queda ahí, quieta. Porque no puede preguntarle a la hija qué fue lo que dijo aquella vez. No puede porque es probable que la muchacha ni siquiera se acuerde. Pero, además, quién sabe qué puerta estaría abriendo si se lo preguntara. *Pongo. Pongo* y la muerte de *Pongo.* Era algo de eso. Magda mira hacia donde están su Rosa y su Juanjo jugando con los primos. Su Juanjo levanta la mirada y los ojos de los dos se cruzan un momento. El niño está concentrado en algo, pero llega a sonreírle a la madre. Magda, que es dura como el cristal, casi llora.

Yo te protegeré siempre, mi niño. Siempre, siempre.

Sor Adelina. O sor Adelaida. A eso ha llegado Ramón. La sigue teniendo fresca en la memoria. La boca era fina y los labios le desaparecían al sonreír. El poco pelo que sobresalía de la cofia era blanco. Toda ella tenía esa blancura fofa y deslustrada. Luego la conversación. El malentendido.

—Pero ¿cuál es su verdadero nombre?

—No lo sabemos. No se sabe.

—No lo entiendo.

—Cuando la encontraron, llevaba un papel sujeto con un imperdible. Así en la pechera. Pero se había mojado y la tinta se había corrido. Así que no se podía leer lo que ponía.

—¿Y sus padres?

La monja los mira entonces y sacude la cabeza casi como disculpándose.

—Nunca se supo quiénes eran. ¿No se acuerdan del caso? Salió en la televisión.

Entonces Ramón y Resu mirándose. Y aquella conversación. Qué pasó. Qué pasó cuando la niña se escapó. Qué pasó con la familia.

—Bueno, renunciaron. Desde entonces está aquí. Dos años ya.

—Pero si es muy pequeña...

—Sí. Y muy buena. Muy tranquila. ¿No la ven?

Ramón se levanta y arrastra los pies hasta la habitación. Va a acostarse otra vez. De paso por el salón coge una vieja foto que está sobre la cómoda. La foto tiene, tal vez, ocho o nueve años. En ella se ve a Resu, con sus gafas doradas y su rebeca granate, al lado de una Litolbely cabezona y de boca inmensa. Las dos miran a cámara. La pequeña Litolbely tiene algo en la mano. A la espalda de ambas hay una pared blanca con un zócalo azul. En el zócalo hay pintada una fila de gaviotas. Luego Ramón llega hasta la cama, se quita las zapatillas y se acuesta. Cierra los ojos.

40
Las tres

Mari Cruz ha llegado a destino. Ahora baja del bus y se despide mentalmente de la muchacha árabe y de su madre. Los tres gordos la miran pasar y destilan aceite por los ojos. La tarde sigue nubosa, con aire fresco. Le sorprende el canto cansino de las chicharras. Durante unos segundos parece preguntarse por eso. Buscarlas en los matorrales. En la estación hay un mapa de la zona y Mari Cruz lo examina. Luego da la vuelta y echa a andar. Hay una avenida con una larga fila de palmeras y la tapia de un cementerio. Un poco más allá una zona vallada con redes azules. Al otro lado de la valla varias personas juegan al golf. Otras dos cruzan, justo entonces, por delante de ella. Acaban de salir de un coche y visten todos los complementos. Gorra con visera, zapatillas, carrito con los palos sobresaliendo. Los mira al pasar y ellos a ella. Ellos parecen preguntarse por la intensidad de sus ojos. Ella sonríe y empieza a preparar la siguiente entrevista. Un poco más allá llega a un puente que cruza una rambla. En la rotonda se detiene. A su izquierda hay una calle bordeada de huertos. Es una carretera más bien. No parece tener fin. Parece, desde su perspectiva, alargarse indefinidamente hasta llegar a la sierra oscura que se ve a lo lejos. Entonces cruza y se adosa a la acera y echa a andar carretera abajo.

Va a buen paso, perdida en sus pensamientos. Si se cruza con alguien, levanta la cabeza y lo mira y sonríe y saluda.

Entretanto Carrie y Litolbely están en periodo de pausa. Carrie se ha duchado y se ha cambiado de ropa. Litolbely se ha secado el pelo. Ahora las dos están sentadas en el salón, en silencio, delante de la televisión encendida. Hace rato que ninguna de las dos habla. En la televisión un chico modo Ken barbudo e hipertrofiado y una chica modo Barbie con colágeno tienen una interminable conversación propia de niñas de once años. Carrie mira cada poco a Litolbely. Litolbely parece no estar. Un rato antes se ha levantado y ha cerrado todas las ventanas. Luego ha vuelto a sentarse. A todos los efectos, piensa Carrie, es como si se hubiera quedado catatónica. Porque, por momentos, no parece ni respirar. Y eso mismo le pasa a Carrie, que, por momentos, ni respira. Porque le da la impresión de que todo el aire en la habitación se ha convertido en cristal transparente y que si ella dijera algo, si ella, casi, se moviera, todo se quebraría. El filo, se dice. El filo de todo. Y otra cosa que va trepando por ella. Porque los ojos, ahora que están en casa, se le van cada poco hacia el teléfono que reposa sobre la mesa. La atmósfera es cristal, se dice, pero sobre la mesa hay una serpiente. Casi la ve retorcerse en escamas verdes y venenosas. No quiere, se da cuenta de pronto. No quiere que pase nada. Quiere que el segundo que ya se prolonga varias horas permanezca. En el puto tiempo muerto en el que está. Porque si de pronto se reiniciara el tiempo entonces volvería aquello. Aquel frío insoportable hecho de mercurio.

Ojalá que no, se dice. Y hace fuerza por que el tiempo se quede congelado. Solo que todo estalla de pronto.

Porque Litolbely hace algo semejante a un hipido. Algo semejante a llevarse la mano al pecho. Murmura algo.

—Ella lo supo —dice.

Carrie la mira.

—¿Qué?

Pero Litolbely no está en este mundo. No en este momento. De pronto mira hacia Carrie y lo que ve es una figura muy diminuta a lo lejos. Se levanta de golpe. Toma aire.

—Voy a acostarme —dice.

Lo dice y no espera nada. Solo da dos pasos y ya está en la escalera. Carrie se queda en el sofá. Sigue mirando a la televisión en silencio, pero una voz microscópica dentro de ella grita a todo lo que dan sus fuerzas. No te vayas, no te vayas, dice la voz.

Litolbely va oyendo el grito. Lo ha oído ya cuando estaba sentada en el sofá. Lo oye ahora por las escaleras, cuando entra un momento en el cuarto de baño, cuando se mete en la habitación y cierra la puerta. Es el grito de desesperación de una niña muy pequeña. No se acaba nunca. Pasan más cosas, aparte. Porque siente un pinchazo cerca del corazón. Porque es como si cada minuto su cuerpo sufriera una oleada de terror. De pronto la temperatura ha subido y ella nota como todas las células de su piel se alertan. Algo golpeando muy arriba. Como Litolbely ha olvidado todo lo que pasó por la mañana, pues no recuerda la visión de la madre. Sin embargo, nota una presencia cerca de ella. Algo que está, que la espera, que la acecha. La niña sigue gritando, solo que Litolbely es capaz de comprender que ese grito solo existe dentro de su cabeza. Tiembla.

Porque eso está ahí ya. Porque eso va a llegar.

¿Eso qué?

No lo sé, pero nos hará daño.

Nos hará mucho daño.

Siempre lo hace.

No sabe concretar qué daño, exactamente, será capaz de hacerle. Pero intuye que será destruida. Así que tiembla. Hay un momento en que la nota al otro lado de la puerta, raspándola. Se orina encima. La orina se extiende por el pantalón, le moja la cara interior de los muslos. La niña sigue gritando.

Litolbely cierra la puerta y la ventana. Baja la persiana del todo. Luego separa la cómoda de la pared y la va empujando hasta empotrarla contra la cama. Saca del sitio la puerta corredera del armario y la encaja debajo del picaporte. Después quita las sábanas y la almohada de una de las camas y lo pone todo sobre la otra de forma que compongan la silueta de un cuerpo. Si entra se equivocará, se dice mientras tapa el montón. Luego toma la otra manta y se mete debajo de la cama. Desde ahí tira de las patas de la cómoda hacia sí hasta que los dos muebles chocan. Después se mete hasta el fondo. Se oprime contra el último rincón, se envuelve en la manta.

La niña sigue gritando.

De pronto no está allí. Es otra habitación y ella sabe que es su habitación en casa de Resu y de Ramón. Ella quiere salir. Pero alguien bloquea la puerta. Se oye gritar, mugir. Decir palabrotas. La persona al otro lado está asustada y llora. Ella tira. Arranca el picaporte. Carga. Patea. La puerta se entreabre y se cierra de golpe. Hay un chillido de agonía. Ella vuelve a cargar, brota en el pasillo. Resu grita. Se abalanza hacia ella. O lo hace durante un momento. Luego se echa atrás. Ella tiene algo en la mano. Nota los huesos de Resu cuando estos hacen crac.

Se comprime más. Se hace más pequeña. La niña sigue gritando. Estará gritando siempre y de pronto ella lo sabe.

174

Grita ella también. Lo hace dos veces. Luego se dice que no debe gritar. Porque entonces eso la encontrará más fácil.

Se queda muy quieta. Hace por controlar el temblor. Luego llega la siguiente oleada de pánico y está segura de que lo que sea está ya ahí.

42
Carrie

Escamas verdes y venenosas, eso está pensando Carrie. El teléfono quieto sobre la mesa y ella mirando. Como si no hubiera nada más. El teléfono le dice aquí estoy y ella le contesta ya sé que estás, ¿crees que me importa? En ese momento aún tiene una esperanza de salvarse. La esperanza se redobla cuando siente, muy a lo lejos, el ruido que hace Litolbely arriba. Entonces se levanta como impulsada por un resorte y sube en dos zancazos. Sin embargo, cuando llega arriba todo es silencio. Aun así, pone la oreja y luego golpea muy suavemente y llama. Nadie contesta. Si acaso hay un bisbiseo lejano, una especie de canturreo semejante al que pudiera hacer una paloma. Entonces desiste y baja. Lo hace despacio, como un condenado a la horca. Vuelve a sentarse y el teléfono vuelve a decírselo: aquí estoy. Puto aquí estoy, zorra. *Pussy.* Carrie se dice que la lavadora ha terminado y que sería bueno ir y tender la ropa. Pero no puede. Así que toma el móvil y cambia al perfil falso. Suspira. Ningún mensaje nuevo, pero sí historias nuevas. Una de Amelia y otra de la amiga de Amelia. Las dos la misma. Es un baño, tal vez el baño del centro comercial. Hay sonrisas y la cámara baja hasta las cinturas. Ahí se queda. Sobre el hueso de cada una de las caderas derechas aparece el mismo símbolo. Un corazón pequeñito, redondito. Y una inicial. Luego la cámara sube y las dos sonríen. Se besan. Un beso largo. Carrie toma aire y nota que, muy de lejos, hay una pared que viene contra ella. Siente, otra vez, las primeras gotas de mercurio helado rondando por la parte interior de sus huesos. Se levanta de golpe. El siguiente rato es frenético. Abre todas las ventanas y saca la ropa de la lavadora y la tiende y luego friega la cocina y el suelo. Lo hace moviendo muy bien las muñecas, los codos, las rodillas. Casi como si bailara. En el cazo está todavía la pasta que puso a calentar antes. Se la lleva a la mesa de la cocina y se traga los dos paquetes. Se los traga, pero los ojos se le van, cada minuto, hacia el teléfono.

Es por eso por lo que no me hablaba, por eso.

Pero ahora sí. Ahora sí lo va a hacer.

Otra vez, a pesar de tanto movimiento, nota la rigidez en la articulación del tobillo. Aprieta los dientes y se abalanza hacia el teléfono. Nada. Y dos minutos después tampoco. Y dos minutos después tampoco. Se queda en el perfil y actualiza veinte veces en un minuto. Se da cuenta de que está helada, de pronto. De que apenas puede ya mover los codos. Gruñe.

Lo hace todo muy lentamente. Como si fuera un ballet. Casi como si estuviera oyendo una música suave. Un violín, una flauta, tal vez un oboe. Ha vuelto a sacar el bolígrafo y se ha traído de la cocina el encendedor. Lo ha puesto todo sobre la mesa. Luego ha liado un cigarro. Otro. Después se sube la manga de la sudadera y mira con atención. Primero acaricia las largas serpientes blancas del otro día. Las mismas que ahora comprende que no eran más que una preparación. Un precalentamiento. Entonces comienza a rascar. Lo hace suavemente, con los ojos cerrados. Primero no son más que cosquillas. Deliciosas cosquillas. Luego, poco a poco, conforme nota el calor, va apretando más. La línea blanca se va engrosando y hay un momento en que es capaz de determinar con absoluta precisión el lugar en que su piel se va a romper por fin. Aprieta. El borde del bolígrafo tiene un diminuto defecto en la punta. Algo del tamaño de un grano de arena, solo que de acero. Carrie sisea y obtiene su premio. Abre la boca entonces, saca la lengua mientras nota como el frío se aleja. Entonces se echa hacia atrás y tiene un minuto de descanso.

El rato es infinito. El momento de máxima tensión se produce cuando en una de sus consultas ve a Amelia también en línea. Su presencia como un minúsculo faro de color verde. Muy lejos. Carrie siente que el corazón se le pierde y hay un minuto en el que no hay, verdaderamente, vida. Espera. Lo hace como lo haría el carnicero ante la carne de la ternera. El hacha brillando. Solo que luego Amelia hace plop y desaparece. Carrie nota otra vez esa pared que se acerca. Agarra entonces el mechero. Otra vez es muy lento todo.

Prender la llama. Encender el cigarro. Dar una calada, dos. Para que la brasa esté lista. La brasa naranja, poderosa. Después apretar fuerte el puño. Acercar. Apretar la brasa contra la herida que se hizo antes. Sentir la mordedura. Abrir mucho la nariz. Esa soy yo, soy yo, soy yo. Cerrar los ojos. Apretar los dientes.

Luego mira. Pasa la mano por la zona. Sus dedos acarician aquello. Su brazo entero es un nervio a punto de quebrarse. El ballet prosigue y una voz muy dentro de ella le dice que está perdiendo el control. Sin embargo, su lucha ya no es contra el frío o contra el mercurio. No. Entiende que esa batalla ya está perdida y que le volverá a pasar aquello de las articulaciones. Su lucha ahora es contra esa otra pared. Esa oscura que pretende acercarse. Carrie no la quiere. Y es por eso el ballet. Lento, armonioso. Consultar el perfil. Pared acercándose. Irse al bolígrafo. El bolígrafo incrustándose en la quemadura. Pared alejándose. Pausa. Volver a consultar. Otra vez la pared viniéndosele. Chirriando por el pasillo. Una pared negra, de basalto. Coger entonces el cigarro y dar dos caladas e insertar la brasa en la herida que va encima de la quemadura que va encima de la herida.

Pronto tiene tres, cuatro, de aquellos. En un momento determinado se ha levantado y ha cogido del mueble la botella de brandy. Da tragos compulsivos. Le da la impresión de que la tarde es amarilla.

43
Carrie

—La cuestión —esa es la voz de Mari Cruz mucho tiempo atrás, sonando en la cabeza de Carrie— no es que se fuera y te bloqueara. No. Eso es una consecuencia de otra cosa.

—¿De qué cosa?

—De una cosa que ella planeó.

—No te entiendo.

—Pues está claro. ¿O crees que ella llegó a su nueva ciudad y lo decidió en un pronto? ¿Así: zas? No, *pussy*. Ella lo planeó. Lo sabía de mucho antes. De meses antes de irse. ¿Y sabes qué pasó? Que ella lo sabía, pero te siguió tratando igual. Te trató como si fuerais a ser siempre igual de amigas. Tú le decías iré a verte en navidades y nos vamos al centro comercial. Y ella te miraba y te decía que sí, que claro, que cómo no. Pero, por dentro, ella sabía que no. Y te miraba con lástima.

—Nos hicimos regalos de despedida.

—¿Ves? Ella te dijo te quiero. Y lo sabía. Lo mil veces puto sabía. Entonces, cielo, asume eso.

La pared, entonces. Y, de pronto, Amelia en línea. Otra vez el puntito verde. La diminuta luz al final de la esperanza. Sostenme. Defiéndeme. Pero pasa un minuto y luego otro.

La luz verde encendida. La pared de basalto como la noche llegando. Pasará un segundo, luego otro, y se irá. De pronto la luz verde hace eso, desaparecer. Carrie se aferra al teclado. Lo pone.

—Tú lo sabías —escribe.

—Tú sabías que lo ibas a hacer antes de hacerlo.

Lo escribe y espera. La luz verde de Amelia ha vuelto a encenderse. Su mensaje ha sido recibido. Leído. Entonces Amelia escribe y Carrie aguanta la respiración.

—Hola, ahora veo tu mensaje. Pero no sé a qué te refieres con eso de lo que iba a hacer, jeje —dice Amelia.

—Lo sabes.

—Pues no. La verdad que no.

—¿Cuándo lo planeaste? Dímelo.

Hay un silencio largo entonces y Carrie entiende que la otra está revisando los mensajes que han intercambiado. Otra vez se le pierde el corazón y se da cuenta de que la pared está ya encima de ella. Solo que, de pronto, ya no le tiene tanto miedo. Solo que se dice que tal vez la pared no sea más que algo inevitable. Ahora Amelia está escribiendo. Es una frase corta.

—¿Otra vez?

Luego hay una pausa y otra frase.

—No me lo puedo creer.

Entonces pasa. De pronto Amelia ya no está en la conversación. Cuando Carrie sale del chat, tampoco puede ver el perfil de Amelia. Ni sus historias, ni nada. Carrie hace algo semejante a una sonrisa y deja el teléfono sobre el sofá. De pronto está muy tranquila. Más tranquila que nunca, a decir verdad.

44
Los dos Juan Manueles

El Juan Manuel viejo está inquieto toda la mañana. Sobre las diez se pone unas zapatillas de deporte y sale a andar. Va escuchando música. Una selección de sinfonías y sonatas de Edvard Grieg. Camina deprisa. Sale del pueblo y se pierde por los caminos rodeados de huertos y plantaciones de lechuga. Cada vez que se cruza con alguien, saluda. Sonríe de una forma ostentosa, tal vez excesiva. Suele caminar cuatro veces a la semana. Martes, jueves, sábados y domingos, este último día más suave. Hoy se siente incómodo. De alguna manera no se siente cómodo con el ritmo ni con la respiración. La realidad es que tiene prisa por que el día pase. Mientras camina, consulta el teléfono una vez y otra. ¿Y qué pasaría si un día se te perdiera el teléfono? ¿Si alguien viera todo aquello? Se dice que eso no pasará. De regreso a casa Byron sigue sin contestar y aprovecha para hablar por teléfono con sus hijas. La que es dentista en Alicante y la que está terminando ingeniería en Madrid. Luego se ducha y se afeita meticulosamente. Un rato está mirándose el rostro en el espejo. Hay algo en él que recuerda a una rana, que siempre ha recordado a una rana. Luego se va a la cocina y empieza a pelar patatas. Se ha dicho que le apetece un guiso con pescado. Saca cosas del congelador y vuelve a poner a Grieg.

El Juan Manuel joven ha recogido a Tona en Balsicas. Han cargado cosas en la furgoneta y luego han seguido en dirección a la costa. Tona tiene unos cuarenta y cinco años y tiene la piel muy estropeada. Es más bien rubia y fue profesora del Juan Manuel joven años atrás. Él conduce y ella va mirando por la ventanilla, llevando el ritmo de la música con los pies. En un momento determinado Tona mira al Juan Manuel.

—A Antonio Daniel le han cancelado la columna en *La Verdad* —dice.

El Juan Manuel joven la mira.

—¿Por lo de Orenes? —dice al final.

Ella se encoge de hombros.

—Se lo dije. Que hay manos que no se pueden morder.

Él asiente y los dos se concentran en la música. Un rato escuchan a Buddy Holly y otro rato a Ritchie Valens. Cuando llegan a San Javier, se desvían a la derecha. Siguen por la autovía, bordeando el Mar Menor. ¿Carmolí?, pregunta el Juan Manuel joven. Ella asiente. Tiene los ojos grisáceos, como la mañana. La autopista pasa sobre la rambla del Albujón y enseguida ven las masas de sabinas y espinos negros de la marina. Salen entonces a la carretera nacional y conducen hasta un camino secundario. Luego aparcan la furgoneta junto a un grupo de tarayes. Bajan.

El Juan Manuel viejo ha cocinado. Patatas, merluza, unas gambas, algo de mejillón congelado. Todo en un caldo espeso y amarillento. Lo ha comido, con su pan, en la mesa del comedor, delante de la televisión. Concentrado en las noticias. La pierna se le mueve rítmicamente, indicando la tensión en la que está pasando el día. Pela una manzana y vuelve a consultar el chat. Todavía nada. Otra vez reclama. Se come la manzana y recoge todo y se sienta en el sillón. Intenta leer, pero no puede. Se va a la cama e intenta dormir la siesta. Consigue apenas dormir unos minutos porque de pronto tiene una sensación de destrucción absoluta, de final de mundo. Se levanta con un pinchazo en el corazón y, durante un momento, considera la posibilidad de escribirle a Byron y decirle que no. Que le ha surgido algo. Sin embargo, al final no lo hace. Así que se aguanta los nervios e intenta volver a leer. Cada cinco minutos se asoma al teléfono y comprueba. Son más de las cinco cuando ve en el chat la respuesta de Byron.

—Viejo de mierda, mejor en tu casa.

—No, en mi casa no puede ser, lo sabes.

—Viejo de mierda, que solo somos buenos para que mi madre te limpie tu puta casa.

—No es eso. Hay vecinos.

—Eres un racista, viejo de mierda.

—En mi casa, no.

Byron le dice que espere. Vuelve al poco.

—Voy a estar esta tarde en casa de mis primos. Vente sobre las nueve.

—Vale. Pero ¿habrá más gente o nosotros dos solos?

—Estará mi prima, la Yamira. Puedo dejarte que mires mientras se la meto.

—Yo prefiero hacer lo de la otra vez.

—No, eso no.

—¿Por qué?

—Porque ella no quiere que la toques, puto viejo de mierda. Se muere de asco.

Luego negocian. Lo que quiere Yamira. Byron le indica qué y en qué joyería lo puede comprar.

Llegan a un acuerdo y luego Byron le manda la ubicación de la casa.

El Juan Manuel joven y Tona han subido, han bajado, se han manchado de barro, han maldecido. Se han metido bajo los puentes, han metido las manos en el agua negra, llena de ojos muertos. Han apartado con esas mismas manos montones de cadáveres plateados. Han llenado los tubos de plástico de esa misma agua podrida y los han etiquetado y luego han bajado a la playa moribunda y llena de espumas de colores. La poesía del asco. Sacan un par de silletas de la furgoneta y comparten un bocadillo. Él está con el teléfono, revisando la última columna de Antonio Daniel.

—¿Tú por qué crees que fue? En concreto.

—No te sigo.

—Lo de Antonio Daniel, según tú, ¿fue por lo de Orenes en sí o por lo del presidente acodado en la barra del casino los sábados por la tarde?

Tona lo mira y se encoge de hombros. Cambia de tema abruptamente.

—¿La encontraste entonces? —dice.

—Sí. Está por ahí arriba, al lado de La Puebla. Por La Mandolina. ¿Te acuerdas de las zanjas que hizo la Guardia Civil?

—Claro.

—Pues un poco más arriba. Siguiendo los tubos.

—Pero ¿es seguro?

—Sí. Si te acercas mucho, hasta se oye el motor.

—¿Perros?

—No. Yo he pasado tres veces y no.

—Raro.

—Bueno. Mañana te cuento.

El Juan Manuel viejo ha sacado del cajón una de las pastillas azules. Ahora da vueltas por la casa. ¿Cómo va a ser en mi casa, capullo? Qué fácil es, se dice, cuando no hay nada que perder. Cuando uno no es más que un tirado. ¿Tú sabes quién soy yo? ¿Tú sabes del prestigio que tengo yo? Se dice que, en cualquier caso, tiene cosas que hacer. Así que vuelve a ponerse la camisa y los pantalones de mezclilla y los zapatos con alza. Vuelve a peinarse y esta vez va al garaje y saca el coche. Lleva consigo el papel donde ha apuntado la dirección que le han dado. Su coche es un Passat metalizado que surge en la autovía ya a la altura de Los Alcázares. Durante un rato conduce detrás de la furgoneta amarilla del Juan Manuel joven, pero los dos lo ignoran. Luego el Juan Manuel viejo tuerce a la derecha y sale por la zona de Santiago de la Ribera. Tiene puesta la dirección en el GPS y casi no presta atención a los detalles de lo que sucede más allá del coche. Por eso casi se sorprende cuando se topa con el mar. Ahí gira a la derecha, por donde el puerto deportivo, y sigue un poco más. Luego vuelve a entrar en el pueblo, pero no son más que dos calles hacia dentro. Lo localiza. Es un edificio blanco, de tres pisos, con balcones de madera. Parece nuevo. El Juan Manuel viejo lo deja atrás y luego va dando la vuelta a la manzana hasta que se lo vuelve a encontrar. Otra vez pasa de largo y aparca unos veinte metros más adelante. Apenas pasa nadie por la calle. Decide esperar un poco. Mientras vigila la hora.

Camino de Balsicas, donde va a dejarla de vuelta, el Juan Manuel joven siente la receptividad de Tona. Esto ha pasado alguna otra vez. Tal vez cuatro o cinco. De pronto hay algo espeso en el aire y los ojos de la mujer esperan algo. Todas las veces ha sido muy silencioso. Una mirada de ella.

Una leve caricia, casual, en la mano. Entonces los ojos de él y los ojos de ella. Solo hay que sacar la furgoneta de la carretera y meterse por algún camino secundario de los que hay a cientos. Luego siempre es parecido. Saltan por encima de los asientos y se meten atrás. Ni siquiera se quitan la ropa. De hecho, él no ha visto nunca nada de Tona por encima del ombligo. Ella le baja los vaqueros y se abalanza. Luego se gira y se baja sus propios pantalones y, de espaldas a él, se sienta sobre su pene. Luego se mueve mientras el Juan Manuel joven está muy quieto, como si pudiera ser que él, al moverse, la fuera a romper. Todo decorado por los gruñidos de ella y sus ocasionales palabrotas y por el apretar de dientes de él. Luego ella se corre y se queda muy quieta, diez, quince segundos. Entonces se corre él. Luego ella recupera la respiración y se gira y le acaricia, muy suavemente, la barbilla.

45
Mari Cruz

Todo este rato Mari Cruz ha seguido andando. Ha sido el suyo un camino entre campos de lechugas y huertos. Entre chicharras y montoneras de cuervos. A ratos no ha habido aceras ni arcenes. Se ha cruzado con tractores y furgonetas. Cada vez ha pasado que, siempre, al mando de cada una, había unos ojos. Ojos examinando, preguntándose, invadiendo. Mari Cruz ha caminado y ha sentido como desde detrás de los volantes se preparaban para entrevistarla a ella. Poco a poco ha ido sintiendo un hastío abrumador. Ni siquiera encuentra consuelo en su musitar. Se detiene un momento en una gasolinera y se queda mirando su propio reflejo en el escaparate. Es ahí donde nota por primera vez el peso en el estómago. De la responsabilidad, se dice. ¿O cómo se siente una cuando va a nacer? Se dice confusamente que debería arreglarse un poco. Pero luego piensa que aún le queda camino y que hay tiempo. Así que lo desecha y sigue. La carretera se cuartea y ella pasa entre alambradas y viejas higueras. Junto a tapias comidas por el sol en las que anidan las grajas. El cielo se anda componiendo de listas ambarinas. Predominan las nubes y se presiente la lluvia. Más adelante encuentra una zona de olivar y más allá un grupo de casas que se alargan y conforman un pueblo. Sonríe. Le brillan los ojos. Quiere musitar su canción, pero no la encuentra. Encuentra otra a cambio.

Las cuatro de la tarde y afuera llovía.
Tu bate y mi toto son *lead* y armonía.

Sonríe. Pero luego siente otra vez el peso en el estómago y la sonrisa desaparece. Sus ojos están atentos cuando pisa las primeras calles.

Todo son casas bajas, alguna de dos pisos, incluso alguna de tres. Pero pocas. Todo más que nada líneas rectas. Cactus y buganvillas que sobresalen de las tapias de los jardines. Y como un desvanecimiento de los colores. Como si el sol los hubiera agotado a base de decenas de años de pegar contra ellos. Camina junto a coches aparcados al lado de la acera. Mira a través de las rejas de las puertas. Luego llega a una plaza que no es una plaza, sino una intersección de carreteras. Ahí vacila un momento. Luego se dirige a la gasolinera y se cuela en los servicios. Huele a desinfectante, a servilleta vieja. Se mira en el espejo durante un largo minuto. Luego se quita la sudadera y se echa agua por las axilas. Se lava la cara. Se quita los últimos churretes de maquillaje. Le sorprende el refulgir de los diamantes de sus ojos. La certeza. Se deshace la cola y se cepilla el pelo con las manos. Luego vuelve a sujetarlo bien tenso arriba y vuelve a salir. La luz la ciega un momento, mientras mira a un lado y a otro. Luego sabe por dónde seguir. Así que espera que pase un camión y cruza. Esa zona del pueblo es más vieja que la anterior y otra vez hay gente que la mira y que se pregunta. Ojos de vieja detrás de las cortinas o en la puerta de las casas. Un hombre que echa agua con una manguera. Luego acaba la calle y el pueblo se precipita en un grupo de encinas y una zona de tierra removida. Más allá hay una tapia blanca y, detrás de la tapia, una casa.

La casa es blanca también, con tejado de pizarra azul. Tiene un balcón en el primer piso, con dos grandes puertas que dan a la terraza y racimos de glicinias de color morado que cuelgan sobre el porche. Mari Cruz sonríe. Luego mira al cielo y calcula la hora y se dice que es pronto. Que nadie habrá llegado todavía. Que por eso hay esa quietud.

Sonríe entonces y, muy despacio, caminando sobre sus patines lentos, se retira. Porque, por supuesto, no debería ella llegar la primera. No siendo ella quien es. Entra por una calle, luego por otra, y al final encuentra lo que buscaba. Hay una pequeña alameda y, al fondo, un parquecito para los niños. Con sus toboganes y sus bancos de piedra bajo los árboles. Hasta ahí camina y ahí se sienta. Dos bancos más allá hay un hombre con jersey, boina y bastón. La mira, pero ella a él no. Porque ya no tiene que mirar a nadie ni tiene por qué sonreír. Cuando se sienta nota otra vez aquel golpe en el estómago. Otra vez se dice que es normal que uno tenga miedo cuando va a nacer. Así que se saca el rizo rebelde y se lo lleva a la boca. Lo muerde. Mordiéndolo, deja abrir la compuerta y vuelve allí. Junto a la mesa con el mantel blanco, en la tarde azulada, delante de los tres niños garbanzo. Putos, putos. Eso la anima. De pronto siente la necesidad de contarlo, de contarlo a todos. Cómo ella lo iba a hacer. Cómo ella iba a hacerlo por ellos. Para que no sufrieran. Sonríe de pronto y es la vez que su sonrisa es más estruendosa. Es tan fuerte que casi espanta a los pájaros que dan saltitos entre los toboganes. Decide que sí, que luego se lo contará a los otros, cuando esté entre ellos. Había una vez tres niños garbanzo. Ellos eran feos como la muerte. Como una muerte vomitada. Y ella había estado obligada a compartir mantel y vida con ellos. Ella no era igual. Ella tenía un secreto. Era poderosa. De hecho, no había tres niños garbanzo, sino cuatro. Solo que el cuarto iba a ser otro día. Sus ojos se centuplican cuando se acuerda de *Pongo*. Los ojos de *Pongo*. Aquel ruido que había brotado de su garganta. Mitad tos, mitad ahogo, mitad otra cosa. Luego la expresión de sus ojos al sentir que aquello era irremediable. Luego aquello que había empezado a vomitar. Sí, se reirían todos mucho con eso. *Pongo* buscando cómo acostarse de lado y gimiendo y luego echando aquello.

Se dice que tiene que acordarse de contárselo a todos luego. En la fiesta.

46
Mari Cruz y el Juan Manuel viejo

El Juan Manuel viejo ya ha regresado a casa. Ha pasado por la tienda y ha comprado la cazadora que quería Byron. Ha ido también a la joyería y ha comprado lo de Yamira. Después ha metido el coche en el garaje. En casa se ha quitado la camisa y los pantalones y se ha puesto el chándal y unas zapatillas de estar por casa. Ha sacado otra camisa limpia y la ha puesto aparte, preparada. A ratos se acerca a la mesa y acaricia la pastillita azul y sonríe y se le hinchan los carrillos. No puede sentarse y todo el rato está mirando la hora mientras piensa en cinturas breves y culos como melocotones. En músculos tensos y posturas quebradas. Se dice que la lástima es que no sea la primera vez con ninguno de los dos. Porque la primera vez siempre es distinta. La primera desnudez, la primera exploración. Esa ignorancia. Como la primera vez que vio a Yamira. Con aquella cola negrísima cayéndole por la espalda y aquel chándal blanco. Aquellos labios tono grosella, tan oscuros. Se dice, otra vez, que el precio verdadero, lo incalculable, sería poder comprar aquella sensación. Hacerla que perdurara por siempre. Como una captura infinita en el teléfono.

Vuelve a mirar el reloj y siguen faltando dos horas. Se prepara un sándwich. Lo toma con una Coca-Cola delante de la televisión. Más allá de las ventanas empieza a oscurecer.

Empieza a oscurecer y Mari Cruz se pone en marcha. Baja del banco y desanda lo que anduvo antes. Cuando llega al descampado se queda quieta un momento. No hay movimiento en la casa. No hay gente llegando ni luces ni se presiente el bullicio propio de una fiesta. Tampoco hay coches aparcados ni nadie ha puesto ningún tipo de decoración. Se queda muy quieta en el borde de la calle. Está aún ahí cuando en la casa se enciende una luz. Es en el piso superior y, a través de las cortinas, puede ver la silueta de un hombre. Un hombre bajito, rechoncho. Lo interpreta como una señal. Estarán todos ahí, esperando. Conteniendo el silencio. O tal vez la fiesta sea en el sótano. Sí, decide. Un poco de discreción seguro que no va mal para estas cosas. Así que avanza por el camino amarillento y cruza y se arrima a la tapia blanca. Dos mujeres de unos cuarenta vienen a lo lejos por la carretera. Vestidas de chándal y andando deprisa. Mari Cruz toca al timbre.

Y el Juan Manuel viejo oye el timbre, abajo, y mira la hora y se pregunta. Se asoma un momento a la ventana, pero no ve la puerta desde ahí. Baja. Se mira un momento en el espejo y luego abre. No comprende lo que ve.

Porque hay una muchacha allí, de unos quince años, más bien rubia, que lo mira con expresión confusa. El Juan Manuel viejo piensa mil cosas en un segundo. Lo primero, que él había dicho mil veces muy claro que en su casa no, de ninguna manera. Que no podían ir allí y tocar. Pero pasan más cosas. Porque no es la hora. Y, además, esa chica, indudablemente, no es Yamira. Que tiene el tono y la forma de vestir, pero que no es. Yamira es más mayor, más alta, más cimbreante. Y hay otra cosa. Una que ve, de sopetón, con el rabillo del ojo. Dos mujeres vestidas de chándal. Dos mujeres que han debido de venir andando por la carretera y que ahora se han quedado paradas y miran la escena. Y el Juan Manuel viejo sabe lo que están viendo. Y lo que están pensando. La chavala, una chavala desconocida en el pueblo, guapa, que ha tocado en la puerta del viejo. Ahora los dos frente a frente. Siente como el cuerpo se le baña en una oleada de pánico. Además, la chica ha dicho algo. Una palabra. Él la mira.

—¿Qué?

—Baldur —dice la chica.

Él vuelve a decir qué y las dos mujeres siguen allí, sin perder detalle y esperando. Entonces él se echa atrás como si le hubiera mordido una serpiente y cierra la puerta en las narices de la muchacha y se mete a toda prisa para dentro.

—Baldur —eso ha dicho ella. Con toda claridad.

—¿Qué? —ha dicho el viejo ridículo.

Luego el viejo ha cerrado la puerta y ella se ha quedado allí sola.

Entonces, zas, el cristal.

Zas el cristal como un ruido a lo lejos. Viniendo entre algodones, con sordina. Un ruido como un raspado que terminara en un millar de campanilleos. El cielo es listas amarillas sobre fondo azul oscuro y las nubes pesan. Se dice que la tarde, casi noche ya, parece estar preguntándose por las flores. Se gira. Pasa junto a las dos mujeres de chándal. Las mujeres la miran pasar y ella nota como se preguntan cosas. Solo que ella está en el cristal. El cristal se rompe una y otra vez. Ella necesita un sitio donde no la mire nadie, donde pueda pensar. Se concentra en el sonido desgarrado del vidrio. Ella estaba sola en casa. ¿Y por qué una niña tan pequeña estaba sola en casa? Porque era ese rato después del colegio, antes de que llegara Magda. Solo que Antonio, el cuarto garbanzo, no estaba. ¿Cuántos años tenías? Seis, siete. Entonces ella sola en la casa y el cristal que se rompía. Solo que lo importante no era el cristal. Sino que el cristal era un efecto de una causa previa. Sigue caminando. Ahora es una calle larga, la que lleva a la gasolinera. Por detrás le llega un tractor que vuelve del campo. Un motor. Eso era. La sensación de motor enloquecido. Un motor que da vueltas y vueltas pero lo hace en punto muerto, y no produce verdaderamente nada. Un motor que lo es simplemente por el hecho de serlo y que no comprende que con eso no basta. Se dice que lo importante es eso. Esa cosa que es anterior al cristal. Y que más importante aún es lo que viene después. Necesita, entonces, volverse. Al rincón de los cristales rotos. Por fin.

Es consciente, vagamente, de que sigue caminando. Pero de pronto es aquella otra tarde. Son las cinco o las seis y acaba de llegar a casa y en casa no hay nadie. Tiene seis o siete años. Viene enfadada. Muy enfadada. Porque le han hecho comprender cosas. Su misma insignificancia. Archiva esa palabra para luego y sigue. Enfadada. Muy enfadada. Sentada en el salón. Ha cogido la llave de la maceta y ha apartado a *Pongo* de malas maneras y se ha sentado de golpe. Tiene los dientes apretados y rezuma rabia incontrolada. Rabia infantil. Enfrente, sobre la mesa, está el retrato enmarcado. Papá, mamá, ella y los cuatro niños garbanzo. Todos la miran. Componen rostros. De pronto está de pie y ha cogido el retrato y lo ha estampado contra el suelo. El cristal se rompe en mil pedazos y eso la despierta de alguna manera. Aleja lo otro, lo que la dominaba cuando venía por la calle y cuando se sentó en el sofá. De pronto se ve, sola, con el suelo lleno de cristales y piensa en Magda. Los ojos de Magda. La furia de Magda cuando llegue y vea el estropicio. Primero piensa que no lo recogerá, que lo dejará así. Que no recogerlo sería poderoso, una suerte de autoconfirmación. Soy yo. Existo. Hago daño. Le dura un segundo. Porque se impone la rabia de Magda. Así que va a por la escoba y empieza a recoger. Hay pedazos más grandes y pedazos más pequeños. Un par de veces tiene que apartar a *Pongo,* que es tonto. Se lo dice. No metas las narices aquí, tonto. Si te tragaras uno de estos, bueno. Se lo dice y la segunda vez que *Pongo* se acerca lo mira con ojos distintos. Se corta con uno de los vidrios más pequeños. Un corte diminuto en el dedo.

Se lleva, ahora, la mano a la boca. Tantea con la lengua las heridas que se hizo la noche antes.

Muerde, entonces.

Se le llenan los dientes de sangre caliente. Sorbe.

—*Pongo,* ven. Ven bonito.

Del frigorífico ha sacado una hamburguesa de ternera. Del suelo ha seleccionado los fragmentos más afilados de cristal. De los dedos le sale sangre. Va metiendo los pedazos de cristal dentro de la hamburguesa.

—Ven, perrito bonito.

Todo el rato vigila la puerta. Porque el cuarto garbanzo, Antonio, puede llegar en cualquier momento. Porque debería estar ya allí. Vigila la puerta y está muy quieta en la cocina, delante de *Pongo.* Los azulejos de la cocina y las losas del suelo configuran rostros que la miran. Ella percibe la admiración, el respeto. Lo percibe también en el rostro que se forma en la pantalla del microondas en el rincón exacto en que pega la ventana del patio.

Entonces llega aquello otro que había más allá de los cristales. Después de los cristales.

La muerte.

Y el poder.

48
Mari Cruz

Otra vez se mete en el baño de la gasolinera. Otra vez se planta delante del espejo. Le sorprenden sus ojos. Lo apagados que están. Lo muertos. Como si lo que había sucedido en la puerta del viejo asqueroso hubiera sido un viento que los hubiese disuelto. Como si fueran, se dice, falsos. Como si en realidad nunca hubieran sido diamantes, sino simples pedazos de carbón recubiertos de una pátina brillante. Ojos falsos. Falsos. Falsos. El término la lleva al motor que marcha incesante en vacío. Desde la pared un rostro robótico la vigila y reprueba. Hay otra cara en el secador de pelo. Se dice que tiene que apagar el ruido del motor. Se dice que las caras están esperando a que ella encuentre una salida, una solución. Se esfuerza, entonces. Su cabeza da vueltas y tiene una vaga sensación de laberinto. Necesita una solución y sabe, durante un instante, que cuando la tenga la negará. Se la negará.

Otra vez se muerde los cortes del dedo. Con fuerza.

Se dice que, en el fondo, eso es lo mismo que hace cada poco Litolbely cuando se lleva los deditos al toto.

Recargarse. Reiniciarse.

Era aquí, se dice. Era hoy. Era ahora. Lo sabíamos. Sí. No. No era. El viejo no sabía nada. Pero lo sabíamos. Pero no había nadie. A veces vuelve hacia atrás en el laberinto, pero no obtiene ninguna conclusión. Algo salió mal, vuelve a decirse. Algo no entendimos, entonces. Hay voces que le susurran cosas malignas. Sin embargo, las acalla. Ella no se lo permitirá. Sigue mirando sus ojos falsos en el espejo. Hace fuerza. Como si esos ojos fueran la brasa del cigarro y no hubiera más que aspirar con energía para conseguir que brillen. Pero ella sabe que no brillarán hasta que llegue a donde tiene que llegar. El siguiente rato es un deslizarse por un laberinto vertical de tubos, conducciones, chimeneas. Sabe que tiene el riesgo de caer. Más aún, de quedarse atorada, atrapada por siempre. Entiende que es urgente. Que es ya. El poder contra la insignificancia, eso que apuntó antes. Los manises de la pared son azules y blancos y los ojos de la pared parpadean según ella gire la cabeza. No están contentos. Tampoco lo está el rostro del secador. Ve el abismo a sus pies y tiembla. Se ha sacado el mechón rebelde de la coleta y ahora tira de él como tiraría de la última cuerda. Siente las encías llenas de sangre. El sabor cobrizo. El motor, que marcha en vacío, la va ahogando poco a poco. Piensa que va a caer y se lo dice. Necesito. Ahora. Ya. Es entonces cuando se abre la puerta que da a la calle y entra una mujer. Es una mujer de ojos claros, de tinte caoba. De ojeras y huecos bajo los pómulos. La mujer musita algo y se mete en uno de los cubículos. Mari Cruz tiene que oír lo que pasa en el interior. El chorro que se imagina caliente y dorado. La sensación de gas. Luego la mujer sale y quedan, durante un momento, las dos delante del espejo. Delante, pero invisibles la una para la otra. Delante pero como si cada una estuviera contemplando el mismo espejo desde una dimensión diferente. Mari Cruz está pendiente de cada gesto de la mujer. Cómo se lava las manos, cómo las arrima al secador, cómo ahora se acerca un poco y se atusa el pelo. Entonces

sucede. La mujer, de pronto, la mira, rompe el espacio inter-
dimensional y la mira. Le sonríe levemente y sus ojos chispean. Después se da la vuelta y se marcha.

Se marcha y Mari Cruz queda inmóvil durante otro segundo. Luego, muy despacio, muy lentamente, empieza a vis-
lumbrar un camino entre el laberinto de túneles y chimeneas. Empieza, entonces, a abrirse paso. Es como el nadador
que ha recibido en el último segundo la noticia de la costa a
lo lejos. Bracea, entonces. Y poco a poco, conforme entiende, va sonriendo. La mujer y su mensaje. En el último instante. «¿De verdad», eso han dicho los ojos, «pensabas que
te íbamos a dejar sola? No, no puedes pensar eso», han dicho. Y luego han seguido. «Tú eres importante para nosotros. Y, verás, ahora no puedo explicártelo, pero algo pasó.
Algo pasó en el último momento y hubo que cancelar y no
dio tiempo a avisarte.» Mari Cruz está atenta. Sus ojos vuelven a encontrarse en el espejo y ahora les ve una patena de
bronce. Como si se estuvieran encendiendo de nuevo. Sonríe. Lo hace y la expresión de los manises blancos y azules,
de la cara del secador, ya son diferentes.

Queda todavía un minuto infinito de recomposición. Porque ha de decidir cuál es el siguiente paso. Otra vez vuelve
a los ojos de la mujer. A lo que le ha dicho en silencio. Había algo más, se dice. Una palabra. La rebusca cuidadosamente hasta que la tiene. «Espera», eso le ha dicho. Eso le ha
querido decir. Solo que la cuestión es esperar dónde. Porque
no puede ser «espera aquí en la gasolinera». Porque eso no
tendría el menor sentido. Entonces, dónde. En el hospital
tampoco. Se dice que tiene que haber otro lugar en el que

sea lógico que ella pueda esperar. Se esfuerza mientras tira del mechón rebelde hasta casi arrancarlo. Hasta que, de pronto, lo sabe. Lo sabe y sonríe con fuerza y una mínima luz acude a sus ojos. Se queda en ellos otra vez. La impresión es que no son del todo iguales. De que no es verdaderamente ella. De que hay ahí una disociación o una discordancia. Una interferencia que es preciso limpiar para poder volver a ser. Se dice, no obstante, que es pasable. Que se puede consentir un rato. Solo hasta que pueda ir allí donde ha de esperar. Y hasta que, de repente se da cuenta, haga allí lo que sin duda no le va a quedar más remedio que hacer. Sus ojos tienen, entonces, un instante de brillo y nota como regresa la calma chicha e inmóvil. La que viene siempre después de los cristales. Después de *Pongo*. Se acerca al lavabo y mete los dedos bajo el agua. Luego encuentra papel higiénico y se lo presiona contra las heridas. Se lava vigorosamente la cara. Se la restriega hasta volverla roja. Luego se deshace otra vez la cola y remete el mechón rebelde y se la vuelve a componer. Tira con fuerza del pelo, lo sujeta con violencia atrás, arriba. Se pellizca las mejillas y fuerza una sonrisa pavorosa. Entonces sale. La noche ha caído ya y se han encendido las farolas del pueblo. Las nubes están bajas y se presiente la lluvia. Vienen chorros de aire frío que remueven las hojas del suelo. El suelo sucio. Ella detenida a la puerta de la gasolinera, en la intersección, orientándose.

Se pone la capucha y echa a andar. Sonríe cuando nota que le regresa la canción. Que tiene ganas de volver a cantarla. «Allá está tu huérfano, sí. Con su pistola, sí. Llorando como un puto fuego al sol. Puto llorando como un fuego. Y todo, sí, se ha terminado, cariñito. Porque los santos están llegando. Puto llegando, sí.»

49
Carrie y Litolbely

Carrie está al borde del paseo de madera. Mirando hacia el mar. Llovizna y el mar es negro. Las olas como sonrisas amarillas y sucias. Lleva ahí un rato. La capucha de la sudadera puesta, las manos dentro de los bolsillos. A los pies tiene la bolsa de la compra que acaba de hacer en el supermercado. Bollería industrial, más que nada. Coca-Colas y Cheetos. Tiene la cabeza muy metida en los hombros. Cuando se mueve, algo en ella recuerda a un muñeco mecánico. Litolbely, entretanto, está despertando de un sueño confuso.

Hormigas. El cielo lleno de hormigas. Las hormigas atacando a las arañas. Las arañas colgadas de un larguísimo hilo de seda. Sus patitas diminutas mirando al abismo que hay bajo ellas. Comprende que se ha dormido. Comprende, de pronto, que aquello que tanto la molestaba, aquello que la ha hecho meterse donde está, ha cesado. Alguien gritaba. Pero ya no. Sabe que está metida en su cubil. Pero no recuerda bien el resto de los detalles. Se esfuerza por hacerlo regresar. La casa de Carrie. La habitación de Carrie. Va surgiendo. Aparta la manta, se arrastra. Sale por el hueco entre la cama y la cómoda. Al final se queda sentada en el suelo, la espalda apoyada en la pared. Le da la impresión de que la habitación late. Luego camina, llega hasta la puerta y la desatranca. Se asoma. Las luces, abajo, están apagadas. ¿Y la penca?, se dice.

La penca se fue. Esta mañana ya no estaba. Que la jodan. Tanto «yo estaré ahí». «Yo no te voy a dejar.» Y mira. Un momento se acuerda, otra vez, de Ramón. Lo que estará pensando. Lo aparta rápido. Lo hace, pero siente las hormigas corriéndole por la piel mientras baja la escalera. Abajo no hay nadie. Recárgate. Aprovecha. Eso hace. Ahí mismo, de pie, en mitad de ningún sitio. Solo baja la mano y aprieta su botoncito y lo hace moverse a un lado y a otro. Sisea cuando siente el calambrazo. Luego se dice que tiene hambre y se va a la cocina. Empieza a escarbar.

Carrie va de regreso. Casi nota chirriar sus rodillas, sus codos. Le parece algo muy lejano, en cualquier caso. Un momento se queda detenida junto al canal que discurre paralelo a la calle, mirando hacia el marjal. Se pregunta cosas. La principal pregunta es ¿por qué estoy tan sola?, ¿y la persona que debería cuidarme a mí? Pero la madre estará allá, con el tal Antony. La imagina rodeada de gente, levantando una copa de vino blanco. Habrá gritos y risas. Las luces del restaurante generarán chispazos en las pulseras y los collares. Y Antony, que en el fondo no es más que un pringado cincuentón y fofo, la mirará como pensando qué suerte tiene. Y su madre estará pensando lo mismo. Los dos pensándolo y en el fondo teniendo otro pensamiento mucho más oculto. Porque se mirarán y tendrán ojos. Y lo verán lo mismo que lo ve ella. Un cincuentón fofo y calvo y una bruja cuarentona llena de maquillaje y con todas las cosas colgando por todos sitios. Pero se mirarán al brindar, o harán como que no ven lo que ven. Porque vivir es fingir, se dice. Porque no hay sitio en la vida para pretender vivir sin fingir. Lo que es muy cansado. Carrie suspira en el momento de reiniciar la marcha. Porque la verdad no existe, se dice, y esa es la única verdad. Al llegar a la casa se encuentra a Litolbely despierta, sentada en el sillón, con una lata de albóndigas sobre el regazo. Las dos se miran.

—Fui a comprar.

—Genial.

Carrie se sienta en el sofá. En realidad, hace un sonido semejante al que pudiera hacer un saco de patatas que alguien hubiera dejado caer por el hueco de la escalera. O a eso le recuerda a Litolbely.

—¿Cómo tienes la cara? —dice Litolbely.

—¿La cara?

—Sí. Del puñetazo, ya sabes.

—Está bien.

—¿Sabes algo de tu amiga?

—Bien. Ya todo ok.

—¿Te contestó?

—Sí. Estuvimos hablando por teléfono.

—Y todo bien.

—Todo bien *blessed*.

—Renta.

—Sí.

El rato es raro. Carrie ha extendido la bollería y los Cheetos por la mesa y Litolbely ha dejado las albóndigas. Ahora se lame los dedos de las manos mientras mueve los dedos descalzos de los pies. Carrie se ha comido cuatro napolitanas de chocolate en cinco minutos. La televisión está puesta y van pasando canales. Cada cual vigila a la otra. Cada cual, cuando nota que la otra va a girar el cuello, aparta la vista a su vez.

¿Por qué está esta persona aquí?, se dice Carrie. Necesito espacio. Me estoy ahogando. Necesito quedarme sola. Ningunos ojos cerca. Porque si noto que me vuelves a mirar, entonces voy a estallar y esta habitación se va a convertir en el puto Hiroshima y la zorra de tu amiga, cuando vuelva, no va a encontrar ni los pedazos de ti, ¿captas?

¿Qué le pasa a esta?, se dice Litolbely. Joder, está en puto brote, ¿no lo ves? Fíjate en cómo tiene el cuello. Las manos. No, es peor. Peor que un brote. Y eso de que ha hablado con su amiga y que todo ok no se lo cree nadie. ¿Qué hay peor que un brote? Lo que viene después, *pussy*. Lo que viene cuando el cable que sostiene a la arañita encuentra el filo del plato que hay arriba.

Carrie ha sacado los utensilios de pedicura y los ha extendido sobre la jarapa con ribetes azules. Durante media hora nadie dice nada. En la televisión emiten una extraña película. El típico concepto de chica buena enamorada de chico malo y redenciones. Solo que, de alguna forma, es una edad media alternativa. Ninguna de las dos presta atención, pero los destellos les hacen bien a ambas. Litolbely vigila los movimientos robóticos de Carrie. Cuando se elimina las cutículas, cuando agita los botecitos de esmalte, cuando maneja el pincel. Dos veces la otra la mira.

—El rosa. La vuelta a lo clásico, ¿no?

—Claro, *pussy*.

—Y una flor. Una flor blanca. Así por la esquina.

—Claro.

Luego siguen en silencio otro rato. Hasta que Carrie termina de secarse las uñas y levanta la vista. Litolbely se estremece. O sea, que es así, se dice. Es este el aspecto que se tiene cuando se llega al gran evento. Tal vez deberíamos decir algo, se dice. No. ¿No? No, porque es un monstruo, ¿no lo ves? Nos devoraría. Además, ¿quiénes somos nosotras?

—¿Te pinto a ti?

Y Litolbely se estremece más. Porque los ojos de las dos coinciden y los ojos de Carrie están llenos de piedras. No, en realidad no es eso. Es que son de piedra. Como si una roca gigantesca hubiera crecido dentro de la cabeza de Carrie y ahora asomase por las ventanitas de los ojos. Litolbely se espanta y no sabe bien cuál es la expresión de su cara. No lo sabe, pero sí sabe que la otra la ha notado perfectamente. Litolbely se levanta de golpe y huye escaleras arriba. Carrie se queda abajo, sobre la alfombra, con el pincel en una mano y el botecito en la otra y lo comprende.

Lo comprende muy bien.

Lo hace y se lleva la mano a la mandíbula. Se palpa el bulto.

50

El Juan Manuel joven

Ha dejado a Tona en su casa. Con su marido. Ha tenido un atisbo del marido en el momento anterior a que se cierre la puerta del pasajero. En el momento en que Tona se ha vuelto un instante y ha dicho algo. En plan buena caza. O ten cuidado. Luego ha regresado a la costa. Ha pasado un par de horas junto a unas salinas, contemplando a los pájaros y esperando que cayera del todo la tarde. Más o menos por entonces ha sido cuando ha empezado la llovizna. Una cosa suave, fresca. Ha vuelto a montar en la furgoneta y ha salido por la nacional, paralelo a la autovía. Así hasta que ha encontrado otra vez la rambla y se ha metido hacia el interior. Luego ha dejado la carretera y se ha desviado por caminos secundarios. Ha sido ahí donde ha apagado los faros y ha seguido conduciendo a oscuras. Muy despacio. Los ha encendido un poco al llegar a la cuesta que hay justo antes del cañaveral. Luego ha bajado y ha vuelto a localizar la tubería que da a la rambla. El rumor del agua vertiéndose. Entonces ha dejado ahí la furgoneta y ha echado a andar por él entre las piedras.

Más adelante encuentra las zanjas que estuvo abriendo la Guardia Civil. Las que luego se quedaron a medias. La tierra está seca y la lluvia va produciendo un barro ligero y aguado. Llega hasta cerca de una loma. Sobre ella hay una construcción. Algo sencillo, semejante a una caseta de aperos. Paredes blancas, techo plano, ventanas como respiraderos. Antes de la caseta, dos farolas y una alambrada. El Juan Manuel joven se echa al suelo y repta durante unos metros. Asoma la cabeza entre las cañas. Hay un coche aparcado junto a la alambrada. El Juan Manuel joven está ahí como un cuarto de hora antes de volver sobre sus pasos y regresar a la furgoneta. Vuelve a encender las luces una vez que llega a la carretera. Pone música. Otra vez Buddy Holly.

Sí, nena, tu lengua está bien retorcida.
Tus ojos bien rajados.
Necesitas, desde luego, un protector.

Se aleja, pero no demasiado. De la parte de atrás saca una sudadera limpia y se quita la que se ha manchado de barro. Para en una gasolinera al borde de la carretera y se sienta en la cafetería. Cerca del ventanal. Pide un Aquarius y un bocadillo. La llovizna viene con ráfagas de viento y las gotitas bailan a la luz de las farolas. Lleva ahí un rato, metido en sus cosas, cuando la nota. Una silueta menuda que viene caminando por el borde de la calzada. Muy poca cosa en realidad. Unos pantalones de chándal y una sudadera. Una capucha puesta sobre una cabeza y un andar decidido. Eso y las mil preguntas que sobrevuelan esa presencia. Porque sin duda es una chica. Y sin duda no es demasiado mayor. Son veinte segundos, en cualquier caso. Porque la silueta cruza el cono de luz en el que bailan las gotitas y se pierde otra vez en la oscuridad. Se dice que no pasa nada. Que simplemente es alguien que va de un sitio a algún otro sitio. Como pasa siempre. Luego paga su bocadillo y monta en la furgoneta y, en el momento de salir a la carretera, duda. Luego enfila hacia donde se perdió la silueta. Mientras conduce va diciéndose que no la va a encontrar. Que sin duda ella se habrá metido en alguno de los caminos que salen de la carretera. Porque iría a alguna de las casas. Sin embargo, no tarda ni cinco minutos en divisarla. La silueta alumbrada por sus faros. Caminando bajo la lluvia. La capucha puesta.

51
Mari Cruz

En el aire flotan gotitas y Mari Cruz ocasionalmente saca la lengua y atrapa una. Agua dulce, caliente. Lleva las manos embutidas con fuerza en los bolsillos de la sudadera. La capucha puesta y siguiendo el filo de la carretera. A veces un pie en el asfalto. Otras veces, no. La oscuridad se retuerce y la confunde. Las manchas en el asfalto componen murciélagos ciegos y Mari Cruz está muy dentro de su cabeza. Verás, pequeño niño garbanzo, es que me vienen a recoger. Hoy. Ahora en un rato. Ya lo tengo todo listo. Y no volveré, nunca. Entonces, no llores, pequeño niño garbanzo. Porque esto es por tu bien. Para que no tengas que sufrir. Sin mí. ¿O eres tan estúpido que no lo entiendes? Entonces, no llores. No lloréis ninguno de los tres.

Lleva un rato oyendo algo que le viene detrás. Primero como una interferencia lejana. Luego nota las luces acercándose, proyectando su sombra contra el asfalto. Entonces el motor se ralentiza y al poco nota el volumen metálico y amarillo a su lado. Caminan así, uno al lado del otro, durante varios metros. Luego nota que una puerta se abre y ella mira. Dentro de la furgoneta hay un chico más bien calvo. Los dos se miran un momento.

—Hola —dice el chico.

—Hola.

—Oye, ¿dónde vas?

—A mi casa.

—Ah, ¿es lejos?

—No. Un poco más adelante.

Entonces reinicia la marcha. Despacio, sobre patines lentos. Nota como el vehículo queda atrás. Como regresa a su lado.

—Escucha, no me lo creo.

—¿El qué?

—Eso de tu casa.

—Ya, bueno. Pues búscate algún asunto y entretente con él.

Ella va a echar a andar otra vez. Él suspira.

—Escucha, tengo cosas que hacer. Bastantes cosas. Y, la verdad, no me apetece pasarme una hora detrás de ti a cinco kilómetros por hora mientras te alumbro con los faros.

Mari Cruz lo mira ahora con más detenimiento. Es calvete, sí. También flaco, pálido. Y es, en realidad, muy joven. Porque no puede tener más de diecinueve, tirando por lo alto. ¿Y qué categoría de farloputero es el muchacho guion príncipe azul guion presunto violador molestador de chicas menores? Respuesta: de los que se van a jugar a videojuegos sin haber siquiera quitado el sujetador. Él sonríe de pronto.

—¿Ya me has catalogado?

—Más o menos.

—¿He quedado bien?

—No.

Él vuelve a suspirar.

—En serio, que no sé cuál es tu rollo. Y no es asunto mío. Pero te vas a helar. Y que esto, dentro de un rato, se va a poner superraro. Oscuro de verdad y superraro.

—¿Raro en qué sentido?

—En plan gente rara que va dando vueltas con los coches. Gente que va de fiesta o que vuelve. Borrachos o atiborrados de cosas raras, si me entiendes.

Ella mira un momento a la carretera. Luego lo mira a él. Le dice que no ve verdaderamente la diferencia y él no lo entiende.

—La diferencia entre ellos y tú —dice.

Él lo piensa un momento.

—Pero yo soy un tío legal.

—No. Tú dices que eres un tío legal.

—No sé, si no fuera legal, ¿estaría aquí convenciéndote?

—No lo sé. Pero, paso, en serio.

—¿Te enseño el carné de universitario o qué?

—¿Qué me dices?, ¿que un universitario no es un violador ni nada de eso solo por serlo?

—No sé. Mucho nivel, ¿no? ¿Ya estamos hablando de violaciones?

—Estamos hablando de violaciones porque tú me has advertido de tipos raros que van por ahí en plan colgado. ¿O te referías a otra cosa?

—Ya, vale, sí. No sé. Solo estoy siendo amable. Estás ahí sola y te vas a helar.

—Vale eres amable y no violador. Estamos de acuerdo. ¿Me dejas tranquila ya?

Él lo piensa un momento.

—Bueno, no subas si no quieres, pero que sepas que este es un mundo libre. Y que nada me impide ir detrás de ti a cinco por hora con los faros alumbrándote durante dos horas o tres.

Mari Cruz toma aire. Mira a un lado y a otro. ¿Y no estás, en el fondo, perdida?, ¿y helada? ¿Y no es que él pueda ser la solución a este problema en concreto? Se dice que sí y al mismo tiempo se rebela contra la idea. Piensa, de pronto, en Hans. ¿Qué haría Hans? ¿Cuáles serían sus instrucciones al respecto? «Presérvate, ante todo.» Así que otra vez mira al chico. Tiene los ojos limpios y cara de niño rata. Y, además, las uñas y las zapatillas llenas de barro. Niño rata contradictorio. Eso, de alguna manera, la decide. De pronto está dentro de la furgoneta y ha cerrado la puerta. Él arranca. Ella agradece el calor.

—Has dicho que tenías cosas que hacer.

—Sí.

—¿Qué cosas?

Él la mira un momento. Lo piensa. La vuelve a mirar.

—Arrasar y destruir, más que nada.

Ahora es ella quien lo mira con atención.

—Mientes.

—No. En realidad, no.

—Bueno, dime adónde ibas —dice él.

—A un sitio.

—¿Un sitio? ¿En serio? ¿Un sitio en este universo o en otro?

—Depende de lo que entiendas por universo.

—Vale.

—No, de verdad —dice Mari Cruz. Y sonríe un poco—. ¿No somos partículas subatómicas que chocan unas contra otras y todo eso?

—Paso.

—Ah, venga, tú tienes pinta de niño rata.

—¿Niño rata? ¿Qué es eso?

—Un *geek*. Uno de esos que leen.

—Ah, gracias. Y sí leo.

—Y yo debería, ¿sí?

—Pasa de mí.

—*Boomer*.

Están los dos en la furgoneta. Han regresado hasta la gasolinera y mientras el Juan Manuel ha entrado a pedir cosas, Mari Cruz se ha quitado la capucha de la sudadera y se ha soltado un momento el pelo. Espejito retrovisor, espejito, dice. No hay caso. Humedad igual a rizos. Lástima de rato de plancha. Lentamente, mientras permanece con los ojos fijos en los ojos del espejo, va haciéndose una trenza. Todo el rato vigila. La interferencia sigue allí. Solo que él no podrá notarlo. Se dice que él le vendrá bien para hacer la prueba. Él regresa y le tiende un bocadillo y lo que luego resulta ser caldo. Ella termina con la trenza y se la sujeta con una de las gomas que cogió de la mochila de Carrie como mil años antes. Después él arranca y mete el vehículo en la carretera oscura. Pone una música asquerosa.

—¿Me lo cuentas o no? —vuelve a decir él.

—En realidad estoy en una misión. Una misión secreta.

—Ya. Y en qué consiste.

—Tengo que matar a unas personas.

Ella lo dice y está muy pendiente de lo que sus propios ojos expresan en el espejo. Otra vez la distorsión. Pero solo ha sido un milisegundo. Además, él va pendiente del volante y de la carretera. Y ni la conoce ni puede oír el tintineo de los cristales al quebrarse. La música asquerosa sigue y el caldo la reconforta. Toma algo del bocadillo, pero deja la mayor parte. Con el rabillo del ojo lo mira. Él la mira a ella también.

—Venga, te sigo el rollo. Misión secreta ¿y qué?

—¿Qué de qué?

—Que a quién tienes que matar.

—No sé. No creo que tengamos suficiente confianza para eso.

—Pero sí teníamos confianza para que me contaras que tenías que hacerlo —él lo dice.

Ella se encoge de hombros como diciendo «qué puedo hacer yo».

—Así son las cosas.

—Vale, misión. Una misión es algo que alguien te encarga, ¿sí?

215

—O tal vez sea una misma quien se la impone.

—Y en este caso...

—Mitad y mitad.

Él la mira y ella quiere que lo deje. Por la discordancia que persiste en sus ojos. Por todo lo que pensó antes, cuando estaba en el baño de la gasolinera. Ella guarda silencio y él, finalmente, también. La carretera sigue por una zona llana. Durante unos minutos llueve con fuerza. Pero luego la lluvia se detiene del todo y queda un olor pesado a tierra. Se diría que la tierra está sorprendida de lo que ha sucedido. Él sigue la canción y tamborilea en el volante con los dedos. Mari Cruz tiene el codo apoyado en la ventanilla. Echa la cabeza hacia atrás y es vagamente consciente de que han pasado unos cuantos minutos. Se dice que no puede dormirse justo ahora. Abre y cierra los ojos varias veces.

—Puedes dormir, si quieres.

—No tengo sueño.

—Como veas.

—Mejor cuéntame eso de la destrucción que ibas a hacer.

—A ver si lo entiendo. —Él la mira un momento—. Tú no me cuentas tu misión, pero me pides que yo te cuente la mía.

—Bueno, en realidad empezaste tú.

—¿Empecé yo a qué?

—Oh, espera que rebobine. «Tengo muchas cosas que hacer y no tengo tiempo para andar detrás de ti con los faros encendidos y mimimimimi.»

—¿Yo dije eso de mimimimimi?

—Lo tengo grabado, sí.

Él la mira. Ella cierra los ojos en el momento justo. Acaba la canción y empieza otra canción asquerosa. Ella alarga la mano y quita la música. Él se sonríe un poco. El hecho de que parase la lluvia parece haber sido el pistoletazo de salida para que grandes insectos empiecen a revolotear por delante de los faros. Bailan, se acercan, amagan con estrellarse y se apartan en el último segundo. Sus alas como diminutas mantas amarillas.

—¿Te has escapado o qué? —dice él.

Ella se ríe.

—Sí. Pero no te imaginas de dónde.

Él la mira otra vez y ella se da cuenta de que está considerando contarle su misión. Cierra los ojos y espera. Musita para sus adentros su canción. «El pintor. Con sus manos vacías. En mis calles. Dibujando patrones locos en las sábanas. Puto dibujando patrones locos. Y todo se está terminando, cariñito.»

Él la vuelve a mirar. Ella deja de musitar.

—¿Sabes lo que es una desaladora?

Ella lo piensa un momento.

53
Carrie y Litolbely

Carrie está abajo. Está inmóvil. Inmóvil porque sabe que apenas podría moverse aunque quisiera. También porque ha adosado su respiración a la quietud que se ha apoderado de la noche. Sisea la lluvia fuera de la ventana y ocasionalmente se oye a un pájaro llamando. Pero quieta. La atmósfera de la casa se ha convertido en una sustancia que tiene la consistencia de las arenas movedizas. Carrie respira en eso. Toma un poco de eso y lo lleva hasta el fondo de sus pulmones y ahí lo examina. Luego toma los nutrientes precisos para aguantar un minuto más y expulsa el excipiente. Dosis de medicina de diez segundos, así lo llama.

Está quieta, muy quieta, delante del televisor sin voz. Muy tranquila. Un rato ha tomado el teléfono y se ha puesto a hacer un nuevo perfil falso para luego empezar a seguir a Amelia otra vez. Luego se ha dado cuenta de que se le había olvidado que aquello ya no importaba. Entonces ha dejado el teléfono otra vez sobre la jarapa y se ha vuelto a concentrar. Aspirar, llevar hasta los pulmones, examinar, retener el principio activo. Devolver el excipiente. Otra dosis. Diez segundos más.

Litolbely está arriba, a oscuras. Pensando en arañas. Pensando más bien en un plato. O algo semejante a un plato que está cerca del final de una mesa. De ese plato es de donde parte el filamento casi transparente del que cuelga, al final, la araña. La araña sabe que no puede trepar por el hilo. La araña nota como con cada movimiento que hace, el filamento se desliza por el reborde del plato. Se desliza y ella percibe, cada vez, el temblor. Y sabe que en cualquier momento el filamento puede topar con una rugosidad del reborde y sabe que el hilo es tan fino que esa rugosidad puede bastar para que se rompa. La araña agita sus patitas y mira sin fin al abismo que hay más abajo. Porque hay una zona, la más cercana, en la que hay cierta penumbra. Pero, más allá, no hay nada más que oscuridad. La araña mira hacia allí y agita sus patitas y se pregunta.

Litolbely al fin se duerme y sueña con que está en una casa inmensa por la que vaga. Hay largos pasillos con alfombras de color verde y cientos de puertas. En los salones hay ventanales y cortinas. Es de noche. Luego llega a una habitación en la que hay un piano y en el propio sueño se ríe. Porque se acuerda de que la otra vez ya pasó lo mismo, solo que ella no estaba en realidad durmiendo. Solo que esta vez en la habitación no hay nadie. Hay un piano y un ventanal. Y una puerta. Litolbely la abre y la puerta da a un rellano y a una escalera que desciende en caracol hacia una oscuridad negrísima. Y, por supuesto, ella sabe quién está abajo y sabe por qué. Así que, muy despacio, canturreando, empieza a bajar.

Es más o menos entonces cuando la madre de Carrie empieza a llamarla por teléfono. Y Carrie no le descuelga el teléfono.

—¿Es en serio?

—Totalmente.

Ella lo mira. Los ojos de él tienden a ser claros. A ella le sorprende la limpieza y se detiene un instante a compararlos con los propios. Aparta la vista y la clava en la loma que se ve a lo lejos. La furgoneta ha circulado por caminos secundarios durante el último rato. Al final, incluso, con las luces apagadas. Él mira también hacia la loma y luego se vuelve hacia ella.

—Lo mismo tardo una hora. O un poco más. No sé decirlo.

—¿Qué quiere decir eso?

—Lo que he dicho.

Mari Cruz vuelve a mirar hacia la loma. Han vuelto a cantar los grillos y la noche ondula en destellos inconexos que parecen contener un mensaje.

—Para nada. Yo voy también.

Así que bajan. Él rodea la furgoneta y abre atrás y saca el macuto. También otras cosas. Bombonas como las que ella ha visto en el hospital. Él lo carga todo y ella va unos pasos por detrás. Dejan el vehículo y se agachan. Las zapatillas se le clavan en la tierra removida por la lluvia y persisten luciérnagas revoloteando en torno a su cabeza. El Juan Manuel joven va explicando.

—Hubo una investigación policial. La Guardia Civil y eso. Van buscando por las ramblas, vigilándolas. Por si hay vertidos. Entonces encontraron una tubería que estaba haciendo justo eso.

—¿Haciendo el qué?

—Lo que te he dicho. Verter agua mala a la rambla.

—Ah.

—Solo que la cuestión, para la Guardia Civil, es quién está vertiendo y cómo lo paramos. Entonces ¿qué hacen? Pues van siguiendo la tubería.

—Por eso la zanja.

—Sí. Solo que luego pasa lo que pasa siempre. Los intereses. Y cuando entran en juego los intereses, pues empiezan a sonar los teléfonos. En plan «chachos, ¿qué están haciendo esos?» y tal. Entonces, pues muchas veces, la investigación se queda a medias. Porque no interesa.

—¿No interesa por qué?

—Política. Intereses.

—No entiendo.

—Sí. Es lo que te he dicho antes. Las llamadas. Alguien llama a otro alguien y empiezan a pasar cosas. Como que la Guardia Civil se cansa de pronto. O como que alguien les dice que se cansen. O como que alguien los manda a hacer otra cosa para que se cansen.

Mari Cruz asiente. La voz de él ha cambiado. Ya no es tan *geek,* sino que suena seria. Apasionada. Ella asiente, pero no entiende bien el problema.

—Luego yo empecé a venir. Así por las noches.

Él señala a la loma que hay más allá, donde se ve la caseta de aperos detrás de la alambrada. La farola está apagada y el coche que había antes se ha ido. Los dos van agachados.

—¿Tú qué dices? —dice él.

—Que no hay nadie.

—Ya.

—¿No hay perros?

—No. Si los hubiera, estarían ya armando un buen follón.

Ascienden. Van por la parte de atrás, entre las piedras. Cuando llegan a la alambrada, él rebusca en el macuto y saca una cizalla. Luego se agacha. La aplica. El corte es limpio, rápido. En un minuto están dentro. Mari Cruz mira a un lado y a otro. Señala hacia la caseta, pero él niega.

—No es ahí.

—¿No? Entonces ¿dónde?

—Habrá una puerta.

—¿Una puerta dónde?

Él señala al suelo. Ella abre mucho los ojos.

—¿Ves por dónde viene la zanja? ¿Allá?

—Más o menos.

—Eso quiere decir que la tubería habrá entrado por esa zona de ahí. Entonces, más o menos en esta recta debería estar la puerta.

Se mueven por la zona. Mari Cruz levanta la vista cada poco y otea. Más que nada campo. La carretera como una mancha oscura a lo lejos. Ninguna casa, ninguna luz a la vista. Soledad y grillos. Y ese olor que permanece como a naturaleza fosca que ha revivido durante unas pocas horas. Él anda moviéndose por la zona más próxima a la caseta. Ella nota que la llama.

—Ven, ayúdame aquí.

Cerca de la pared hay un montón de sacos vacíos, puestos uno encima del otro. Sacos de plástico manchados de tierra. Los van quitando. Debajo no hay más que tierra. Él saca una linterna y alumbra. Luego mete los dedos en la arena.

—¿Ves? No es igual.

Él lo dice y ella asiente, aunque no ve ninguna diferencia. Luego él saca del macuto una pala pequeña, como de jardinero, y empieza a cavar en la zona que han despejado.

—Está blanda —dice él.

Ella sostiene la linterna o lo ayuda apartando los terrones que él va sacando. Se dice que va a necesitar una buena ducha. En torno a la luz se acumulan polillas grandes como sábanas. Todo el proceso dura unos diez minutos. Hasta que él se detiene. La pala ha tocado con algo. Ella ha oído el clank.

—¿Qué es?

—Metal. Una puerta, imagino.

Él cava más deprisa ahora. Al final surge una puerta de metal con un candado. Él se seca el sudor de la frente y la mira un momento. Luego va a por la cizalla y aprisiona el candado con las mandíbulas de hierro. Salta con bastante facilidad. Él lo aparta y tira de la puerta. Los dos se asoman a una arqueta de cemento. Bajo la arqueta, otra puerta. Él la mira, triunfal.

—¿Qué te dije?

Tira de la puerta y alumbra con la linterna hacia abajo. Hay unos escalones de metal remetidos en una estructura de hormigón. Él le dice a ella que espere un momento y, con la linterna en la boca, baja y desaparece. Ella lo siente hacer algo abajo. Entonces se produce una suerte de milagro. Mari Cruz abre mucho los ojos.

Hay un clac y de pronto la luz, abajo, se enciende. Pero no el relumbrar tenue de una bombilla, no. Un neón poderoso que primero parpadea y que después proporciona una buena cantidad de claridad blanca.

—Ven. Baja. Mira.

55

Mari Cruz

Necesita un momento para hacerse cargo. La habitación en la que está tiene unos cinco metros de largo y unos tres de ancho. Lo menos dos de altura. Le sorprende la dimensión, pero le sorprende más la limpieza y la organización. Y el hecho de que está llena de aparatejos. Él se mueve a pasos tranquilos y va acariciando aquí, apretando una ruedecilla allá. Y contándole. Como si fuera el profesor ante el alumno despistado. O más bien, se dice ella, contándose a sí mismo. Lo oye, pero la voz le llega de muy lejos. Que si esto es un compresor y que si aquello es una bomba de alta presión y que si aquello de más allá es un manómetro de rechazo o un programador eléctrico o una llave de regulación o un medidor de conductividad. Él habla, pero ella solo ve cacharros y botones y rostros de robots que la miran y le sonríen o le guiñan ocasionalmente un ojo. Luego él la llama desde la esquina.

—Esta, ¿ves?, es la tubería por la que sube el agua desde el pozo. Y aquella es la máquina de ósmosis.

Él se lo tiene que explicar. Lo hace con calma, mientras va sacando cosas del macuto y va conectando un algo a otro algo. Hay dos bombonas y varios tubos. Su voz monótona. Como si fuera algo que hubiera contado muchas veces, que se supiera de memoria. Que si la transformación de la agricultura. Que si allí antes todo aquello era secano. Pero que, claro, las lechugas y eso daban más pasta. Y que, entonces, regadíos. A pajera. Solo que, claro, el agua no se puede pintar. Y por eso todo aquello.

—Agua sacada de debajo de la tierra —le dice él—. Pozos ilegales.

Y el siguiente problema. Que esa agua de los pozos lleva demasiada sal, le dice él. Y no es buena para regar.

—Y para eso está esa máquina, ¿ves?

—Y qué pasa.

—Pasa que esa máquina hace entrar el agua con sal por ahí. Y ahí dentro la comprime contra una membrana. Entonces esa membrana separa el agua. La divide. Por un lado queda el agua sin sal y por el otro el agua mala.

Ella lo mira. No dice nada.

—El agua buena se conserva, claro. Se verterá a alguna balsa o algo. Pero la mala se arroja por el desagüe. Que es la tubería que veníamos siguiendo. ¿Y dónde va toda esa agua?

—¿Al mar?

—Al Mar Menor, sí.

—Pero eso no es legal, ¿no?

—No, claro que no.

Él sonríe.

—Piensa que, al final, esto es política. Es decir, ¿qué me interesa a mí? ¿Que los agricultores estén contentos y se forren hasta arriba o la mierda de que la laguna esté limpia y todas las cosas esas del puto medio ambiente y los putos ecologistas?

Ella sonríe. Asiente.

—Ya. Caspa o no caspa. Te sigo.

—Justo. Entonces ¿qué haces?

—No sé.

Él sigue hablando. Mientras ella pasa los dedos por los manómetros o lo que sea aquello. El agua mala bajando al mar y matando la laguna, dice él. Y luego los políticos encargados del asunto. Él hablando.

—Primero pones a un consejero de Agricultura que sea negacionista de esto, ¿me sigues? Y luego pues ese consejero empieza a hacer trampas. «Venga, hagamos una comisión que regule esto de los vertidos.» Y se hace la comisión, claro. Pero luego el mismo consejero se olvida de darle dinero para que trabaje. O de darle competencias. O se olvida de establecer cuál es el órgano que tiene que hacer las inspecciones. O se olvida de decir cómo hay que hacer los controles. O a quién hay que inspeccionar...

Él habla y a ella le suena una música en la cabeza. De pronto lo interrumpe.

—¿Todo esto es lo de los peces muertos que salió en la tele?

—Sí.

—Joder. Yo lo vi. Me dio mucha pena...

Él la mira. Sonríe. Alza lo que tiene en las manos. Es semejante a un rifle. Señala las dos bombonas que hay en el suelo.

—Oxígeno. Acetileno. Primero comprobemos que la llave de paso está cerrada.

Él se mueve con precisión. En silencio. Gira una llave y regresa. Le explica más cosas. Por dónde sale el agua de rechazo. Dónde está el corazón de la bestia. Luego se pone las gafas protectoras y le dice una última cosa antes de prender el soplete.

—Esa máquina es de ósmosis inversa. Industrial. De las de ocho mil litros la hora.

—¿Y qué?

—¿Sabes cuánto vale, solo ella?

—¿Cuánto?

—Nueva, cerca de cuarenta mil.

Ella abre mucho la boca. Luego él prende el soplete. La habitación se llena con un sonido semejante al que haría un enjambre de moscas enfadadas. Las moscas se enfadan más cuando entran en contacto con el acero. Mari Cruz da un par de pasos atrás para apartarse de la lluvia de chispas. Él trabaja serio, concentrado.

56

Las dos mujeres

Mucho después de aquel fin de semana

—¿Sabe que coincidí con una hermana de Mari Cruz en la universidad?

—¿En serio?

—Sí. Fue durante mi segundo y último año en Psicología. Sara, se llamaba.

—¿Se conocían?

—No. Bueno, yo no la conocía a ella, eso desde luego. Y, en cuanto a ella, pues no creo que supiera siquiera quién era yo.

—¿Cómo supo que era la hermana de Mari Cruz?

—Por los apellidos. Eso de que ves un nombre en un tablón y haces zas. Luego me puse a buscar a ver si la identificaba. Era una chica un poco extraña.

—¿Extraña?

—Sí. Daba la impresión de que era una chica herida. Claro que a lo mejor eso era un condicionamiento mío. De saber lo que sabía de ella.

—¿A qué se refiere con «herida»?

—No lo sé. Era una chica un poco como de cristal. Un poco arenas movedizas. Insegura. Y como si estuviera todo el rato oyendo un sonido a lo lejos. Digamos que la miré y fue como si se despertara mi sentido arácnido. En plan «oh, una colega».

—Quiere decir que ella tenía problemas mentales.

—Me refiero, más bien, a que ella había ido andando por el borde. Coqueteando con él. La mentalidad previa y eso. Por supuesto, nunca lo sabremos. Pero me dio esa impresión, sí.

—Antes ha dicho que no la conocía.

—Por supuesto que no.

—¿Nunca la vio por el hospital? ¿En alguna visita que le hiciera a Mari Cruz?

—¿Lo dice en serio?

—Sí, inicialmente.

—A ver, ¿usted cree que, con lo que Mari Cruz hizo, iba alguien a verla? ¿En serio?

—¿No recibía visitas?

—No. Una vez fue a verla una tía suya o algo. Una hermana de la madre. Imagino que ni se lo diría a la madre.

—¿Y qué pasó?

—Nada. Mari Cruz se metió en su habitación y dijo que no salía. Y no salió. La tipa se fue tal y como había venido.

—Pero, al final, con los hermanos, no pasó nada...

—No. Llegó en el último momento el hermano mayor, cuando ya los tenía a todos sentados en la mesa. ¿Sabe cómo lo llamaba?

—No.

—El garbanzo mayor. Así llamaba ella a los hermanos. Los garbanzos negros.

—Ya. Usted sí recibía visitas.

—Sí. Ramón iba a verme cada quince días de promedio. Y Resu también, claro, mientras estuvo viva. En todas las fases. Ellos..., bueno, ellos me querían. Ahora lo sé. Siempre lo supe.

—¿Qué pasó con Resu?

—Fue mi culpa. Ella se quedó muy triste después de lo que pasó aquel día. Depresión y eso. No podía levantarse de la cama. Lo peor es lo que pasó después. Ya al final.

—¿Me cuenta eso?

—No.

—¿No?

—No. No creo que afecte a lo que estamos hablando. Además, no me apetece hablar de eso, la verdad.

—De acuerdo. ¿Cuándo la acogieron ellos a usted?

—En el dieciséis. Yo tenía siete años. Y todo un historial.

—¿De brotes?

—Y de familias. Piense que mi primera acogida fue con unos tres años. Una pareja por la zona de Cartagena. No los recuerdo. Estuve con ellos un par de años. Más o menos.

—Y entonces tuvo un brote.

—No lo sé. Yo era muy pequeña. Pero debió pasar así. Debí armarla bastante grande porque ya no quisieron ir a recogerme.

—¿Estuvo ingresada en esa época?

—No lo sé. No lo recuerdo. Recuerdo haber estado ingresada en el infantil más tarde. Ya con nueve años o así. Cuando ya estaba con Ramón y Resu. Fue una estancia corta. Como de tres meses. Al respecto de esa estancia hay una historia, creo.

—¿Qué historia?

—Bueno, Carrie y yo nunca lo tuvimos claro y, desde luego, no nos recordábamos la una a la otra, pero es bastante posible, vistas las fechas, que coincidiéramos las dos durante algún mes en el hospital.

—Pero no se recuerdan.

—No. Hicimos la cuenta alguna vez. Y puede ser. Los locos, allí dentro, pues se entretienen como pueden.

—Eso fue ¿en el dieciocho?

—Sí, puede ser. Fue por ahí cuando la amiga de Carrie le hizo el *ghosting* aquel. Ella tenía unos once, creo.

—Ustedes dos eran las que menos se conocían, Carrie y usted.

—Sí, verá, yo ingresé en serio en el veinte, y estuve seis meses. Y luego otra vez en el veintidós. Ya indefinida. Y Carrie pues estuvo un par de meses en el veintidós. O tres meses. Y luego como veinte días en el veintitrés. Fue en esos veinte días cuando organizamos la cosa.

—¿Y Mari Cruz?

—Mari Cruz ya estaba allí en el veinte, cuando yo llegué. Lo suyo con los garbanzos fue unos meses antes de mi brote con Resu.

—El veinte no fue un buen año.

—En general, no.

—¿Es verdad que Mari Cruz se escapó en el veintidós? Me refiero, ¿pasó o era una fantasía suya?

—Es verdad, sí. Yo estaba allí.

—¿Y lo del camionero?

—Evidentemente yo no me escapé con ella. Pero ella lo contaba como si fuera cierto. Si tuviera que apostar yo diría que sí. Vino, no sé, cambiada.

—Volviendo a lo de los garbanzos. Indudablemente eso tiene que ver con el apellido que se otorga Mari Cruz.

—Indudablemente.

—¿Cuándo cree usted que ella se otorga esa ideación? ¿Y por qué?

—No lo sé. Y no soy psiquiatra. ¿Sabe usted lo del perro aquel de la familia? ¿Lo de los cristales?

—Sí.

—Pues yo creo que eso fue un antecedente. Algo que terminó por desencadenar lo otro. Y luego, lo del apellido, pues no lo sé. Lo mismo es algo tan tonto como que ella vio aquella película en la que están todos metidos en el búnker durante los últimos días de Berlín.

—Se refiere a la de Hitler gritando y todo eso.

—Sí.

—Pero a usted no le consta que ella viera esa película.

—No. Pero pasa una cosa con ella. Con la película, quiero decir.

—¿Qué?

—Verá, yo, un día, ya de más mayor, empecé a verla. Y al principio fíjese que ni relacioné nada. Porque, claro, en la película no están diciendo los apellidos de cada uno. Es decir, uno sabe, más o menos, quién es cada cual. Y, entonces, llegó la escena en cuestión. Ya sabe cuál.

—Los Goebbels y sus hijos.

—Sí.

—¿Qué pasó?

—Que me vino una manta de sudor. De pronto estaba empapada. Porque me había llegado Mari Cruz. Entera. Me lo dije. Lo dije en voz alta. «Esta es Mari Cruz.» No pude terminar de ver la película, ¿sabe? Me puse a llorar.

—Entonces fue cuando miró lo de los apellidos.

—Sí. ¿Se acuerda de cómo se llamaba la madre de Mari Cruz?

—Sí, me acuerdo.

57
Ramón

Domingo

—¿Cómo era aquello que me contabas de tu marido? —está diciendo Ramón.

—¿El qué?

—Eso de que, al final, veía cosas, ¿era verdad?

—¿Verdad que las veía o que pasaban?

—Que las veía.

—Él decía que sí.

—¿Y qué era?

—Una colección de todo. Veía presencias a su alrededor. También tenía sueños extraños. Cavernas y esas cosas.

—Ya.

—También se acordaba de cosas, así de pronto. Cosas de las que nunca se había acordado.

—¿Como qué?

—Una canción que le cantaba su madre, por ejemplo.

—Ya. ¿Y no era, también, que llamaba a alguien?

—Sí, también.

—¿Cómo era?

—«Mabel, no bajes ahí», decía. Y se agitaba mucho. Le entraban sudores.

—Ya.

Es la hora dulzona de las daturas y los pinzones y el agua cae mansa de la tinaja. Metidos entre los árboles, sobre las sillas de plástico, están Ramón y María del Rosario, la vecina. María del Rosario es más bien baja y muy morena de piel. Con viejas trazas gitanas en los ojos. Cuando se levanta es posible percibir que cojea un poco de la pierna izquierda. Cosa de un mal parto. Es algo más joven que Ramón y en torno a su tobillo brilla una cadena de oro. Ramón, en la noche, ha necesitado compañía y entonces se ha movido, por instinto, hacia el otro lado de la tapia. Ahí llevan los dos mucho tiempo. Los perros de María del Rosario se han acurrucado más allá de las palmeras hermanas y la lluvia paró hace un rato. La sensación es que todo el jardín se ha desprendido de una pelusa que lo cubría y que ahora brilla.

—¿Por qué me preguntas todo eso? —dice ella ahora.

Ramón se encoge de hombros un momento.

—Echaron un programa en la tele el otro día. Una cosa de unos neurólogos, ¿lo viste?

—No.

—En el *National Geographic* y eso.

—No.

—Pues iba de que, al parecer, los neurólogos llevaban años estudiando el cerebro de las ratas y que, de pronto, se habían llevado un susto. Porque tenían a las ratas conectadas, sus cerebros, quiero decir. Y luego las ratas se murieron.

—¿Y qué?

—Pues que, como las tenían conectadas, pudieron ver lo que pasaba con sus cerebros antes de morir. Y ahí vino el susto. ¿Sabes qué pasaba?

—No.

—Pues que los cerebros de las ratas, al parecer, un rato antes de morir, se habían vuelto locos.

—¿Locos?

—Locos de empezar a lanzar serotoninas y dopaminas y todo eso.

Ramón lo dice y María del Rosario parece pensarlo durante un instante. Luego lo mira.

—¿Y qué? —dice.

Y ahora es Ramón el que la mira a ella. Ramón, que lleva todo el día sintiendo el puñal preciso y el ahogo. Que tiene de pronto una sensación de desbordamiento. En las manos lleva aún la foto que recogió de la cómoda por la mañana. Allí las dos delante de la pared blanca con el zócalo azul. La rebeca granate de Resu y la inmensa cabeza de la niña. Ahora la muestra.

—Ella la llamó, la quiso ver. Cuando ya era el final.

Él lo dice y María del Rosario se queda quieta y lo mira.

—Nunca me has contado eso.

Ramón toma mucho aire y luego va explicando. Resu ya en los huesos, en la cama del hospital, llamando. Diciéndole. Quiero verla, ve por ella. Tráela. Él resistiéndose, pero, al final, montándose en el coche y cruzando la ciudad. Luego la reunión con los médicos y la explicación. Los médicos mirándose y luego diciendo que bueno.

—Así que la sacaron a la pecera y allí estuvimos. Una enfermera, ella y yo. Yo se lo dije todo muy calmado. Resu está así y quiere verte.

—¿Y qué pasó?

—Me miró.

—¿Te miró?

—Sí. Como si no me conociera. Como si no supiera de qué le estaba hablando. Luego agachó la cabeza y se quedó mirando al suelo. La enfermera y yo nos mirábamos. Así como cinco minutos en silencio. Entonces la enfermera me dijo que esperara fuera un momento, que iban a hablar las dos a solas. Así que me quedé en el pasillo. Luego salió la enfermera...

—Y te dijo que no.

—Sí. Pero eso no fue lo peor —dice él muy bajito.

María del Rosario lo mira largo.

—Lo peor fue tener que volver.

—Sí, volver junto a Resu y volver solo. Y decirle «no ha querido venir».

—Seguro que le mentiste. Dime que no le dijiste eso.

—Claro que no le dije eso. Le dije que los médicos no habían dejado que saliera. Pero ella lo supo, de todas maneras.

—Ya.

María del Rosario se mueve ahora. Coge una manguera y durante un rato echa agua por las zonas del jardín a las que no ha llegado la lluvia. Los ojos de Ramón están fijos en los relumbrares de la cadena de oro. Ella se mueve con gracia. Luego deja la manguera en el rincón y se sienta otra vez en la silla de plástico y durante un minuto nadie dice nada. Ramón está concentrado en el aroma del clavo y en el rumor calmante del agua.

—¿Tú crees en eso de que los borrachos dicen la verdad? —dice.

María del Rosario lo mira.

—No sé —dice ella al fin—. Yo no me bañaría en ese río, desde luego. Y sé de estas cosas.

—Ya.

—Ahora, sí te digo algo. A esa Mabel, yo la hubiera matado.

Él sonríe, pero su sonrisa es como una grieta que le abriera heridas en el rostro. Echa la cabeza hacia atrás. Ahora es María del Rosario la que parece estar perdida en hondas reflexiones.

—Lo tenía tan clavado en el alma que al final tuve que ir y preguntarlo.

—¿El qué?

—Lo de la Mabel esa.

—Ah.

—Así que me fui al pueblo y empecé a preguntarle a todo el mundo. Si se acordaban de una Mabel o algo de eso. Pero nadie sabía decirme. Así que me fui a las viejas. A las muy viejas.

—¿Y quién era? ¿Lo supiste?

—Al parecer hubo una tal María Isabel Heredia. Se murió de pequeña. Al parecer se metió por la boca de una mina. Tenía cinco o seis años.

—Pero no sabes si es esa.

—No, claro. Pero hay otra cosa.

—¿El qué?

—Él, a veces, decía que oía un chirrido. Él decía que era como un balancín.

—¿Y qué?

—Que seguramente lo que oía no era un balancín.

—¿Y qué era? —dice él.

María del Rosario suspira con fuerza.

—Creo que era el chirrido del castillete tendido sobre la boca de la mina. Eso creo que era.

Carrie está tranquila, concentrada. Respirando arenas movedizas. Aspira, examina. Retiene. Devuelve el excipiente. Por la ventana abierta entran chorros de aire helado y cantos lúgubres de pájaros tenebrosos. Hace un rato se ha levantado con mucho esfuerzo del sofá y ha buscado un cuaderno y un bolígrafo. Luego, con la cabeza bien incrustada entre los hombros, ha vuelto a sentarse. Ahora está contando las llamadas de la madre. Las va anotando con dedos engarrotados.

00.15. Llamada.

00.17. Llamada.

00.20. Mensaje.

00.23. Llamada.

No contesta a las llamadas. Tampoco lee los mensajes. No sabe lo que dicen, pero se lo imagina. ¿Dónde estás? ¿Estás bien? Tiene un momento de lucidez, de risa. Es cuando se imagina a la madre llamando, a aquellas, horas, al teléfono falso que le dio. Eso, claro, en caso de que no lo haya olvidado. O lo haya perdido. Se ríe y cada vez que el teléfono destella es como un martillazo en la sien. Se esfuerza en respirar, en estar tranquila. Pero aquello la distrae de lo que está haciendo.

00.26. Mensaje.

De pronto está de pie. Ha cogido el móvil con las dos manos y se lo ha acercado a la cara. Le grita.

—Déjame en paz, déjame en paz, déjame en paz.

Luego arroja el móvil. Luego coge la hoja en la que ha ido anotando las llamadas y los mensajes y la hace mil trocitos y los aleja de sí. Vuelve a sentarse entonces. Más bien cae.

Cae, pero diez minutos después está levantada y buscando los trocitos de papel. Le lleva bastante rato porque sus piernas y sus brazos son incapaces de doblarse. Porque algo parecido le está pasando ya a sus dedos. Tiene un instante de preguntarse qué sucederá cuando sus pulmones estén también llenos de arenas movedizas. Eso la espanta y casi grita. Poco a poco va poniendo los pedazos de papel sobre la mesa y va recomponiendo la hoja. Recoge el móvil también. Vigila. Seis llamadas perdidas. Siete mensajes. Se imagina a la madre al otro lado. Sufriendo, tal vez llorando. Habiendo dejado a su Antony. El fofo viejo de Antony. Llora, perra. Se dice que ese dolor que pueda estar sintiendo la madre es bueno. Luego se queda muy quieta y se dice otra cosa. Porque en ese dolor puede haber algo que solucione todo el problema. En cualquier dolor que pueda estar sintiendo cualquiera en cualquier lugar, en realidad. Un rayo de esperanza que evite que ella tenga que hacer lo que tiene que hacer. De pronto entra en un estado superior de calma. Incluso le da la impresión de que la atmósfera es más líquida y de que puede mover un poco mejor los dedos.

—Hazlo. A ver si de verdad te importa. Hazlo, hazlo, hazlo. Maldita mentirosa de mil millones de mierdas.

Respira, se concentra. Ha puesto el teléfono sobre la mesa y vigila los destellos. Llamada. Mensaje. Mientras vigila, va haciendo ejercicios con los dedos. Los estira y luego ve como lentamente se encogen hasta convertirse en anzuelos.

—Bueno. ¿Cuál es tu plan? —dice él.

—Pues volver donde están mis amigas. Pasar el domingo tranquilamente. Ese tipo de cosas.

—Vale. ¿Dónde es eso?

—No sé. Un sitio que se llama San Pedro de algo.

—Eso está lejos.

—Ya.

Ella tiene los ojos fijos en el espejo y busca allí. Se ha soltado la trenza y ahora, con calma, se la está volviendo a componer. Nota que él la mira. Que se pregunta cosas. Ella mantiene los ojos donde están. Sonríe y no son diamantes. Pero es pasable, se dice. Bastante pasable.

—Bueno, vamos.

—¿Dónde? —Y su voz ha brotado como de un sueño.

—Te llevo a San Pedro.

—Genial. Gracias.

Así que él arranca. Van en silencio. Él no pone música y ella lo agradece. Salen a la carretera y él conduce aún un par de kilómetros sin las luces. Se ve la autovía en lo alto. Luego él enciende los faros y cruzan un pueblo silencioso. Ella va buscando rostros en los carteles y en las señales de tráfico. Los rostros le dicen que va bien. Que lo está haciendo bien. Se sonríe hacia dentro para que él no lo note.

—¿Y cómo llegaste de San Pedro hasta aquí?

—Un amigo me trajo. Solo que luego nos enfadamos.

—¿Te dejó tirada? Qué cabrón.

Ella sonríe. Sigue muy quieta. Muy pendiente de sí.

Porque es cierto que ha habido un momento, un rato antes, cuando estaban allí abajo, en que ha perdido el papel. Cuando el soplete ha empezado a cortar aquello y las piezas han empezado a rebotar por el suelo. Como una niña que estuviera abriendo sus regalos de cumpleaños, así se ha sentido. Como una niña llevando el ramo de la comunión. Se dice que es idiota, pero la imagen se le cuela. Se sonríe de una forma profunda. Déjate de flipar. Además, entonces ya lo sabías. Quién eras. Hace un duro esfuerzo de reconcentración. Porque no puede volver a estar mirando ese lado. No ahora. Vigila entonces al Juan Manuel y se da cuenta de que lo mira con lástima. Porque él no sabe. No puede saber. Muchacho, todo es mentira. No soy yo a la que estás llevando en el coche, sino a otra. No es conmigo con quien hablas. A quien se la quieres meter. Porque quieres. Vuelve a vigilarse los ojos en el espejo. Sonríe otra vez y otra vez no son diamantes. Pero todo está OK. Porque ella obvio que lo sabe. Pero él no. De pronto siente algo semejante a un golpe fatal. Porque pasarán cosas. Porque no quedará más remedio y pasarán. Pero luego la vida seguirá.

—¿Cómo acabará todo?

—¿Qué? —dice él—. ¿A qué te refieres?

—No sé.

Ya están en la autovía. La furgoneta entra y sale de los chorros de luz de las farolas. Se presiente el mar a la derecha.

Llegan a San Pedro y ella le dice que, en realidad, no es en San Pedro donde están sus amigas. Sino más adelante. Él pregunta si es un sitio con mar y ella dice que sí. Él la mira, luego siguen. Luego ella se acuerda de la estación de autobuses donde estuvo esperando por la mañana. Dice que tal vez desde ahí pueda orientarse. Él busca la dirección en el teléfono y la lleva. Aparca cerca de la puerta. Ella mira al pequeño parque infantil que hay bajo los pinos y suspira. De pronto quiere que él se vaya. No quiere que él siga.

Así que miente.

—Vale, es ahí. Ya voy yo.

—Es ahí dónde.

—Un poco más para allá.

—Te llevo.

—No hace falta.

—Sí hace falta.

Ella lo mira. Su mirada quiere decir «no sabes dónde te metes». Pero él no la conoce. Él piensa que está hablando con la chica que lleva en la furgoneta.

—En realidad no sé llegar desde aquí —dice Mari Cruz al fin.

—¿Y por qué has dicho que ya estábamos?

—No sé. Tendrás cosas que hacer.

Él suspira. La mira.

—¿Crees que de día te orientarías?

—Sí. Puede ser.

—Pues hay dos opciones. Una, nos vamos a Murcia, dormimos, y te traigo mañana...

—No. Yo no voy a Murcia. Además...

—¿Qué?

—Que no soy tu responsabilidad.

—Discrepo. Me temo que un poco sí lo eres. Desde que te recogí, un poco sí lo eres.

—No, tú vete. En serio.

—Que no. O sea, ¿qué hago? ¿Te dejo aquí en mitad de la nada? No te flipes. Así que, opción dos. Ponte cómoda. Tengo ahí un par de mantas.

—Hay una tercera opción.

—¿Cuál?

—Yo salgo de la furgoneta y me voy corriendo.

Él la mira. Ella nota como la da por imposible.

—Tú misma. Pero, si lo vas a hacer, hazlo rápido. O sea, no me despiertes de madrugada.

—Por resolver el tema. Que sepas que no.

—Que no ¿qué?

—Que no vamos a follar.

—Ah, qué pena.

—No sé si pena. Pero no hagas como que no lo has pensado. Que todo esto, en el fondo, es un poco por eso.

—¿Todo esto qué?

—«Vamos a Murcia a dormir. Dormimos en la furgoneta.»

—Eres un poco creída, me parece.

—Para nada. Y, otra vez, empezaste tú.

—¿Empecé yo a qué?

—Con el sexo. Hablando de violaciones y eso.

—No sé. Creo que eres tú la que está pensando en eso todo el rato. Además, violación no es sexo, monina.

—Vale, pero está en el contexto. Implícito. Eres niña, vas por ahí por la noche. Te podrían hacer cosas. Lo que implica unos genitales, aunque sea tangencialmente. Y «monina» es paternalista.

—Insisto en que te lo tienes muy creído.

Él ha llevado la camioneta hasta una gasolinera y allí han usado el baño. Él ha comprado un par de botes de pasta instantánea y los ha calentado en el microondas de la cafetería. Ella ha esperado fuera. Por la autovía pasan los coches como balas. Inmensos camiones peleando contra sombras malignas. Luego el Juan Manuel joven conduce hasta la zona de aparcamiento. Mari Cruz picotea un poco la pasta. Se pasan botellas de agua.

—Por constatar un hecho, que estás muy rica.

—Ah, ese momento en que el príncipe azul se saca el minichurro de entre sus pantalones pringosos.

—Mis pantalones no son pringosos. Y no he dicho que quiera hacerlo. Solo estoy constatando el hecho.

—«Constatando el hecho», ¿te oyes hablar?

—Soy universitario, nena.

—No sé si se nota. Pero soy menor. Lo digo por lo de follar.

—Bueno, yo tengo dieciocho. No creo que pase nada.

—Pero es que yo, además, estoy loca. A efectos de advertencia.

—Bueno, todas estáis un poco locas.

—No, no loca de esas.

—¿Entonces de cuáles?

—Loca en plan de las que se escapan el viernes por la tarde de la planta psiquiátrica.

Él se queda quieto un momento. Ella lo mira. Le divierte ver cómo acusa el golpe.

—¿En serio? —termina por decir él.

—Literal.

—No sé. No te creo.

—Vale. Llevo allí ingresada desde los doce. ¿Ves estos bultos debajo de la camiseta?

—Claro.

—Pues no son míos. Sino efectos secundarios. Pregunta al haloperidol.

Él vacila. Ella nota que no la cree. Luego él regresa con un enfoque totalmente diferente.

246

—Yo creo que lo que pasa es que eres muy boquerón.

—¿Yo? Para nada.

—¿No dices que llevas ingresada desde los doce?

—Sí.

—Entonces, cuándo, dime.

—Me escapé el año pasado. Estuve cinco días fuera.

—¿Y qué?

—Pues eso, todo.

—No te creo.

—Vale.

—¿Fue un él o una ella?

—Un él.

—¿Cómo fue?

—Era un camionero. De Cádiz.

—¿Un camionero? ¿Lo conocías?

—No. Me fugué y me recogió por el camino.

—Genial.

—No. No te hagas ilusiones. Él me recogió y yo estaba buscando justo eso.

—Y ahora no.

—No.

—¿Cómo era?

—Tendría unos cuarenta o así. Pelirrojo. Manos grandes.

—Qué asco.

—Para nada. Fue muy dulce. La mayor parte del tiempo era en plan él conduciendo y yo metida atrás, en la cabina y comiendo guarrerías como una cerda. Patatas fritas, Cheetos, todas esas mierdas. Luego él paraba y me miraba. Llegamos hasta Polonia. Estuve a punto de quedarme.

—¿Y dices que todo?

—Todo, todo. Bueno, por el culo no.

—Y desde entonces nada.

—Bueno, me doy pajas. ¿Tú no te das pajas?

—Sí, pero no es igual.

—Ya, pero no. No me interesa, de verdad.

—No sé.

—¿Qué?

—¿No te ha excitado verme romper todo aquello? Yo creo que ha sido bastante sexy.

—Ha sido sexy, sí. Pero no. No seas baboso.

—Vale.

61
Litolbely

Se ha despertado de pronto y no ha sabido dónde estaba. Ahora nota cómo se aleja una pesadilla. Le oprime la vejiga. Se mueve despacio. Aparta las mantas y sale de debajo de la cama. A oscuras, respira. Tantea y llega hasta la puerta. Ahí se queda quieta un momento. Porque, por algún motivo, cuando subió un rato antes no la atrancó con nada. Durante unos segundos se pregunta por qué. Luego la abre. Un leve chorro de luz sube por la escalera y deja en penumbra el recodo. La puerta de la habitación que le queda enfrente está abierta. Durante un minuto está inmóvil, escuchando. Nada. Pero la luz que llega de la planta baja se mueve, oscila. Se acerca al borde de la escalera y baja un escalón, otro. Lo justo para poder ver el salón. Ahí está Carrie. La Carrie-monstruo que vio un rato antes. Sentada muy quieta delante del televisor, con la cabeza muy hundida sobre el esternón y los brazos muy rectos. Litolbely está ahí unos segundos. Luego retrocede y cierra con mucho cuidado la puerta del baño. Se sienta en el inodoro y cuando acaba no tira de la cadena. Porque la cadena sería una maldita chivata. Porque si tirara de la cadena entonces el monstruo que está abajo la oiría y tal vez subiría. Tiene sed. Así que bebe agua del grifo en la palma de su mano. Una vez, otra más. Después de cada movimiento se queda un instante quieta y presta el oído.

Por si algo indicara que el monstruo ha oído el rumor del agua. Luego vuelve a abrir la puerta del baño y se desliza silenciosa hasta la habitación.

Esta vez decide no solo cerrar la puerta sino también atrancarla con una silla puesta contra el picaporte. Lo hace muy despacio, para no hacer ningún ruido. A centímetro por minuto. Luego vuelve a meterse debajo de la cama. Vuelve a tirar de las mantas y a esconderse debajo de ellas.

Necesitamos que venga Ramón, se dice. Que venga alguien. Y qué vas a hacer. Qué vas a hacer. La penca. Puta traidora. Ella vendrá. Habrá ido a hacer alguna de sus cosas. Y qué va a solucionar la penca. Ella es lista, argumenta. Mejor dormimos un rato y luego, por la mañana, salimos corriendo y buscamos a alguien que tenga un teléfono. Y que nos lleven allí. Otra vez. Para descansar. Sí. Un puto millón de veces, sí. La penca ¿por qué se fue? Ella es así. Deja la pierna quieta, se dice. Si sigues con la pierna, llamarás a las hormigas. O hazte una recarga. Rápida. No, no estoy de humor. No tiene nada que ver con eso. No. Echo de menos a Resu. Echamos de menos a Resu. Pobre Ramón. Pobre Ramón, joder. Si no vas a recargar, entonces haz el truco de la respiración. Seis, siete, seis.

Eso hace. Es rápido, limpio. Luego suspira. Poco a poco nota que se va calmando. Lentamente se va vertiendo en el sueño. Sueña con arañas. Una araña roja que va tejiendo un hilo metálico sobre el cuerpo de una mujer dormida. Todo el rato oye un sonido semejante al de una máquina de coser.

—¿Cómo es?

—¿El qué?

—La locura, ya sabes.

Ella lo piensa. Sonríe. Por instinto se le van los ojos al espejo y otra vez siente aquella sensación de lástima. Por él. Han vuelto a mover la furgoneta. Han regresado a San Pedro y han aparcado bajo los árboles que hay junto a la estación de autobuses. Se han echado un par de mantas por encima. Él ha encendido un porro y le ha ofrecido. Ella ha dicho que no.

—No lo sé. Hay tantas versiones como locos. Tengo una amiga que te lo estaría explicando dos meses con arañas.

—Vale ¿y cuál es tu versión?

—Es difícil.

—Prueba.

—No lo sé. En mi caso yo diría que es como una insatisfacción muy grande.

—No entiendo.

—Yo tampoco. Digamos que es como saber cómo eres tú. Pero saber que nadie lo va a entender.

—Pero eso nos pasa a todos un poco, ¿no?

—No sé cómo son los demás. Pero no sé si es igual. Por ejemplo, yo sé quién soy. Lo sé, de verdad que sí. Pero, al mismo tiempo, sé que si la gente supiera cómo soy se produciría el efecto «Monstruo de Frankenstein».

—¿Qué es eso?

—Sí, ya sabes. Eso de que los aldeanos salen corriendo. Y luego vuelven para quemar el castillo.

—Ya.

—Y entonces sucede que te das cuenta de que no puedes ser como eres. Y tratas de ser de otra manera. Porque, en el fondo, tú lo que quieres es estar con los demás. Entonces, vas probando. Como el que se prueba unos vaqueros. Uno, otro, otro. Sin parar. Entonces te pruebas unos y crees que sí. Y sales a la calle con ellos y vas bien un rato. Solo que luego se descosen o ves que no te quedan bien. Entonces tienes que probarte otros. O te acuerdas de que tiempo atrás saliste con unos que te fueron bien un tiempo. Entonces intentas encontrar otra véz esos vaqueros. Y los encuentras y te vuelven a ir bien. Un mes a lo mejor. O, directamente, no los encuentras o no te acuerdas bien de cómo eran. Y así todo el tiempo. Hasta que al final, claro, pierdes la perspectiva. Y entonces ya ni te acuerdas de por qué fuiste a la tienda ni qué mierda haces en el probador. Te lo puedo explicar también en modo carrera de vallas.

—¿Carrera de vallas?

—Sí. Vas corriendo y quieres llegar a la valla. Lo deseas. Solo que, cuando has llegado, ves que no. Entonces tienes que ir hacia la siguiente. Todo el rato. Como si estuvieras tirando de la pista hacia ti. Solo que, en realidad, es como si estuvieras tirando del tiempo. Y otras veces es gritar.

—¿Gritar qué?

—No lo sé. Gritar. Solo eso. Gritarlo todo. Arrancarlo.

—Ya.

—Lo peor, en cualquier caso, es cuando asumes que

nunca ningunos vaqueros te irán bien. No sé si entiendes la soledad que produce eso. ¿Sabes qué creo?

—¿Qué?

—Que si pudiera gritarlo todo. Si pudiera ser con alguien como yo de verdad soy, aunque no fuera más que una hora al día, me curaría.

—Pero puedo contarte el momento en que mi cabeza hizo crac por primera vez. Me acuerdo de cuándo fue.

—¿En serio?

—Literalmente.

Ella se acoda. Se echa hacia el lado. Se queda de frente a la ventanilla.

—Yo tenía unos seis años o así. Estaba en el colegio. Jugábamos a una cosa. No me acuerdo cómo lo llamaban. Pero era que todos corríamos y entonces alguien, el que la llevaba, imagino, te tocaba. Y entonces, al tocarte, te convertías en estatua, ¿entiendes?

—Sí.

—Entonces, estatua. Y ya no podías moverte hasta que alguien te liberara.

—¿Y qué pasó?

—Pues que alguien hizo eso. Me convirtió en estatua. Los niños corrían y gritaban. Yo esperaba. Esperaba, pero nadie venía a rescatarme. Algunos pasaban cerca de mí y me miraban. Pero luego se alejaban y liberaban a otro. ¿Sabes qué me pasó?

—¿Qué?

—Que, de pronto, me dio la impresión de que no estaba allí. De que, de alguna manera, ellos no me veían. Intuían mi presencia, tal vez, pero no sabían verdaderamente que yo estaba.

—Joder.

—No sé cuánto tiempo estuve así. A lo mejor no fueron más que cinco minutos. Pero a mí se me hicieron muchas horas. Y todo el rato no hacía más que decirme una cosa. Una vez y otra vez. «Nadie te ve», eso me decía.

—¿Nadie te ve?

—Sí. Esa era la impresión que yo tenía. «Nadie te ve. Y ahora se irán. Apagarán las luces. Cerrarán las puertas. Llegará el silencio y tú estarás aquí. Sola. Se hará de noche y luego de día y seguirás aquí. Y cuando regresen por la mañana seguirán sin verte. O tal vez no te conozcan.» ¿Sabes lo que hacía? ¿Lo que intentaba hacer?

—¿Qué?

—Trataba de girarme para verme reflejada en la puerta de la clase. Para ver si yo seguía siendo yo o me había convertido en otra cosa. Solo que, en la posición en la que estaba, no conseguía verme.

—Joder.

—Al final creo que empecé a gritar. Pero no lo sé bien. Lo tengo todo muy confuso.

Él no dice nada. Ella se gira y lo ve exhalando una nube de humo amarillento. Los ojos entornados.

—Ahora, como me lo has contado, ¿tendrás que matarme a mí también?

Ella lo mira con cuidado.

—No entiendo.

—Antes lo dijiste. Tenías una misión. Y tenías que matar a unas personas.

—Es verdad.

—¿Entonces?, ¿voy yo incluido?

Ella sonríe. Lo mira con lástima.

—Lo estoy considerando, sí.

Él la mira. Se ríe.

254

Luego le toca a él hablar un rato. Le habla de su vida en la universidad. Le habla de una novia que tuvo hasta hace poco. Le cuenta, incluso, lo de Tona. Los dos comparan sus notas sobre amantes maduros. A ella él le parece un chico honesto, limpio. Con una adecuada pátina de tristeza. Ella le pregunta si alguna vez ha pensado en suicidarse y él le dice que eso lo ha pensado todo el mundo. Ella le dice que si en serio y él le dice que sí. Los motivos no están claros. Nada más que mirar al futuro y sentir la presión de tantas cosas por hacer. Tanta responsabilidad. O mira a los viejos. Luego él trae a colación lo que ella dijo antes del príncipe azul y los churros y otra vez comparan notas. El noble que encuentra a la Bella durmiente en su sueño de cien años y decide que, ya que está allí, pues se la zumba. Y luego la esposa del noble secuestrando a los hijos que el noble le ha hecho a la Bella y diciendo que los cocinen y se los sirvan al tipo en cuestión. O la madrastra de Cenicienta cortándole los dedos de los pies a una de sus hijas para que el pie le entre en el zapato. Y luego el talón a la otra. Y el detalle, claro, de los cuervos arrancándoles los ojos a las tres. Siguen por ese camino un rato. Se ríen y el interior de la cabina se va forrando de tonos verdosos. Ella da un par de caladas por fin y, en un momento dado, se echa hacia atrás y le dice que podría mamársela, si él quiere. Pero él ya no está de humor y le dice que mejor mañana. Lo posponen entonces. Se quedan en silencio un rato. Ella piensa que él se ha dormido.

—Si me escapara otra vez...

—¿Qué?

—¿Me llevarías a hacerme un tatuaje?

—Claro.

—Genial.

—¿Qué te tatuarías?

—No lo sé. Tengo que pensarlo. A lo mejor el pie de la primera hermanastra. A la que le cortaron los dedos.

—Discrepo. Mejor los ojos. Un ojo, bien arrancado. El nervio óptico sujeto del pico del cuervo y todo el globo ocular colgando.

—Con gotas de sangre, sí.

—Varias.

—Pero en blanco y negro, por favor. Por cierto, «nervio óptico, globo ocular», ¿tú te oyes?

—Ya, tú dirías «el ese sujeto del ese del cuervo y todo lo otro colgando».

—No. Diría «el ese sujeto del ese del eso».

—Eso sí.

—¿Sabes? A lo mejor, al final, no te mato.

—Pero no me lo puedes garantizar.

—No.

Carrie tiene el teléfono ante sí. Las llamadas cesaron hace rato y ella se pregunta por qué. A su cabeza llegan imágenes confusas que mezclan a la madre y al tal Antony. La madre dejando el teléfono a un lado, mirando al otro. Diciendo algo. ¿Qué dice? Esta niña es una irresponsable. Una egoísta. Esta niña solo piensa en sí misma. O a lo mejor es al revés. A lo mejor es que la madre ha cogido un avión y está volviendo en ese momento. Ya. Carrie apenas es consciente de que sonríe y mucho menos de lo espantosa que es la sonrisa que tiene de pronto pintada. Aspira y el líquido de pantano que lo envuelve todo se le cuela hasta los pulmones. De pronto está de pie y un minuto más tarde está en la playa. La arena blanquísima. El mar negro. Y el viento. Huele a retamas. A lluvia lejana. Un pájaro siniestro canta a lo lejos y su caminar espanta a un grupo de gaviotas. El punto negro malhumorado que hay en el centro de los ojos de las gaviotas la avisa. Se dice que está demasiado cansada. Se lo dice mientras se quita las zapatillas y la sudadera. Las deja sobre la arena y se sienta. Se examina las marcas de los brazos y las aprieta. Tiene que cerrar los ojos. De pronto huele a sangre y las gaviotas son bultos sospechosos que se mueven cerca de ella. Se dice que es preciso dejar de pensar. Dejar de sentir.

Disolverse hacia abajo. Dejando sobre sí un rastro de algas blancas como el algodón. Las algas lentamente deshilachándose sobre su cabeza.

Está ahí un rato. Mientras la noche se convierte en algo monstruoso. Dos veces se levanta y parece que va a entrar. La segunda, de hecho, llega a mojarse hasta las rodillas. Solo que una ola la expulsa. Así que vuelve a la arena y vuelve a sentarse. Poco a poco empieza a notar un estruendo sordo que viene del mar. Algo semejante a un cazabombardero que estuviera haciendo pases rasantes muy cerca de la superficie del agua. De hecho, pasa tan cerca que la arena se levanta en remolinos a su alrededor. El sonido reverbera y estalla y, en el regreso, le entra por la punta de los dedos y a partir de ahí va buscando. Siempre hacia dentro. Entonces vuelve a sonar el pájaro siniestro y ella comprende lo que dice su canción. Aprieta los dientes. Se espanta de sí.

Regresa. Caminando a su modo zombi y secándose las lágrimas. El último trozo casi corre. Porque está segura, de pronto, de que justo en ese momento la madre la está llamando. De que justo ahora está sonando el teléfono. Entonces ella lo cogerá y dirá ven. Y la madre irá. La madre que ya habrá bajado del avión. O tal vez pueda ver los destellos de los coches de policía. Habrá una policía mujer. Joven. Se parecerá a Amelia. Y se lo dirá. Estábamos preocupados por ti. Tu madre nos dijo que tal vez estuvieras aquí. ¿Estás bien? Entonces ella podrá abandonarse, tal vez. Llorar un rato. Habrá unos brazos que la acunarán. Que le dirán no tienes que hacerlo. No es necesario. Quédate un rato más. Así que corre todo lo que puede dado el estado de sus brazos y de sus piernas. Supera el paseo de madera y espanta a las ardillas que viven en la fila de palmeras. Luego, en la casa, todo es silencio. Se deja caer en el sofá. Vuelve a reiniciar la rutina. Respira con cuidado aquella agua pantanosa y se estira los dedos engarfiados. Una vez y otra.

64
Mari Cruz

Él se ha dormido y ella ha esperado un rato. Los ojos fijos en esos otros ojos del espejo. Ahora descansando, apagándose. Espera un poco más y al final se mueve. Abre con cuidado la puerta de la furgoneta y sale. Se va al rincón de sombra debajo de los pinos. Del fondo del bolsillo del pantalón extrae las cápsulas que se llevó de casa de Carrie. Las acaricia. Durante un momento considera la posibilidad de marcharse. Dejarlo allí. Hay rostros en la gomaespuma del corral de los toboganes. Se concentra en ellos. Tiene que ser lo que tiene que ser, se dice. Y ahora sabe cuál es el lugar y lo que pasará. Será un coche negro que bajará por la calle paralela al canal. Llegará al final. De él bajará alguien. Durante un momento trata de imaginar quién será y cómo. De pronto está segura de que será Hans. Su verdadero abuelo. Ella estará esperando sentada en la silleta que hay junto a la puerta del jardín delantero. Tendrá una bolsa con cosas a su lado y, cuando él salga del coche y le tienda una mano, ella vacilará un momento. Se quedará quieta un segundo como si todo aquello fuera un sueño. Como si no lo reconociera. Entonces sonreirá. Y él también lo hará. Luego ella echará a andar. Con sus ojos ya como diamantes y sobre sus patines lentos. Entonces Hans le explicará lo que pasó la tarde antes. Por qué no estaban allí donde le habían dicho. Ella prestará atención, asentirá. Luego los dos se montarán en el coche, atrás, porque habrá alguien que vaya conduciendo, y se irán. Lo dejarán todo atrás.

Pero antes, claro, ella tendrá que hacer lo que tiene que hacer. Porque las otras no pueden saber. Porque ese no es el mundo de ellas. ¿O qué pasaría si alguna de ellas, luego, se dedicara a contarlo? En plan «sí, ella se fue con tal en un coche tal». ¿O si alguna quisiera acompañarla a esa otra vida? ¿Qué cara pondría Hans? Sería capaz incluso de irse y dejarla allí.

No.

Así que, con calma, va sacando las cápsulas una a una del bolsillo del pantalón. Por la tapia del otro lado de la carretera va caminando el gato atigrado color arena de la noche anterior. Los dos se miran un momento. Luego el animal bufa y se esconde. Mari Cruz procede metódicamente. Abre una cápsula, arroja su contenido, la cierra y la pone a un lado. Después toma la siguiente y hace lo mismo. El traqueteo ensordecedor de un camión que baja desde el pueblo la hace detenerse un momento. Persiste la llamada de un pájaro nocturno. La noche parece pálida por momentos. El resplandor de la farola que hay sobre su cabeza genera murciélagos en la acera. Los murciélagos le sonríen. La miran con admiración. Como si la reconocieran después de mucho tiempo. Eres tú, le dicen. Existes. Ella sonríe también. Existo porque hago daño. Cuando termina con todas las cápsulas se queda un minuto detenida, esperando al gato. Pero el gato no regresa. Entonces se acerca a la furgoneta y se busca los ojos en el espejo. Ojos apagados. De bronce viejo. Hace fuerza. Se concentra. Se dice que no puede ser que él se despierte y vea esos ojos. Así que se concentra más. Luego, poco a poco, van surgiendo las brasas, como si un viento estuviera soplando justo sobre ellas. Sonríe entonces. Siguen sin estar bien, sigue existiendo esa vaga interferencia. Pero está bien. Bien para él. Aún tiene un momento, antes de entrar en la furgoneta, en que mira hacia la carretera y piensa en irse y dejarlo. Sin embargo, al final entra y se acomoda en el asiento. Se echa la manta por encima y se queda mirándolo. Los ojos brillantes, no como diamantes sino como algo parecido, y llenos de piedad.

Muy suavecito, mientras lo vigilia, musita su canción. «Sí, ya, enciende otra cerilla. Empieza otro partido. Empecemos de nuevo. Porque todo va a terminar bien rapidito, querido. Y los santos están puto llegando. Así que ojo.»

65
El Juan Manuel viejo

Esta es la conversación que el Juan Manuel viejo mantuvo con Byron después de que Mari Cruz se marchara de su puerta.

—Oye, no voy a poder ir.

—¿Qué mierda me cuentas, puto viejo de mierda?

—Eso. Solo que lo sepas.

—Bueno. Pues no vengas si no quieres. Pero quiero la cazadora y lo de la Yamira.

—No. Eso es a cambio de algo.

—No me jodas, puto viejo. Habíamos quedado en eso. Así que, ya sabes.

—No.

—¿No? Bueno, voy para allá y lo hablamos.

—No, aquí no vengas.

—Sí que voy. En plan voy a ir ahora mismo y voy a estar tocando el claxon hasta que salgas. Y luego iré otra vez por la noche. En plan gritos. «Puto viejo, dame lo que me debes.» Así hasta que salga todo el mundo. ¿Lo pillas?

—Lo pillo.

—Entonces ¿qué crees que te conviene?

—No vengas. Yo te lo llevo.

—Date prisa.

Esa es la conversación y ahora amanece sobre la casa de

tejado de pizarra gris y glicinias moradas. Es una perfecta mañana de domingo. Las nubes se han retirado y el cielo es de un azul desteñido e intenso y los verdes brillan porque se han quitado de encima el polvo de semanas. Por los surcos canturrean las codornices y entre las matas se mueven babosos los caracoles. Todo eso pasa y el Juan Manuel viejo está muy quieto en la cama. Lleva ahí mucho rato. Mirando al techo.

Mira sin descanso al techo y rememora. Los ojos de Byron cuando bajó la noche antes. La burla contenida. La silueta de Yamira en el balcón. El desprecio. Y, otra vez, las palabras de Byron.

—Sé dónde vives, puto viejo. No te olvides de eso. Que puedo joderte las veces que quiera.

Rememora las palabras y se dice que ahí, delimitada con absoluta claridad, está la cuestión. La cuestión de quién es él y de quién quiere aparentar ser ante todos los demás. La cuestión del rumor. El que él ya teme que a esas horas se esté propagando por el pueblo. Había una chica, dirá el rumor. Una chica muy joven. Así, con sudadera. De las de pelo recogido y mordisco en la ceja. ¿Cuántos tenía? Trece. Catorce. Era guapa. De esas decididas que no se asustan ante los hombres. Y estaba ahí. En la puerta del viejo. Ella no era de aquí. No. Nunca la vimos. La trajo un coche. Yo vi como la dejaba un coche. ¿Y para qué estaba ahí? Su nieta no era, eso seguro. Además, que lo de él está claro. ¿O no veis cómo mira a los jovencitos y a las jovencitas? ¿No habéis oído lo que se dice de él y del Byron, el hijo de la Leidy? Esta tenía un buen culo. Ella llamó a su puerta. Yo la vi ante la puerta y me dije: ¿quién es esta? Y luego él salió a abrir. Estaba todo en su cara. Todo lo que iba a pasar. Lo que quería hacerle a la chica. Nosotros lo vimos y él nos vio. Y estaba en su cara. Todo el susto de que lo viéramos. ¿Qué hizo? Le cerró la puerta a la chica en las narices. Ah, culpable. Culpable. Lo sabíamos. Lo sabíamos. Lo sabíamos.

Hace por calmarse. Se dice mil veces que, al final, no hizo nada malo. Porque ¿qué pasó? Alguien llamó a la puerta y él abrió y nada más. Y sí. Tal vez la chica fuera menor. Pero él no hizo nada con ella. Ni siquiera la conocía. Entonces ¿qué va a pasar? Nada. La vida no funciona así. Nadie va a ir a la policía por eso. No es suficiente para que la Guardia Civil se presente en su puerta. ¿Quién era esa chica?, dirá la Guardia Civil. No lo sé, nunca la había visto. No llegó a entrar. Pues queremos ver sus ordenadores. Lo que hay en su teléfono. No, no sin una orden. Bueno, vamos a por ella. Otra vez se dice que el mundo no funciona así. Sin embargo, no consigue tranquilizarse. Porque no es la cuestión en el fondo. Sino lo otro. El Juan Manuel viejo lo macera en la cabeza mientras da vueltas en la cama, mientras decide levantarse, mientras se encuentra ante el espejo pensando en afeitarse, cuando finalmente no lo hace. Otro rato está asomado a la ventana de la parte de arriba, escondido detrás de las cortinas, esperando. Esperando qué. Una señal, tal vez. Algo mágico que suceda abajo y que le haga ver que no o que sí. Que no hay rumor o que sí lo hay. Y puede ser algo simple, sencillo. Por ejemplo, tres tractores que pasen por debajo de la ventana sin que ninguno de los conductores mire hacia la casa. Por ejemplo, dos vecinas que se asomen al final de la calle y miren y cuchicheen. Cualquier cosa. Luego se dice que lo que está buscando es un concepto, algo que podría resumirse en una palabra. Mira la hora.

Tienes que salir, se dice. Tienes que ir ahí y comprobar. Tienes que romper esto, porque, si no, no tendrás paz.

Ha decidido esperar un rato. Afeitarse, desayunar, fingir que no es cierta la tensión que le recorre el cuerpo. Le cuesta verse la cara. Se dice que no es suyo el rostro que le devuelve el espejo, que le falta algo. Desayuna sentado a la mesa de la cocina, pero las tostadas y el café le saben a ceniza. Luego mete todo en el friegaplatos y se viste. Se pone colonia y los zapatos con alzas y espera aún un rato. Porque el reconocimiento no podrá ser tal si el pueblo no ha iniciado la mañana de domingo. Poco a poco va sintiendo moverse la raya del sol por la habitación y, con ella, los sonidos. Un motor aquí. Un pitido. Un niño que grita. Conversaciones lejanas, indistintas. Se mueve al fin. La luz del sol le alcanza la piel, pero se siente como un vampiro. Camina oscilando, tratando de aparentar serenidad. Su paso normal, su pose normal. El primer vecino con el que se cruza es un hombre del campo, como de cuarenta años. Manos recias, ojos severos y papada. El Juan Manuel viejo levanta la mirada y saluda de la misma manera que lo hace siempre. El otro contesta y no ve nada extraño en sus gestos. Cuando llega a una zona más poblada, empieza a contar en su cabeza. Dos vecinos, cinco vecinos, diez vecinos. Todos normales. Poco a poco va tranquilizándose. Se para en el quiosco para comprar la prensa. Sonríe. De la cafetería cercana llega un olor intenso a café y se dice que se sentará en la terraza y se tomará uno. Que tal vez le siente mejor ahora. Lo hace. El camarero lo atiende con normalidad. Lo mismo sucede con la gente que ocupa las otras mesas. Abre el periódico y sueña con que tal vez pueda olvidar aquello. No consigue, sin embargo, interesarse por las noticias.

Es en el camino de vuelta a casa cuando le sucede. Las ve de lejos y son tres. Reconoce a una de ellas como una de las mujeres que venía caminando por la carretera la tarde anterior. Las tres mujeres hablan y hay algo intenso, conspirativo, en sus poses. Una tensión determinada. El Juan Manuel las ve de lejos y decide cambiarse de acera. Lo hace con calma, disimulando. Hace, también, por no mirarlas. Naturaliza el paso. Pero lo nota. Porque hay sutiles ondulaciones en el comportamiento de las vecinas. Una leve inclinación de cabeza, un pequeño gesto de advertencia. Una mínima expresión de reclamo de silencio. Y él lo nota, como nota la lágrima de sudor que le baja de pronto por la espalda. Sigue caminando, pero los ojos están en él. Lo siguen. De pronto le llega la palabra que estaba buscando un rato antes, cuando estaba en la casa. Reconocido. Y es que, siempre, en adelante, habrá un corro que se formará a su paso. Gente que lo mirará y lo sabrá. Es él. Es ese que hizo aquello. Que le gustaba aquello. Los últimos pasos hasta llegar a la verja son difíciles de dar. Porque es como si el suelo se tambaleara a su paso. Le da la impresión de que cientos de ojos lo siguen, lo vigilan, lo juzgan. Se burlan. Cierra la puerta tras de sí. Luego pasan muchas más cosas.

Como que, cuando se mira al espejo, un rato después, vuelve a tener la impresión de que aquel no es su rostro. Solo que ahora comprende por qué. Se dice, confusamente, que tal vez sea cierto que hay noches que duran en realidad diez años. Se aparta de ahí, entonces. Lo siguiente es encender el ordenador y proceder, meticulosamente, exhaustivamente, a eliminar archivos. Luego busca, de paso, los discos duros. Se dice que por la tarde encenderá la barbacoa y lo

267

tirará todo. Sus movimientos son eléctricos, por momentos imprecisos. Luego bloquea a Byron. Luego se dice que mejor no bloquearlo. Que mejor saber si llega alguna amenaza o algún chantaje. Entonces lo desbloquea. Se queda muy quieto.

Amanece y ninguna de las tres se ha movido del sitio en el que quedaron. En realidad, son tres pájaros petrificados sobre un alambre. Así que la mañana centellea en su precisión de azules y ninguna de las tres tiene ánimos ni fuerza para verlo. Carrie tal vez se quedó dormida sobre las cinco de la mañana. Un dormir confuso, agitado de sueños de flores que se sumergen en el mar y lentamente se hunden. El amanecer la sorprende en el sofá, con el teléfono puesto con exquisito cuidado sobre la mesa. Se ha echado una manta por encima y el viento le trae los aromas y los chirridos del marjal. La boca le sabe a hierro. Consigue llegar a la cocina y tomarse un vaso de agua. Luego regresa, con su caminar de zombi, y vuelve a sentarse y a echarse la manta por encima. La televisión sigue encendida pero no significa nada para ella. De alguna forma confusa comprende que está más allá del borde del precipicio y que solo necesita una pequeña ayuda, un pequeño empujón. El empujón como esperanza.

Ya no llames. Ya no llames más, le dice al teléfono. Ya es tarde.

Se lo dice, pero sigue esperando.

Litolbely, arriba, encerrada en su fuerte, ha abierto un poco las mantas y vigila la luz que entra por la única rendija abierta de la persiana. Ha sido una luz más azul, más gris, más rosada. Durante la noche se ha despertado varias veces. Ha soñado con arañas y ha soñado que la mujer de la casa inmensa por fin tenía rostro y boca y por fin podían hablar. La mujer alta, redonda, con el pelo corto. Este no es más que un camino, eso le ha dicho la mujer. Hay otros miles de caminos. Y en todos esos otros caminos estamos juntas. Hay un camino en el que tenemos una casa en la huerta, al lado de la de Ramón, pero tú no conoces a Ramón y cuando saludas a Resu camino del colegio no sabes cuánto llegó a quererte en este camino que hemos recorrido. Hay otro camino en el que no vivimos aquí, porque yo tengo un marido y tú tienes dos hermanos. Luego la mujer se inclinaba y le decía el nombre de los hermanos. Luego, cuando la mujer iba a decirle su verdadero nombre, el que ella le puso, el sueño se acababa. Cada vez.

Litolbely, arriba, se ha convertido en tortuga que espera. Vigila la rendija de luz y espera.

A Mari Cruz la sorprende el día todavía sentada en el asiento del pasajero. Un rato ha estado atenta a los cantos de una lechuza en los pinos. Otro rato ha vigilado la respiración del Juan Manuel joven y se ha preguntado cosas. Lo que más ha hecho, en cualquier caso, ha sido seguir pendiente de sus propios ojos. Dos veces ha sentido que la vencía el sueño y las dos veces se lo ha negado. Porque, si se durmiera, entonces quién sabría cómo estarían sus ojos al despertar. Así que no ha dormido, propiamente, por segunda noche consecutiva. A cambio ha vagado por regiones nebulosas, por estremecedores duermevelas. En uno de ellos una mano que determinaba las causas y los efectos del mundo se giraba sobre sí misma y la miraba y se preguntaba por ella. No eres más que la conclusión de las decisiones de otros, le dijo. Luego la mano la obligaba a mirar hacia atrás y a ver el momento exacto en que Hans fecundaba a su abuela Helena para dar lugar a su madre. Y luego el momento exacto en que su padre fecundaba a Magda. Ha sido en mitad de ese duermevela cuando Mari Cruz ha salido violentamente de la furgoneta y ha pasado diez minutos caminando arriba y abajo por la zona de los toboganes mientras musitaba su canción. Lo mismo que un borracho que espera que cese la náusea para poder irse a dormir. Cuando ha regresado a la furgoneta, ya se presentían los primeros grises en la mañana. Entonces se ha sentado a esperar a que el Juan Manuel joven se moviera y al fin abriera los ojos.

Está impaciente. Necesita terminar, para empezar.

67
Mari Cruz

—¿Cuál es el plan, entonces?

—Me llevas donde mis amigas, ¿no dijimos eso?

—Quiero decir luego.

—¿Luego cuándo?

—Me dijiste que era una escapada de fin de semana, ¿sí? O lo entendí yo mal.

El Juan Manuel joven se despertó hace no mucho. Los ojos legañosos y la boca espesa. Eso y la piedad de Mari Cruz. Los ojos atentos, disfrazados. Luego han ido hacia el interior del pueblo y se han sentado a desayunar en una terraza cerca de donde ella había vendido los rosarios la mañana antes. Él come con apetito mientras consulta su teléfono. Ella mordisquea apenas un cruasán. Por la plaza se ven ya los primeros niños con sus correspondientes papás. Y las correspondientes palomas y las correspondientes cotorras. Las losas de la plaza destellan en grises. Ella lo mira.

—Sí, ¿por? —responde ella al fin.

—No sé. Si vais a volver a Murcia, puedo acercaros. ¿Cómo pensabais volver?

Él lo dice. Ella busca en sus ojos. No es deseo lo que encuentra. No hago esto porque quiero follarte, nena. Ni mucho menos lo otro. Tampoco es simple curiosidad morbosa. Decide que lo que sucede es que el otro se preocupa. Que es buena persona. De esas personas que están dispuestas a ayudar, a hacer un favor. Le sorprende lo mismo que si hubiera aterrizado un unicornio plenamente funcional en mitad de la plaza. Piensa, ah. Lo piensa y al mismo tiempo se le recrudece la lástima. ¿Y quién soy yo para impedírtelo?

—En bus. Lo normal.

—No, en serio. Yo os acerco. Os dejo donde digáis.

Mari Cruz sonríe. Y bien, piensa, tú lo decidirás. Yo te dejaré decidirlo.

—¿Qué estarías haciendo si no estuvieras aquí conmigo? ¿Cómo sería tu día?

—Estaría despertándome —dice él—. Habría dormido mejor, eso sí.

—Has dormido un montón.

—Bueno. Yo soy una bestia del dormir.

Ahora están de vuelta en la furgoneta. Ha parado en la gasolinera para comprar cosas. Patatas fritas. Cheetos. También empanadillas y Coca-Colas. En la mañana aromática y fresca Mari Cruz parece como recién lavada.

—¿Y? ¿Estarías por ahí con tus amigos bebiendo cerveza o qué? —dice ella.

—Bueno. En mi casa viven otras dos personas. Seguro que habría algún plan.

—No serás de esos que les gusta el fútbol ni nada de eso.

—No, por dios.

—No sé, como te gusta la música esa...

—Por ejemplo, hay un plan de subir al monte. Hacer un poco de senderismo en plan *badlans*. Las montañas de King Kong, todo eso.

—Puaj, sanos. Puto asco.

—No es ser sano. Luego hay cerveza en un merendero.

—¿Te lo pagan todo tus papás? —se sonríe ella.

Él la mira.

—No todo. Pero parte sí, claro, tengo dieciocho...

—Y la otra, la tal Tina...

—Tona.

—Eso. ¿Te da para tus gastos?

—No seas celosa.

Ella se ríe. Es una risa breve, como en dos golpes. Siente un poco más de piedad de la que estaba sintiendo un rato antes, en la terraza.

—¿Y mañana? ¿Cómo sería tu día?

—Pues de universitario normal. Clases. Un café. Estudiar algo.

—Y salvar el mundo, claro.

—Claro. Aunque eso más los fines de semana. En plan guay.

Ella le va indicando. Él no parece darse cuenta de que en realidad ha sabido en todo momento el camino. Luego llegan al canal y bajan lentamente por la calle. El sol brotó hace rato del mar y ahora está medio escondido detrás de las copas de las palmeras. Huele a roca húmeda. Mari Cruz lleva la ventanilla bajada y la mano fuera, luchando contra el viento. Le indica dónde tiene que parar y lo mira.

—Estás a tiempo.

—¿A tiempo de qué?

—De salir corriendo.

Él la mira. La mira como si no entendiera. Y es verdad, se dice ella, que no entiende. Nada de nada. Mari Cruz suspira. Acciona la manivela de la puerta y pone un pie en el asfalto. Lo siente como un golpe que le recorre el pie y de ahí pasa al tobillo y va subiendo más arriba de la cadera. Se acerca al

274

borde del canal y mete la mano entre las cañas. La arena es pesada, con costra. Parece más sal que arena. La huele. Aprieta los dientes. El Juan Manuel joven la mira desde al lado de la furgoneta. Ella sonríe.

—Vamos. A ver cómo están estas.

68
Las tres

La furgoneta baja por la calle y Carrie siente como el motor se detiene y siente las voces y piensa que por fin ha pasado. Se pregunta si no será tarde. Se pregunta si realmente quiere, ya, que pase. Luego nota las voces más cerca y tiene un momento de vértigo. El teléfono está silencioso. Litolbely también siente el motor, pero no le da importancia. Está pensando en nombres. Eligiéndolos lo mismo que haría una mujer que acaba de saber que está embarazada. Un nombre exótico, imposible. Lilian. Marion. Bessy. Lida. Dina. Theda. Pola. Maureen. Se queda con Maureen. Lo pronuncia suavemente una vez y otra, mientras vigila el único rayo de luz en el que brilla el polvo.

Mari Cruz desciende y siente el peso del sol y el peso de la calle. Del aire todo. Como si otra vez hubiera estado todo un año encerrada dentro de aquellas cuatro paredes. Como si le faltase el propio aire y, en la falta, se hubiera visto de pronto sorprendida por la magnitud del evento. Mantiene la mirada fija delante de sí. Porque es muy consciente de que necesita vigilar sus ojos ahora más que nunca. Porque no quisiera, ahora, mirar hacia el final de la calle y encontrarse, por casualidad, un coche negro aparcado. Eso, se dice, la pondría muy nerviosa.

Así que llega a la puerta del patio delantero y entra. Cruza.

69
Mari Cruz y Carrie

Lo primero que Mari Cruz ve es a Carrie en el sofá. Las manos encogidas y la posición antinatural de la cabeza. Se acerca con cuidado.

—Bebé, ¿qué te ha pasado?

Carrie ha levantado la cabeza a medias. La mira. Detrás de Mari Cruz, el Juan Manuel joven deja escapar una exclamación. Mari Cruz se acerca más. Se arrodilla junto a Carrie hasta que quedan las dos cabezas frente a frente.

—Te ha dado fuerte, ¿eh?

Lentamente le toma una mano a Carrie y le va estirando los dedos. Carrie gime y aparta el brazo. Los ojos de Mari Cruz brillan durante un instante. Porque la ha visto y lo ha comprendido al momento.

—Te has hecho cosas, ¿verdad? A ver, enséñame.

Obliga a Carrie a levantar un brazo y luego el otro. Le saca la sudadera. Le examina los brazos. Las marcas son una mancha purulenta que mezcla sangre con piel negra. Mari Cruz le toca la frente a Carrie.

—Tienes fiebre, bebé. Lo tienes infectado. —Luego se vuelve hacia el Juan Manuel joven, que se ha quedado ahí en mitad de ninguna parte, como si fuera una estatua—. En la cocina hay Betadine y cosas de esas.

—¿Dónde?

—En el armario que hay al lado del microondas. Arriba.

El Juan Manuel joven sale hacia la cocina. Mari Cruz acerca más su cabeza a la de Carrie. Sus ojos centellean como diamantes recién lavados.

—Estás bien cerca, ¿sí? Lo has visto.

Carrie la mira y la visión de Mari Cruz se le difumina. Como si no fuera en realidad Mari Cruz sino otra cosa. Entonces Mari Cruz sonríe y Carrie se estremece y se siente, de pronto, como si se estuviera bañando en un agua cálida. Mari Cruz le habla al oído.

—Estás ahí, ¿sí?

Y Mari Cruz vuelve a sonreír. Y Carrie deja de ver a Mari Cruz y ve al monstruo. La sonrisa de Mari Cruz se apaga cuando regresa el Juan Manuel joven.

—Tranquila, tranquila.

—¿Qué le pasa?

—Está loca. ¿Qué te piensas que es un loco?

—Ya, pero...

—Estas cosas no se ven en los documentales, ¿cierto?

Mari Cruz sonríe. Sus ojos vuelven a ser de latón bruñido. Le ha desinfectado las heridas a Carrie y ahora están los dos en la cocina. Hablan en voz baja.

—¿Sigues queriendo llevarnos o es demasiado duro?

Él parpadea varias veces. Parece intimidado por la sonrisa de ella.

—Claro que me quedo. No te voy a dejar sola.

Ella sonríe y su sonrisa quiere decir «oh, mi príncipe azul». Él parece comprenderlo. Y ella entiende que él lo entiende. Sonríe más.

—Tengo otra ahí arriba.

—¿En serio?

278

—Sí. Pero mejor vete a dar un paseo por ahí. Hay unas salinas y un canal. A ti te gustan esas cosas, ¿sí?

—Pero...

—No te necesito aquí ahora. Vete y date una vuelta. Vuelve en una hora o así. Mientras preparo a las niñas para la fiesta.

—¿Fiesta?

—Claro. Vamos a regresar al *loqueródromo*. Y quién sabe cuándo volveremos a pisar la calle. Nos merecemos una fiestecita antes de eso, ¿sí o no? ¿O para qué pensabas que hemos comprado todo lo de antes?

Carrie sigue sentada en el sofá. Siente, a lo lejos, el rumor de la conversación. El móvil, delante de ella, sobre la mesa, centellea y ella lo mira vagamente. Es tarde, tarde, tarde. Ya no. Ya solo es descansar. Dejar de pensar. Eso la complace. Sin embargo, hay algo más que queda, al fondo. Algo que sintió mucho antes y que ahora brilla como el rescoldo que ocultó la ceniza. Se pregunta, desde la confusión de piedra de su mente, qué pueda ser. Vagamente recuerda un dolor. Un dolor pequeño que se quedó incrustado como una joya. Se recuerda, de pronto, buscando esa joya con sus dedos invisibles. Y algo más. Una habitación oscura que en realidad no existía. Alguien sufriendo. Sufriendo por algo que hacían sus propias manos. Esa otra persona gimiendo, gritando de agonía, y ella sintiendo que todo aquello era bueno. Solo que antes ella no había sido capaz de ver el rostro de aquella persona. Y ahora le da la impresión de que sí. Nota, entonces, que hay alguien a su lado. Alguien de ojos espantosos.

—Vamos a hacer una fiestita, ¿te apetece? Nos ponemos bien y eso.

Carrie la mira. Sonríe. Asiente con la cabeza. Mari Cruz mira hacia la escalera. Señala.

—¿Litolbely está arriba?

Carrie se esfuerza por hablar. La voz le sale rasposa, herida.

—Sí.

—Vale, estate tranquila. Ahora vengo.

70

Mari Cruz y Litolbely

Mari Cruz llega arriba y se detiene ante la puerta. Espera un momento. Recompone los ojos. Luego toca. Su voz es dulce.

—*Pussy*, ¿estás ahí?

Espera. No hay respuesta. Acerca la mano al pomo.

—Voy a entrar, bebé.

Luego acciona el picaporte, pero hay algo que bloquea la puerta al otro lado. Así que forcejea. Luego habla con más dulzura todavía.

—*Pussy*, ¿qué has puesto ahí? Quítalo, por favor.

Litolbely está atenta a la voz. Primero la ha odiado. En modo ella nos engañó, se dice. Nos dejó aquí. Con esa otra. La puta traidora. Pero ya no, sigue diciéndose. Ahora está aquí. Nos tiró para la mierda. Nos puto tiró. Pero ahora ha vuelto, ¿no lo ves? Y ella es lista. Lo arreglará. Y entonces estaremos todas bien. Descansaremos. De esto. Tiene un momento de darse cuenta de que se está moviendo como la cobra ante el encantador. Se mece en las palabras. Así que aparta las barreras y llega a la puerta. Quita la silla. Luego retrocede, se mete en el rincón, se echa una manta por encima de modo que la cubra por completo. Mari Cruz entra y la mira. Luego se desliza, con su sonrisa y sobre sus patines lentos, hasta la otra esquina de la habitación. Levanta un poco la persiana y se sienta en el suelo, bajo la ventana.

—Te fuiste.

—Lo sé, *pussy*. Lo siento.

—Te odio.

—No digas eso.

—Sí.

—No. No es cierto.

Las dos se quedan calladas durante un minuto. El trozo de mañana que entra por la ventana parece chapado en plata. Mari Cruz sonríe.

—Pues yo soy un paladín con dieciocho de carisma... ¿Cómo sigue?

—No.

—Sí. Dale, *pussy*. Dieciocho de carisma y qué.

—Y noventa y siete puntos de vida.

—Putos noventa y siete puntos de puta vida —se ríe Mari Cruz—. ¿Qué será un vengador sagrado?

Litolbely se ríe. Un momento.

—¿Dónde te fuiste? —dice al final.

—No tan lejos.

—¿Qué pasaba? ¿Pensabas que iban a recogerte?

—Justo.

—¿Y qué pasó?

—No lo sé. Fui a una casa. Pero no había nadie. Solo un viejo asqueroso. ¿Qué te ha pasado a ti?

—Lo de siempre.

—¿Muy duro?

—No tanto. Le pegué a Carrie.

—Vaya.

—Y tú no estabas. No estabas. Me dejaste sola.

—*Pussy*, lo siento.

Litolbely se quita la manta de encima, se acerca a Mari Cruz. La mira con detenimiento.

—Estás fatal.

—Lo sé.

—No, ¿qué te pasa?

—¿Qué quieres que me pase, bebé? —Mari Cruz se encoge levemente de hombros—. Fui allí y no había nadie. Nada. Todo se rompió de pronto. Me vi sola, ¿entiendes?

—No. No es eso lo que te pasa.

Mari Cruz sonríe. Porque bien sabía ella que Litolbely era la prueba decisiva. La única a la que no podría engañar. Y Litolbely, aunque esté sentada junto a Mari Cruz, está espantada. Porque los ojos de la otra son horribles. Mari Cruz decide contraatacar.

—Bebé, esto es bueno, ¿o no te das cuenta? Hay algo ahí que se ha roto. Una especie de discordancia.

—¿Y qué?

—Pues que a lo mejor es el principio del camino o qué sé yo. Esto no había pasado antes. Es como una puerta que se ha abierto de pronto, ¿me entiendes?

—Sí.

—Entonces, ahora volvemos a Murcia. Y nos metemos allí con Susana otra vez. Y nos pasamos dos semanas haciendo una de cuatro cada vez. Y, entonces, no sé. Ya te digo que algo ha cambiado. Lo noto en mí. A lo mejor necesitaba, no sé, fracasar, ¿entiendes?

—Sí.

—Y yo te ayudaré, bebé. Estaré ahí contigo. Nos curaremos.

—¿Las dos?

—Sí, las dos. Te lo prometo.

Litolbely vuelve a mirar los ojos de Mari Cruz y no ve diamantes sino latón. Se estremece. Pero deja caer su cabeza contra el hombro de la otra.

—Quiero ser reponedora.

—Yo quiero ser mesera. No camarera, mesera.

—Estuve soñando con ella, ¿sabes?

—¿Y qué pasaba?

—Casi me dijo mi nombre. Estuvo a punto.

—Jo.

—Pero ya he pensado un nombre nuevo.

—¿Cuál es?

—Maureen.

—Me gusta, ¿pensarías uno para mí?

—Vale.

—¿Quién es tu bae?

—Tú. ¿Y la tuya?

—Tú. Tú siempre.

—¿Viste a Carrie?

—Sí. Está bien frita. Creo que otra vez la vamos a tener de compañera una temporada.

—Sí.

Mari Cruz se levanta, se sacude los pantalones. Mira a Litolbely.

—He pensado que hagamos una fiestecita antes de irnos.

—¿Una fiestecita?

—Sí, para animarnos un poco. ¿O es que no nos lo merecemos?

—Vale.

—Y me he traído un amigo. Tiene una furgoneta. Él nos lleva de vuelta. Nos deja en la misma puerta del hospital.

—Quiero llamar a Ramón.

—Claro, en cuanto estemos allí lo llamas.

—Vale.

—Venga, descansa un poco. Te dejo la puerta cerrada. Y ahora te llamo, ¿erre te?

—Es erre equis.

71
Mari Cruz

Baja. Moviéndose sobre sus patines lentos. Da cada paso con cuidado de pantera. En la pared hay una vieja foto de Carrie con su madre. La examina durante unos segundos, como si le sorprendiera el hecho de que Carrie fue una vez una niña. Luego sigue, se detiene en el último escalón y vigila. Sus oídos se mueven a lo largo de la casa. Sonríe. Pasa de largo por el salón y entra en la cocina. Vuelve a detenerse y a poner el oído. Es consciente de que sus ojos han vuelto para este rato. Sonríe.

Se mueve muy despacio, con mucho cuidado de no hacer ningún ruido. Va abriendo armarios. Sacando vasos, platos. Todo el rato con el oído presto. Luego saca unos guantes de cocina y los pone a un lado. Abre el armario de debajo del fregadero y examina y descarta. Se va hacia la pequeña despensa del fondo. Allí hay un armario blanco, de madera. Se queda pensativa un momento mientras selecciona. Entonces regresa. Del bolsillo del pantalón va sacando las cápsulas que vació anoche. Las va abriendo una a una. Se pone los guantes. Todo el rato va musitando su tema. «Sí, puedes irte donde quieras. Y llévate lo que necesites, sí. Lo que pienses que pueda ser importante. Pero agarra bien fuerte lo que quieras conservar. Porque allá está tu huérfano. Con su arma. Llorando como un puto fuego al puto sol. Así que ten cuidado, amigo. Porque los santos están llegando. Están ya casi aquí. Y todo está a punto de terminar, amigo.»

Le lleva apenas tres minutos. Mientras vigila. Mientras sus oídos son una proyección interminable que barre cada rincón de la casa durante cada segundo. Tomar la parte pequeña de la cápsula, rellenar. Hacerlo con mucho cuidado para que nada del gel rebose. Después cubrir todo con la parte más grande de la cápsula. Son cápsulas grandes, de las 000. Aptas para contener ochocientos o novecientos miligramos. Mientras está trabajando nota el picor familiar en los ojos. Sonríe. El picor la hace viajar en el tiempo. Aquel mantel blanco sobre aquella mesa en aquella lejana cocina. Niños garbanzo, niños garbanzo. Tres putos niños garbanzo alrededor de una mesa. Estúpidos. Ron, ron, ron, la botella de ron. Tomad y comed. No lloréis. ¿Por qué ibais a llorar? ¿O no veis que estaréis mejor así? Qué. Cojones. Iréis. Vosotros. A. Hacer. Sin. Mí. Termina la última y las cuenta. Trece. Sonríe. Sigue sonriendo mientras enrosca la tapa del tubo de gel. Mientras revisa, durante un momento, la composición y la recita como si estuviera en clase. Óxido de aluminio. Hidróxido de amonio. Luego deja el tubo a un lado y limpia con agua las cápsulas. Después se quita los guantes y los tira a la basura. Luego abre el grifo y empieza a lavarse los ojos con cuidado. Está terminando cuando nota que el Juan Manuel joven regresa por el patio. Justo le da tiempo a apartar las cápsulas y a empezar a llenar los platos con las empanadillas, los Cheetos y las patatas fritas.

—¿Me ayudas? —le dice al otro cuando entra.

Y le dedica la mejor de sus sonrisas y él parece notar que sus ojos han destellado, peligrosos, durante un instante.

72
Las tres

Han apartado los muebles. Han dejado la mesa en el rincón, bajo la ventana. El sofá ha sido retirado y ahora está junto a la televisión. El Juan Manuel joven ha conectado su teléfono a la vieja cadena de la madre de Carrie y la música atruena.

> En la discoteca se ponen locos.
> Todos los nenes quieren invitarme a porros.
> En la discoteca, se ponen locos.
> No me hace falta, llevo tres gramos en el toto.

Las chicas jalean, corean. Bailan por turnos. Mari Cruz perrea, más que nada. Litolbely hace algo semejante a una vieja danza asiática. Carrie simplemente da tumbos. Mueve los hombros arriba y abajo. Lleva el compás con la cadera. El Juan Manuel joven ha opinado que esa música es una mierda. Las chicas se burlan de él. *Boomer*. Carencias. Las chicas, mientras bailan, se maquillan. Una se retoca los labios. La otra las pestañas. Hay una botella de tequila y otra de brandy. Van pasando de mano en mano. O siendo usadas como micrófono. Brindan. Por Marita. Por Susana. Por el *loqueródromo*. Hogar, loco hogar. Te irás por el puto *cansinamiento*, volverás por sus pastillas. Alguien lo dice y hay risas. Mari Cruz se suelta el pelo. Ha vuelto a alisárselo y le cae como una cascada por los hombros. Luego se detiene ante el espejo del rincón. Se lo tensa bien, se hace la cola bien arriba. Actuación, actuación.

Le dan el teléfono de Carrie al Juan Manuel joven y todo es un recogerse los pelos y terminar los maquillajes. El Juan Manuel se sienta en el sillón y les hace un contrapicado. Mari Cruz está delante. Las cabezas de las otras dos asoman por detrás de sus hombros. Sonríen, pero la sonrisa de Carrie tiene algo de máscara, de absolutamente antinatural. Gritan sorpresa. Se ríen. Luego Mari Cruz toma la palabra.

—Sabemos que os lo habíamos dicho. Que la de la otra noche era nuestra última actuación durante un tiempo. Pero, la vida es así, zorras. Estamos aquí, bien *cool*, bien *kawaii*. Y os vamos a cantar otra canción. En plan superdespedida. Porque ahora sí que nos vamos por un tiempito. Al puto hogar, mierda hogar. Así que disfrutad. Estad vivas. Manteneos *alive*.

Luego cantan.

> Lo pone en la etiqueta.
> Y se me queda to goloso.
> La batamanta de Obi Wan
> es de *Tirar y oso*.

> Y Leia no leía
> y no era camarera, no.
> Ella era princesa, princesa, princesa,
> princesa.

Y luego el estribillo.

> Lucha de espadas
> en El alcohol milenario.
> Indiana Jones
> y el rubio chiquitajo.

Las botellas siguen pasando. Ahora Mari Cruz está sentada en el sofá. Observa a los otros tres. Lo observa todo, en realidad. En el otro extremo de la habitación, en el sillón que han dejado junto a las escaleras, está Litolbely. Parece perdida, pero al observador atento no se le pasaría por alto que está disimulando. Cada poco mira hacia Mari Cruz y por sus ojos pasa una sombra de extrañeza. Entonces Mari Cruz mira hacia ella y ella aparta los ojos. Luego la busca otra vez. En el centro de la habitación Carrie y el Juan Manuel joven bailan. Carrie lo ha sacado. Ha ido con su paso tambaleante y robótico y lo ha agarrado de la mano y se ha abrazado a él. Las otras se ríen. Dale, mami. Los dos, convertidos en un solo cuerpo, dan tumbos a un lado y a otro. Los brazos de Carrie bien apretados en torno al cuello del chico y siendo capaz, al mismo tiempo, de dar tragos de la botella de tequila que lleva en la mano. La música sigue a todo volumen y Litolbely coge el teléfono de Carrie y activa la cámara y graba. El techo, la lámpara. Las manos engarfiadas de Carrie. La luz de la mañana entrando con su arrastrar de pies. La cara del Juan Manuel joven. Sus ojos entrecerrados. Su sonrisa, que es una mezcla de comprensión y placer. Luego Mari Cruz. El perfil de la nariz. Las mejillas sonrosadas. Los ojos. Hace un terrible primer plano sobre eso.

Ojos de latón, se dice. Mientras los dedos de sus pies se mueven libres arriba y abajo, llevando el ritmo. Por supuesto, está descalza. Ojos de latón, latón. Putos ojos. Entonces los ojos de Mari Cruz se vuelven hacia ella y ella deja de mover los pies. Las dos frente a frente. Como si estuvieran en una de aquellas películas viejas de los tipos aquellos con sombreros y caballos. Se estremece.

De pronto le da la impresión de que no está allí, sino en

un sitio de más luz, con un árbol. Otro sitio, y ella haciendo algo. ¿Qué tienes en la mano? Un palo. Una ramita. Por el suelo se mueve una fila interminable de hormigas. Acorazadas y brillantes. Gordas y cabezonas. Dejan surcos en la arena. Un surco que cruza hasta un lugar en el que se apelotonan, algo así como un seno de la tierra. Y sus manos regordetas y mínimas escarban ahí. Entonces aparta la mano como si le hubiera dado la corriente. Y siente su grito. Y algo que muge, que carga.

73
Mari Cruz y Carrie

Hay algo semejante a una pausa. Carrie se deja caer medio desvanecida sobre el sofá. El Juan Manuel joven parece sentirse incómodo. Como si quisiera irse ya. Litolbely ha vuelto a mover los dedos de los pies arriba y abajo. Mari Cruz deja el salón y regresa al minuto. Lleva platos con restos de las cosas que iban quedando. Empanadillas partidas por la mitad, Cheetos, patatas fritas. Hasta ha abierto un par de botes de aceitunas. Lo pone todo sobre la mesa. Baila suavemente. Se acerca al reproductor y cambia la *playlist*. Surge una canción extraña. Un ritmo lento al que sigue una voz amarga. Ella se mueve como una serpiente por la habitación, los ojos cerrados.

> Debes irte, ahora toma lo que necesites,
> lo que pienses que debe permanecer,
> pero lo que sea que quisieras conservar,
> mejor agárralo rápido.

La canción parece oscilar en torno a una cortina de humo y la impresión es que no se sabe si es Mari Cruz la que está bailándola o si es la canción la que la baila a ella. Se agita y tiene los puños cerrados. Ahora los abre y muestra las palmas. Abre también los ojos. Es seductora como la serpiente en la que se ha convertido.

De pronto está delante de Carrie. Muy cerca. Sonríe. Sus ojos hacen temblar los cristales de la ventana.

—Raíz africana del sueño —dice. Y se mueve, sinuosa—. Ayuda a relajarse. ¿No quieres una?

Se acerca y se aleja. Tiene tres cápsulas en la mano. Las ofrece y las retira. Tiene los ojos clavados en los de Carrie, y Carrie la sigue hipnotizada y la sensación es que poco a poco va captando algo. Una señal, una frecuencia secreta. Mari Cruz sonríe y sus ojos son como diamantes.

—¿No quieres una?

Eso dice, pero sus ojos están diciendo otra cosa. «¿No estabas ahí?», dicen. «¿No era que habías llegado hasta el lugar, hasta el borde mismo del gran evento? ¿Sí o no? Pues ten, entonces. El descanso. El poder.» La mano de Carrie tiembla un momento y luego se mueve. Muy despacio toma una de las cápsulas de la mano de Mari Cruz y la sostiene entre los dedos. Mari Cruz sonríe. Y Carrie también. Luego se mete la cápsula en la boca y Mari Cruz le da la botella de agua.

—Coge otra. Te relajará.

Y Carrie coge otra. Mari Cruz vuelve a darle agua. Luego se vuelve hacia el Juan Manuel joven.

—Tu turno.

74
Mari Cruz y el Juan Manuel joven

—¿Eso no es para dormir? —dice él.

—No exactamente. Es más bien algo que te relaja.

—Pero tengo que conducir.

—¿Y qué prisa hay? Estamos de *chill*. Ya nos vamos luego a la tarde. Total, ¿qué más da?

Él toma una cápsula en la mano. Mari Cruz sonríe. Le tiende el agua y saca otras dos cápsulas del bolsillo.

—Coge otra. Verás.

La canción sigue sonando. Mari Cruz la ha puesto de tal manera que, cada vez que acaba, vuelve a empezar. La impresión es que la habitación está llena de humo.

>Deja atrás tus escalones de piedra.
>Hay algo que te llama.
>Olvida las deudas que dejaste.
>Ellas no te seguirán.

75

Mari Cruz y Litolbely

Mari Cruz está ahora delante de Litolbely. Las dos se miran. Mari Cruz baila delante de ella. Los ojos de cada una prendidos en los de la otra. Mari Cruz tiende la mano. Dos cápsulas al alcance de la boca de Litolbely.

—¿Sabes para qué usan los chamanes africanos esta planta? —dice Mari Cruz.

—No.

—La usan para provocarse sueños lúcidos. ¿Sabes qué son?

—No.

—Verás, en un sueño lúcido, tú duermes y sueñas. Pero sabes que estás soñando. Entonces ¿sabes qué pasa? Pues que eres capaz de despertar una pequeña parte de ti. Y que entonces puedes, de alguna manera, dirigir el sueño. ¿Entiendes lo que te digo?

—Sí.

—Entonces, podrías buscarla en el sueño. Y luego obligarla a quedarse. Y preguntárselo. A ella.

Litolbely toma una de las cápsulas en la palma. Mira un momento hacia los otros dos. El Juan Manuel joven está de pie, con la botella en la mano. Baila. Carrie está sentada y las mira. Luego se lleva la cápsula a la boca y los ojos de Mari Cruz centellean. Diamantes recién cortados, eso parecen.

Litolbely se estremece. Quisiera no estar ahí. Estar muy lejos. Porque lo que tiene delante no es Mari Cruz, sino alguna otra cosa. Mari Cruz, entonces, se mueve. Toma dos de las píldoras y se las mete, lentamente, en la boca. Luego las empuja y Litolbely ve como se le mueve la garganta. Pero Litolbely sabe.

—No te las has tomado —dice.

Mari Cruz abre la boca. Enseña la lengua. La saca. Le hace un gesto. Dale, quiere decir. Y Litolbely, en ese momento, no sabe. Si sí o si no. Pero tampoco está dispuesta. Se concentra, entonces. Traga. Pero, al hacerlo, saca un poco la lengua, se la muerde. Luego vigila el paso de la cápsula. Hasta la pared faríngea y el momento en que el velo del paladar cierra las fosas nasales. La glotis cerrándose y los músculos faríngeos haciendo su función. Y la epiglotis. La cápsula ya en el esfínter esofágico. Y entonces ella, Litolbely, ahí. Apretando, reteniendo. Tal y como les enseñó la Puri.

Por supuesto, Mari Cruz no se fía. Tampoco habla. Y es muy indicativo, se dice Litolbely. Porque, si las dos han hecho lo mismo, es imposible que pueda hablar. Porque está la lengua ahí, tensa, sujetando. Sin embargo, hay una pregunta detrás de los ojos destellantes.

¿Te la tragaste?, eso dicen los ojos de Mari Cruz.

Litolbely abre la boca.

Sí, dicen sus ojos.

76
Las tres

De pronto ahí está Carrie. Se ha levantado. La han presentido moverse a lo largo del salón, detenerse al lado de Mari Cruz. La miran y ella extiende una mano. Mari Cruz sonríe. Litolbely grita para sus adentros. Se espanta hasta donde nunca podría espantarse. De pronto le parece que el mundo es un páramo helado y que la luz que entra por las ventanas no es más que un entrechocar de piedras monstruosas. Eso es lo que oye mientras ve la imagen a cámara lenta. Un segundo infinito que contiene la sonrisa de Mari Cruz y la mano de Mari Cruz depositando otras tres cápsulas en la mano de Carrie. Luego Carrie, lentamente, mirando casi con agradecimiento a Mari Cruz, llevándose las cápsulas a la boca. Bebiendo agua. Litolbely se dice que no ha hecho nada por impedirlo porque se ha convertido en piedra.

Carrie traga y es indudable que lo ha hecho. Mira a Mari Cruz y gira la cabeza un poco hacia la derecha, como si quisiera estudiarla desde otro ángulo. Lo que sucede a continuación, Litolbely tarda un par de segundos en asimilarlo. Porque ha habido un movimiento vertiginoso de la mano de Carrie. Primero Litolbely ha pensado que quería abrazar o acariciar a Mari Cruz. Pero no ha sido eso, sino un golpe violento contra la garganta de la otra.

Entonces pasan, como consecuencia de ese segundo, toda una cascada de acontecimientos.

La cara de espanto de Mari Cruz. El movimiento involuntario de su garganta. Su gesto de sorpresa. Su llevarse la mano ahí, como si pudiera impedir aquello. El segundo de destello en los ojos de Carrie. Sus ojos mortecinos. Un brillo como una risa lejana, profunda. Mari Cruz echándose hacia atrás. Como si fuera incapaz de comprender cómo ha sucedido. Y al mismo tiempo comprendiéndolo. Litolbely anotándolo todo. Huyendo.

Litolbely ni siquiera sube las escaleras. Se precipita a la cocina, se vuelca sobre el fregadero. Ahí busca, presiona, empuja. Putoconcéntrate, se dice. Putoconcéntrate. Lo has hecho montones de veces. Solo que esta vez te la juegas. Así que vamos, bebé. Tú puedes. Putopuedes. Así que empuja mientras de su garganta brota un gemido animal y desesperado. Concéntrate. Acuérdate de las otras veces. Llora entonces. Porque no quiere. No quiere. Hay un momento en que nota la cápsula atravesada en la laringe y tiene una arcada poderosa y piensa que la va a perder. Se aprieta entonces el vientre, se da puñetazos. Le brota un grito que lo contiene todo. Entonces nota que algo sube, caliente desde su barriga. Lo deja subir, le da la bienvenida. Un vómito verdoso, mocoso, le inunda la garganta y brota al fin. Litolbely tose y escupe. Llora mientras busca la cápsula entre el vómito. Se aterra cuando no la encuentra. Solo que luego la ve. Ha caído justo en el agujero del fregadero. Reposa sobre el colador, entre una masa informe de babas. La aparta con el dedo. La hace girar.

Luego se deja caer al suelo. En realidad, es más que le fallan las rodillas.

Se queda ahí un rato. Sin fuerzas.

77
Las tres

Carrie tiene mucho frío. Está muy quieta. Vigila y espera. El momento. Está tan atenta que nota, con precisión de milésima de segundo, el instante en el que el gusano de fuego se manifiesta en su interior. Aprieta los dientes. Sonríe cuando siente aún los destellos del teléfono sobre la mesa. Te jodes mil millones de veces. Aprieta los dientes con más fuerza y empuja al gusano hacia abajo. El gusano, ardiente, se retuerce en curva y contracurva y ella se dice que no gritará. Que no gritará. De pronto tiene más frío. Mucho más frío. Y hay algo que se ha sentado sobre su pecho y que no deja que sus pulmones empujen. Llama a Amelia, o piensa que está llamando a Amelia. Aprieta con mucha más fuerza los dientes y se dice que tiene que aguantar aquello. Aguantarlo.

A Litolbely le lleva un rato encontrar las fuerzas para levantarse. En el salón hay un silencio absoluto y la sensación de tiempo espeso. Definitivo. El Juan Manuel joven está sentado en el sillón y parece confundido. En realidad, es como si estuviera buscando algo dentro de sí. Como si se dijera «hay algo aquí, algo que no funciona, pero qué». Carrie está inmóvil en el sofá, la cara cristalizada en la sonrisa del momento de golpear a Mari Cruz. Ante ella, el teléfono vibra y destella, pero ella no le presta atención. Mari Cruz no está por ninguna parte y la puerta está abierta. Litolbely se asoma. Luego cruza el patio, llega a la calle y mira en una dirección y otra. La mañana destella en azules y nubes altas. El aire parece un plástico fino y del marjal llega un olor denso a turba. Un pájaro canta lúgubremente. A su izquierda el mar, grisáceo, rumorea y amenaza. Litolbely se estremece y se retira. Se acerca a los otros. El Juan Manuel joven la sigue con la mirada. Está bañado en sudor frío. Los ojos parecen inmensos. Se lleva una mano al pecho. Ella se inclina.

—¿Estás bien?

Y él va a decir algo, pero en realidad solo abre mucho la boca y frunce los labios. Parece decir que tiene frío o algo semejante. Luego tose con fuerza. Luego da la impresión de no tener aire. Litolbely levanta la vista cuando Carrie se mueve.

De pronto se ha agitado, como si hubiera tenido un retortijón. Los dedos por fin se le desengarfian y la cara se le contrae en un rictus de dolor y se lleva las manos al vientre, y entonces hay una explosión en sus pantalones, que se empapan con algo graso. Litolbely lo primero que piensa es que a la otra, encima, le acaba de venir la regla. Pero luego se da cuenta de que no.

Entonces echa a correr. Sale de la casa. Empieza a gritar.

Mari Cruz ha salido de la casa como en un sueño. Camina. Un rato antes le ha dado la impresión de que era de día. Sin embargo, ahora le parece que es de noche. Le hace gracia el concepto confuso como le ha hecho gracia, hace un rato, la sensación de agua corriendo junto a sus pies. Como la sensación de no estar en ninguna parte. Como el sol del color de las amapolas que ha presentido. Su mente describe largos

301

bucles y de pronto está en el colegio, inmóvil, y de pronto está en el hospital con Susana y de pronto está en la cabina del camión con Edgar. Mi duquesa, le dice Edgar. Sus manazas pelirrojas arrancándole las braguitas de un tirón. Tú eres como un gato. Y su voz es rasposa y la acaricia mucho más adentro que cualquier otra cosa. En la mano tiene aún dos cápsulas más. Se las toma. Sigue caminando hasta que siente el puñetazo en la barriga. Entonces se deja caer entre los almarjos y los espinos negros. La hoja azul de un cardo le acaricia la cara. Mamá, dice.

78
Ramón y Magda

Ramón ha pasado un domingo inquieto. Por la mañana se levantó y no se sentía el corazón ni podía respirar. Sentado en la mecedora, debajo de los árboles, estuvo como dos horas preguntándose qué le pasaba. Olía a naranjos e insistían los gallos. Aunque odiaba tener el teléfono cerca cuando estaba entre los árboles, lo miraba cada poco. Así estuvo hasta que no aguantó más. Ni siquiera se vistió bien. Se peinó un poco y se puso el chándal y salió con el coche. A las nueve ya había llegado a la puerta del hospital. Cinco minutos estuvo ahí, debajo de los pinos, mirando. Porque la cosa, piensa todo el rato, es donde pueda haber ido. Así que va desandando. Toda la avenida del río y luego por el malecón hacia la huerta. La Arboleja y más hacia delante. Va pendiente de cada revuelta del camino, de cada carril que se mete entre los árboles.

Cuando llega a casa, le pregunta a la María del Rosario. Pero no. Sin noticias. Luego vuelve a salir. El día se le va en dar vueltas por la zona próxima a la casa, abriendo poco a poco el círculo. Otra vez La Arboleja, Rincón de Seca, La Raya, Puebla de Soto, La Ñora. Hasta Guadalupe llega. Todo el rato se dice lo mismo. Que dónde puede haber ido ella más que a la casa. O dónde va a estar ella todo ese tiempo que ha pasado. Y que, si ha ido desde el hospital hasta la casa, lo mismo no ha encontrado el camino. Lo mismo, en su confusión, se ha equivocado de carril y ahora está vagando por ahí o se ha metido en cualquier rincón. Él sabe, sin duda, de esas cosas. Y a él le importa más que a la policía. Varias veces aparca el coche a la vera del camino y se mete por senderos, se asoma a acequias. Poco a poco la piel se le va vistiendo, sin él notarlo, del aroma pedregoso del bancal.

Magda ha pasado el domingo tensa como un alambre. Ha estado tan pendiente de cada voz, se ha revuelto de tal manera cuando la Sara, de trece años, ha puesto morros y se ha rebelado ante el aburrimiento impuesto, que el resto del día ha tenido un contenido esencialmente tétrico.

—Me dan igual tus amigas y la madre que las parió, de aquí no se va nadie hasta que yo diga.

—Pero que me digas por qué.

—Si no te callas ahora mismo te cruzo la cara.

—¿Me vas a pegar?

—Te la cruzo, en serio.

Sara de morros todo el día y mirando el teléfono y a los demás, los primos, la hermana, los demás hijos, estáticos como palos de la luz. Todos quietos, firmes, y Magda pensando en las responsabilidades de una madre. Porque nadie les va a hacer daño. Nadie. Nunca. Los mira de uno en uno, de reojo. El Antonio ya es grande, dieciséis años. Ya es un hombre y ya está detrás de las zagalas por ahí. Y las zagalas detrás de él. Y normal. Aunque no puede decirse que sea guapo, no. Demasiado se parece a su padre. Pero a cambio tiene ese algo solemne y reposado. Ese algo que dice conmigo no van las tontadas. Soy formal, serio. Y eso, Magda lo sabe, es un imán. O lo será dentro de unos años. Y luego la Sara, en esa edad fronteriza. Que tampoco va a ser guapa.

Que lo pareció con nueve, diez años. Pero no. Le preocupa eso. Porque ella quisiera que fuera feliz y sabe que lo que más quisiera su hija es precisamente eso. Que eso la calmaría. Y tiene miedo por ella. Porque sabe que, al final, es la que más se le parece. Y, entonces, sabe de lo que puede ser capaz. ¿O no lo lleva ella escrito en su propia biografía? Y luego quedan los dos más pequeños. La Rosa y el Juanjo. Los mira y ve dos juncos quebradizos, todavía demasiado expuestos a la corriente. La Rosa es la más inocente de todos, la más soñadora. También la más conformista. Le explican las cosas una vez, y ya. También es la más lista. Porque ese conformarse, Magda lo intuye, es un plan preestablecido. Como si dijera ya tendré esta batalla cuando me convenga. Y el Juanjo, nueve años y todavía con aquello en la mirada. Con ese, todavía, quedarse quieto a ratos y mirar a un lado y a otro, como si temiera. A Magda le duele el corazón. A eso de la una y media siente un pinchazo que la atraviesa y la hace tambalear.

A mediodía Ramón para en un bar y se toma un bocadillo de lomo con tomate y queso. Bebe un Aquarius y toma un café. Se echa diez minutos de siesta en el coche y luego sigue. Yendo y viniendo. Volviendo a la casa, por si justo mientras él no estaba ella hubiera regresado. Cada vez es igual. Aparcar junto a la verja, moverse apresurado, cruzar el jardín, sacar las llaves, llamar, llegar hasta la misma habitación de ella. Hacerlo como buscando un milagro. Porque bien que es absurdo, ya que la niña no podría entrar sin llaves. Y luego otra vez salir al coche y sentir los ojos de la María del Rosario que se preguntan. Está atardeciendo ya cuando le suena el teléfono. Le tiembla la mano.

—Dígame.

—¿Don Ramón? —Es una voz de mujer. Tal vez la de una enfermera. Tal vez, se dice, él la conozca.

—Sí.

—Ella está aquí.

—¿Está bien?

—Sí.

Luego conduce, corre, adelanta en el atardecer de la ciudad casi desierta del domingo por la tarde. Encuentra algo de tráfico a la entrada, pero luego es veloz. Le dejan que la vea un momento, a lo largo de los seis metros de pasillo enmoquetado de azul claro. Ella le parece más pequeña que nunca, más cabezona. Ella sonríe y llora y saluda con la mano. Está muy pálida. Como borrada. Asustada. Luego él está mucho rato sentado en el coche antes de arrancar. Parece, todo el rato, preguntarse adónde debería ir a continuación.

En torno a Magda ha persistido el silencio. Como una manta que los hubiera atrapado a todos. A la hora de comer, en el tintineo de los cubiertos, los niños parecían preguntarse qué estaba pasando exactamente y por qué no se sentían capaces de hacer ruido. Así ha sido durante la tarde, con los niños delante de la televisión, y luego de regreso a casa. A bañarse, ha dicho Magda, y los niños la han escrutado y se han movido como ovejas camino del matadero. Magda, en la cocina, preparando cenas, sigue teniendo el pinchazo en el pecho y sigue preguntándose a qué puede deberse. Si será nada más que ansiedad o qué. Al mismo tiempo mira por los rincones de la casa como si le faltara algo. Pablo, su marido, llega como a las siete de la tarde, derrengado. Están terminando el chalé de unos señoritos allá por Las Torres y no puede parar ni los domingos. Pero es dinero, buen dinero. El hombre la besa en la mejilla y le pregunta con la mirada y ella niega. Luego él se va a la ducha, a quitarse el yeso de entre las uñas. La tarde se está transformando en violetas y se están abriendo los galanes de noche cuando suena el teléfono.

—¿Sí?

—¿Es usted Magdalena Navarro?

—Sí.

—La llamo por su hija.

Lo que le cuentan después es una confusión de voces, sonidos, sirenas. Se imagina a un pequeño halcón reflejándose en las aguas inmóviles de una laguna mientras sobrevuela una zona de encañizadas. Luego el halcón se detiene sobre el tejado de una casa y mira interminablemente a los flamencos rosas. El halcón parece preguntarse por la indiferencia de los flamencos. Luego hay un silencio.

—Señora, ¿está ahí?

—Sí.

Luego cuelga. Se encuentra en el patio sin recordar cómo ha llegado hasta allí. Entonces se mete en el lavadero, donde hay un espejo, y se mira durante un minuto. Luego comienza, metódicamente, a acuchillarse el rostro con las uñas.

79

Las dos mujeres

Mucho después de aquel fin de semana

—¿Hasta qué punto se siente usted responsable?

—¿Se refiere al tiempo que pasó entre que Mari Cruz nos dio aquello y mi carrera para pedir ayuda?

—Sí.

—No sé si es justo que usted me pregunte eso.

—Yo tampoco, la verdad.

—¿Le soy sincera?

—Sí.

—Tampoco he pensado tanto en eso. Alguna vez me ha atenazado, sí, pero lo suelo desechar rápido. En el fondo es como lo de los montañeros.

—¿Los montañeros?

—Sí. Es decir, hay alguien perdido en lo alto de la montaña. Se va a morir congelado. Las condiciones climáticas son espantosas. Vientos huracanados y eso. Entonces ¿cuál es la obligación del montañero que está en el refugio? Su obligación es no morir. Es decir, vigilar las condiciones. Y no puede ser que salgan cinco a buscar a uno cuando las condiciones son tales que puedan morir los cinco. No. Lo buscarán, sí. Pero cuando las condiciones les permitan preservar sus vidas. Y eso estaba haciendo yo. Preservar mi vida. Además, está la cuenta del tiempo.

—Se refiere a lo que tardó en expulsar la cápsula.

—Sí. Y en recuperarme.

—¿Cuánto tiempo cree que pasó?

—No lo sé. Lo mismo diez o quince minutos. Si lo piensa, lo que ella hizo era absolutamente diabólico.

—Ya. ¿Usted cree que Carrie quería morir?

—No lo sé. Pero diría que era bastante probable. Seguramente estaba ahí. En el borde. Preparada para saltar.

—¿Ella sabía lo de Mari Cruz con sus hermanos?

—No lo sé. No creo. Desde luego Mari Cruz no se lo contó. Ni siquiera me lo contó a mí. Yo lo sabía porque oí una vez una conversación entre Susana y el doctor Maiquez.

—Entonces ¿por qué golpeó Carrie a Mari Cruz?

—No lo sé. Imagino que, de alguna manera, Carrie entendió lo que estaba pasando. Y entendió que Mari Cruz se burlaba de ella. Carrie era muy sensible para esas cosas.

—Pero eso no es motivo para golpearla así.

—Tampoco lo sé. Verá, es que es difícil poner las balanzas en estos casos. Y piense en qué estado mental estaba Carrie. Imagino que tendrían alguna cuenta pendiente. O Carrie pensó que tenían alguna cuenta pendiente.

—Ya. ¿Y Mari Cruz? ¿Usted qué cree?, ¿quería morir?

—Tampoco lo sé. Si me lo pregunta así en general, le diría que no. Pero, en estos casos, nunca se sabe.

—¿Qué es lo que nunca se sabe?

—No se sabe dónde puede estar la puerta de salida. Entonces, uno va por ahí y piensa que está tranquilo y, de repente, zas.

—Ya veo.

—Verá, es que es duro vivir de determinadas maneras. Muy cansado. Es lo que hablábamos nosotras aquel viernes por la noche. El gran evento. Y la mentalidad previa. Lo del buitre.

—Explíqueme lo del buitre. Eso es nuevo.

—Sí. Imagine que usted fuera viviendo y que cada vez que se descuidara sintiera que un buitre se le pone en el hombro y empieza a darle picotazos y a arrancarle pedazos de carne. Entonces usted le da patadas y lo arroja lejos. Y trata de vivir. Seguir adelante. Entonces usted está equilibrada. Tranquila. Pasa un poco de tiempo. Llega incluso a decirse que el buitre no existe. Solo que sí. Porque basta con que una mire atrás para que vuelva a verlo. Ahí. Con los ojos inyectados de odio, esperando. Entonces, tal vez corras. Y te digas no me alcanzará. No volverá a pasar. Pero luego, claro, al fin tienes que pararte a descansar un momento. O bajas la guardia. Y entonces otra vez. Ahí. Puesto en tu hombro y abriendo el pico. Y zas. Y es así todo el tiempo, ¿entiende?

—Sí.

—Entonces, bueno, cuando se viven determinadas vidas, el suicidio no es más que algo aplazado. Algo de lo que se dice «bueno, hoy no». Y no se mira al futuro, porque ¿qué futuro va a haber? Así que es todo el rato el presente y nada más que el presente. Porque no puedes mirar adelante en el camino y tampoco atrás. Es lo que nosotras llamábamos la mentalidad previa. Piense que, llegados a determinados extremos, la disolución en la nada tiene un algo de descanso. O un mucho.

—Pero usted la salvó.

—Bueno, no lo sé. La encontré, sí. Y la hice vomitar. La salvaron los médicos.

—A ella la hizo vomitar, pero al muchacho no.

—Ya, bueno. Fueron momentos muy confusos. Aunque el hecho no esté exento de lógica, si lo piensa.

—¿Lógica?

—Sí, ¿o es que él significaba algo para mí? Entonces...

—Entonces lo dejó a él allí y salió a buscar a Mari Cruz.

—Yo no diría eso. Sobre todo, porque suena muy categórico. O muy consciente. Yo diría que salí a pedir ayuda. Y eso fue lo que pasó, en realidad. Salí, me puse a gritar y salió alguien, una mujer.

—Y mientras ella llamaba a emergencias, usted buscó a Mari Cruz.

—Yo diría más bien que la encontré.

—La encontró a pesar de lo que ella había intentado hacer con usted.

—Si tengo que explicarle otra vez todo, entonces es que no ha entendido nada.

—Hágame un resumen.

—Suponga que hay «Mari» y hay «Cruz», ¿sí? Pues mi amiga era «Mari». Y la que me quiso hacer aquello era «Cruz». Y no se le puede poner a «Mari» la responsabilidad de lo que hiciera «Cruz». No sería justo.

—¿Qué sabe de ella?

—No mucho, la verdad. Estuvo mucho tiempo en el hospital. En el hospital de verdad, donde te ponen tubos y eso. Pero ya no coincidimos más en la planta. Ahora, al parecer, tiene un novio. Los dos tienen un taller en el centro. Hacen cosas de zapatería, reparan bolsos. Esas cosas.

—Pero usted no la suele ver.

—No. Yo sé eso porque Ramón y Magda hablan a veces por teléfono.

—No diría que es su amiga.

—Tampoco es mi enemiga. Nuestros caminos se separaron y ya.

—El chico murió.

—Sí. Pero no siento nada al respecto. Tampoco lo intento. Desde luego, siento mucho más lo de Carrie. A ella sí me hubiera gustado ayudarla.

—Ya. Otra cosa: ¿qué era eso de las hormigas? ¿Lo sabe ya?

—Eso tiene que ver con mi madre. Y mire, ¿ve? —y se toca la piel del brazo—, erizada.

—Pero ¿lo sabe?

—No lo tengo claro. Tal vez haya algún acontecimiento de cuando yo era muy pequeña. Tal vez las hormigas se me subieron encima y me picaron. Puede ser muy doloroso, dicen.

—¿Y lo de los mugidos?

—Eso tampoco lo sé. Tengo alguna otra imagen. Mi madre moviendo las manos.

—¿Moviendo las manos?

—Sí. Otra vez una cosa que no sé. Ya ve que no sé, en el fondo, nada de nada. Entonces, sí, movía las manos. Y no sé. Tal vez era muda. Tal vez era, incluso, sorda también. Eso explicaría algunas cosas, ¿no cree? A veces miro atrás y estoy casi segura de eso. De las dos cosas. Pero esa es mi vida, ¿entiende? Casi la recuerdo. Casi llego a saber mi nombre.

—Entiendo, entonces, que ninguna vez le dijo su nombre en algún sueño.

—No. Nunca. Además, pasó una cosa. Dejé de soñar con ella. Así, fulminante. No más casas llenas de habitaciones y no más abismos.

—¿No más arañas?

—Tampoco. Sin embargo, sí que pasa una cosa bastante interesante.

—¿Qué cosa?

—Es que, aunque llevo mucho tiempo sin soñar con arañas ni abismos, ahora la visión de aquello es mucho más clara que la que tenía entonces. Eso o que mi cerebro está jugando a unir los puntos por su cuenta, si me entiende.

—¿Y qué hay en la visión?

—Verá. Me acuerdo de la araña. De sus patitas diminutas moviéndose en el cono de luz. El abismo abajo. Solo que ahora sé lo que hay en el abismo.

—¿Y qué hay?

—Ojos. Miles de ojos. Cientos de millones de ojos. Un pozo de ojos que no acaba nunca. Y todos los ojos están vueltos hacia la araña y esperan. Son como el buitre. Algunos llevan siglos esperando. Pero lo peor era cuando la araña, al fin, caía.

—¿Qué pasaba entonces?

—Que la araña caía sin fin y los ojos la escrutaban y la miraban pasar. Y la araña quería gritar, pero nadie la oía. Y caía, caía, caía y caía. Siglos cayendo. Miles de millones de horas cayendo. Y la araña quería gritar y nadie oía sus gritos.

NOTA FINAL

El origen de esta novela es una conversación enloquecida en la plaza de San Juan entre Cristina, el muy ilustre señor don Alfonso García Villalba y el autor. Enloquecida no es hacerle el honor a aquello. Más tarde el acontecimiento se terminó de perfilar en el Luky, un sábado por la mañana, entre Cristina y yo. Los ilustres señores Juan Cerezo e Ivan Serrano también hicieron su aportación posterior. Establecida la idea, se tuvo la oportunidad de hablar largas horas con personas no tan diferentes, por edad y condición, a Carrie, Litolbely y Mari Cruz. Esas personas saben quiénes son, pero pidieron que no se dijeran sus nombres. Así que no se hace, pero ahí están, medio escondidas detrás de los ojos de los personajes. Mil gracias. Aparte, los capítulos en los que Litolbely y Carrie vagan por el marjal están dedicados, particularmente, al también muy ilustre señor don Antonio Aguilar. Gracias, güey. Por supuesto, mil gracias a la Dra. Aida Flores por su asesoramiento en temas comprometidos. Y mil gracias, otra vez, a Cristina. Imposible sin ella.